白桦哭遍树林

郭保林 著

中国出版集团 東方出版中心

图书在版编目（CIP）数据

白桦哭遍树林 / 郭保林著. — 上海：东方出版中心，2022.1
ISBN 978-7-5473-1958-1

Ⅰ. ①白… Ⅱ. ①郭… Ⅲ. ①散文集-中国-当代
Ⅳ. ①I267

中国版本图书馆CIP数据核字（2022）第011745号

白桦哭遍树林

著　　者　郭保林
策划统筹　梁　惠
责任编辑　张淑媛
装帧设计　李在白

出版发行　东方出版中心有限公司
地　　址　上海市仙霞路345号
邮政编码　200336
电　　话　021-62417400
印 刷 者　杭州日报报业集团盛元印务有限公司

开　　本　890mm×1240mm　1/32
印　　张　11
字　　数　188千字
版　　次　2022年6月第1版
印　　次　2022年6月第1次印刷
定　　价　56.00元

目 录

第一辑
天空有朵雨做的云

第二辑

夜晚比白昼更璀璨

第三辑

从早晨走到傍晚

第四辑
美景之美，在其忧伤

第五辑
美学笔记

第一辑

天空有朵雨做的云

白桦哭遍树林

1

来到圣彼得堡，你不能不去十二月党人广场，这里是十二月党人聚众起义的地方。他们是一批年轻的贵族军官，向本阶层最高统治者沙皇政府发出俄国要变革的主张，要推翻沙皇统治，去除权力、等级压迫，建立比欧洲更文明、更自由、更富裕的社会。

这简直是空前绝后的一声霹雳，为了穷人，富人要造反！这是一场震惊世界史的“贵族革命”！

十二月党人广场实际上就是枢密院广场，也是参政院、元老院广场，后来为纪念这场“贵族革命”，改名十二月党人广场。可是你走遍广场，一切纪念物都与十二月党人无关，广场空荡荡的，既不壮阔，也不壮观。涅瓦河从广场旁边流过，广场上有一座彼得大帝的雕像。雕塑家模仿了欧洲雕塑家的手法，彼得大帝骑在骏马上，骏马前蹄腾空，后蹄踩着一条蛇；彼得大帝目视前方，神态自豪，而又威风凛凛，呈现一种不可一世之雄姿。

广场周围植满白桦，婷婷娉娉，格外美丽优雅，那洁白的树躯，那丰茂的叶片，那潇洒的风姿，既透出生命的纯洁和对光明的追求，也闪烁着高贵的品格和闪光的精神。看到它们，你会想到叶赛宁的诗句："在朦胧的寂静中/玉立着这棵白桦/在灿烂的金晖里/闪着晶亮的雪花。"也会想起俄罗斯风景画家列维坦的《白桦林》，表现出了"静寂的孤独感"。

白桦树不是象征那些追逐丈夫和情人的十二月党人的妻子和女友们吗？她们已走进历史，走进诗人的吟咏颂歌中，走进悲壮的故事和英雄的传说中。

2

过去曾流行一句话："卑贱者最高贵，高贵者最愚蠢。"这显然有点儿片面性。《共产党宣言》是卑贱者传播开来的吗？中国的辛亥革命是卑贱者发动的吗？十月革命是卑贱者掀起的惊涛骇浪吗？革命是一种文化。只要是一种文化，只要社会存在着不公、贫富，存在着压迫和剥削，就有爆发革命的可能。而往往那些有知识、有文化的人，正是人类觉醒的敲门者，是黑屋子里最早的醒来者。他们呐喊、呼啸、奔波，唤醒民众。知识就是力量！知识改变历史！

— 白桦林 —
列维坦

知识改变人类的命运!

1825 年 12 月 26 日，这是俄罗斯历史上具有纪念价值的日子。一群沙皇禁卫军将士在广场列队，他们的父辈是沙皇政权强有力的支柱，他们是贵族的后代，他们享有着优渥奢华的生活，他们是沙皇贵族统治阶级的“接班人”——“官二代”“富二代”“贵二代”，同时他们又是进攻法国、战胜拿破仑军队的英雄。他们战功赫赫，他们有丰富的战斗经验，曾在欧洲战场上所向无敌。他们是“胜利者”，在法国驻扎四年，却成了法国文化的“俘虏”。他们受法国思想家伏尔泰、马布里、卢梭革命思想的影响，民主、自由、博爱的种子撒播在他们的心灵里，他们的思想很快发生了裂变。他们愤恨俄罗斯的愚昧、专制、黑暗的社会现实，厌恶贵族的狡诈、虚伪。他们过腻了醉生梦死的生活，不再盲目地效忠沙皇政府，便从爱国主义、人道主义出发，发动了起义，要推翻罪恶的农奴制。

他们成立社团，普希金参加了他们的“缘灯会”。诗人和作家经常聚会讨论社会制度的改革，并创办杂志和报纸，抨击农奴制，揭露上流社会的黑暗、虚伪、阴毒、狡诈，宣传他们理想的社会制度，宣传他们的主张。他们秘密组织，决心掀起一场革命。十二月党人的领袖彼斯特尔提出暗杀沙皇、建立君主立宪制的想法。

这批凯旋的英雄，年轻的贵族军官带领他们的将士，全副武装，列队广场，3 200 人的队伍，排列 8 个方阵。他们不搞阴谋，不放第一枪，他们的头领与沙皇谈判，宣读重建俄罗斯的“纲领性文件”：《致俄国人民书》《俄罗斯共和国宪法》。他们高呼“宪法万岁”！拒绝为新沙皇效忠，意在推翻尼古拉一世。这是炸响阴霾密布的俄罗斯天空的一声霹雳！

这些起义的将领们身佩刀剑，队伍整齐庄严，好像仪仗队，没有武装起义的气势，像是一种表演，一种展示，连观众们都在嘲笑他们，哪有这种温和的起义？却不知沙皇尼古拉一世早已从四面八方调来四倍于他们的兵力，重重包围了他们。谈判进行了一天，毫无结果。沙皇开始动手了，一场大炮轰鸣、枪刀剑戟的厮杀，结局是十二月党人 1 000 多将士成了刀下鬼，5 名起义者首领被绞死，1 000 多名士兵遭受鞭刑；有些被活活地打死，有些还未断气便被扔进冰窖里冻死；121 人被流放遥远苦寒的西伯利亚服役，终生不得赦免。广场上一片血泊，围观的群众也死伤很多。一场文质彬彬的贵族革命，昙花一现，随即凋零了。他们被称为“十二月党人”，赫然载入史册，列宁赞扬他们是“贵族革命家”。

贵族革命使人难以理解，有人问：“穷人起来造反理所应当，但贵族子弟造自己家庭的反，是为了当穷人吗？”

革命不是一种原罪，作为一种文化，它是随着社会的发展，随时暗生滋长的。

3

我徘徊在十二月党人广场，广场上有许多雕像，人或动物，半身或全身，但没有一尊是十二月党人的雕像。广场上游人稀少，涅瓦河无语流去。初夏的阳光温暖明亮，我的内心却缭绕着几分苦寒之感。

“西伯利亚”这个本身足以让俄罗斯人恐惧的名字，且不说那里常年冰天雪地，漫长的冬季，零下 40 至 50 度的严寒，是人类不宜居住之地，是北极熊和棕狼的故乡。更可怕的是那里无法逃离，大片的荒原连着森林，大片的森林连着荒原，对流放的犯人来说，那里是“没有屋顶的大监狱”。越过乌拉尔山，进入西伯利亚，就等于进入死亡地带。

在那里，俄罗斯耐寒的冷杉、柏树、红松、落叶松组成一座绿色的孤岛，荆棘野草漫无边际。荒凉的小镇，矿井旁有零星的白桦，这种树看似柔弱，婷婷依依，却是耐寒的树种。春天姗姗来迟，白桦吐出几片绿叶，根部却深深地扎在冻土层里；短暂的夏天过去后，刚刚丰满的叶子，一阵寒风便凋零，光秃秃的枝丫在寒风中摇曳着。

沙皇为了惩罚这些“国家的罪人”，对这些流放者、苦役犯下命令，不准他们的妻子离婚，不准他们的妻室儿女随同去西伯利亚；沙皇还命令，凡随同去西伯利亚的妻子、情人，不得携带子女，哪怕是婴儿，也要骨肉分离，且不得返回故乡，更不能返回俄罗斯的任何城市、乡村。

有一些贵族妇人，几次写信给沙皇政府要求随丈夫流放，陪着丈夫服苦役，她们的“申请书”在圣彼得堡传开，所有人都震惊了：她们疯了，这不是找死吗？她们将永远取消贵族特权，她们的身份只能是“囚犯的妻子”。

这些年轻女子抛弃豪华的生活，抛弃亲人、子女，离开金碧辉煌的贵族之家，去远在6 000公里外的西伯利亚服苦役。那里人烟绝迹、冰天雪地，这些金枝玉叶，这些水仙花般的年轻的贵妇人，将饱受怎样炼狱般的苦难呢？

十二月党人的妻子人格高贵，人品贞洁，她们迎着狂风暴雪，跋涉6 000公里，去寻找自己的丈夫和情人，这哪里仅仅为了“爱情”？“生命诚可贵，爱情价更高。若为自由故，二者皆可抛。”这些女子是天使，是人间圣女，别看她们躯体柔弱，却风骨凛然，像她们的丈夫一样有着献身真理的英雄气概和壮丽追求。她们本身就是一群十二月党人。

那些美丽高贵的知识女性，就像亭亭玉立的白桦树，对世界没有自己的表明，只知道让自己的根系贴近泥土，它们可能被烧焦，被斧钺砍折，被病毒侵袭，但它们的种子已撒向大地，它们的悲剧还会再现另一种生命。

契诃夫曾经历艰难，长途跋涉，穿过茫茫荒原，迎着凛冽的寒风和狂舞的飞雪，去往萨哈林岛。这是一座地狱般的岛屿，十二月党人劳改的监狱，站在这里能隐约看见日本。这是世界上条件最恶劣之地，是死亡之岛。契诃夫曾在萨哈林岛采访犯人。他钻进犯人的枞木屋，那里一贫如洗，肮脏不堪，同住着苦役犯和他们的妻子，有些人经不住饥饿、寒冷和狱卒的折磨，两三年便死去了。他写道："一些犯人，一些酒鬼，一些疯子，一些偷窃者，他们根本想不起自己在偿还什么罪过了"。

亚历山大·赫尔岑在1866年写道："那些被流放的苦役犯妻子被剥夺了公民权利，她们放弃了自己的财富和地位，然后在东西伯利亚严酷的气候中，在警察部门的可怕压迫下过着囚徒生活。"

这些女子的到来，既改变了自己的命运，也改变了丈夫的命运，使这些十二月党人更坚信自己的信念和理想。她们温暖的女性光辉，也许微弱得像烛光、像萤火，却灼透了一角黑暗，照亮了历史。她们被记者、诗人、作家和历史学家们称赞为具有民主精神和爱国精神的女英雄。

4

在这里，我必须讲述几位女人的故事。她们并无壮烈的事迹，但她们的名字永远镌刻在俄罗斯的史册上。她们为了崇高的道德牺牲了一切，她们没有任何罪行，却陪同丈夫忍受了多年苦役生活的一切，使这些苦役犯在孤独和痛苦中，保持了自己的“根基和理想”。她们创造了震撼人心、难以想象的牺牲故事，这故事充满了浪漫主义和理想主义精神。

玛丽娅·沃尔孔斯卡雅，是涅克拉索夫叙事诗《俄罗斯妇女》的主人公。她的丈夫沃尔孔斯基公爵，是十二月党人的骨干分子。沃尔孔斯卡雅公爵夫人本名玛丽娅，她是沙皇卫国战争英雄尼古拉·拉耶夫斯基的女儿。她貌美惊人，气质高雅，聪慧博学，精通欧洲五国文字；她能歌善舞，富有极高的音乐天赋。有一幅名画《无名女郎》，是画家克拉姆斯柯依的代表作，有学者认为这是以玛丽娅为模特绘就的。画面上女主人乘坐一辆豪华的四轮敞篷马车，行驶在圣彼得堡大街上。她高贵的目光斜睨着，小鼻子微微上翘，面容沉静，两只黑黑的大眼睛，长长的深重眉毛，傲慢、高雅，风采照人，一副典型贵族女人形象。

这位在公爵家长大的才女，18 岁嫁给沃尔孔斯基公爵，1825 年 12 月，她还怀着第一个孩子，并不知道丈夫参加起义，犯下“弥天大罪”。

丈夫与她告别，他要去西伯利亚服苦役。她惊呆了，她不相信，好一阵才醒悟过来。当确认有此“罪”时，玛丽娅随即写信给沙皇，要求随丈夫去西伯利亚，沙皇劝她不要去，去了就没有回来的希望，并暗示她可以“离婚”。她毅然决然，信念坚如磐石，沙

— 无名女郎 —

克拉姆斯柯依

皇无可奈何，只好批准了她的要求。

玛丽娅脱下华丽的衣服，放弃了贵族的荣誉和权势，告别亲人，离开自己温暖的家庭，怀揣着普希金的诗《致西伯利亚的囚徒》，踏上了漫长的风雪之途。她要亲口朗诵诗给这些流放的苦役犯，安慰一颗颗苦难的灵魂。玛丽娅终于来到西伯利亚，探监时，她还精心打扮了一番，穿上漂亮的衣服，帽子上还戴了一朵星形小花，更衬托出她的美丽、温柔。丈夫顿时热泪潸然，嘴角颤抖了半天，说不出一句话来。她在日记中记述了和丈夫会面的情景：

> 谢尔盖向我扑来，他衣衫褴褛，蓬头垢面，一阵脚镣的叮当声使我惊呆了！他那双高贵的脚竟然上了镣铐！这种严酷的监禁使我立刻理解了他的痛苦、屈辱的程度。当时，谢尔盖的镣铐如此激动了我，以致我先跪下来吻他冰凉的镣铐，而后吻他的身体……

这就是俄罗斯女人！这就是冰清玉洁的爱情！后来诗人涅克拉索夫读到这个细节时，禁不住跪在地上，号啕大哭，泪流满面。他惊叹玛丽娅是天使，她的精神高尚圣洁，放射着光辉！

另一位值得大书特书的女性便是特鲁别茨尤娅，她是特鲁别茨基公爵的妻子，追随丈夫去了贝加尔湖服苦役。她乘马车在狂风暴雪中行驶五个星期来到伊尔库茨克省时，省长大人奉沙皇旨意规劝她回圣彼得堡，她以平静的口气说道：“我应该在丈夫身边死去。”省长大人便威胁道：“那你不能乘马车，你必须戴上锁链，由哥萨克骑兵押解，步行前去。”特鲁别茨尤娅依然平静地说：“那我就一步一步走向坟墓。”在场一位老官吏听罢，眼泪涌出，用战栗的声音赞叹道：“这是真正的爱情!”

此情此景，谁不鼻酸眼潮呢？这哪里仅仅是爱情？分明是一个俄罗斯贵族女性高贵的情怀，是对奴隶制、封建专制的抗争！是走向刑场的巾帼英雄的壮举!

特鲁别茨尤娅来到这苦寒之地，且不说生活艰难难以言状，即使与丈夫见面也不易，一周只准许见两次，每次不超过一小时。特鲁别茨尤娅和其他犯人的妻子往往提前来到监狱门口，坐在大石块上等待，士兵们不耐烦，用枪托子打她们，她们愤怒了，立即上诉圣彼得堡，捍卫自己的权利。

“俄罗斯女人天生是为超越苦难而生。丈夫是军人，她们毫不犹豫从军入伍；丈夫流放，她们义无反顾跟随。十二月党人在这狂风雪地演绎出人类最崇高的情感故事。”

有位名叫尼基塔·穆拉维约夫的十二月党人，参加起义并未告诉妻子穆拉维约娃，事后非常内疚、惭愧，他写信给妻子：“我曾多次想对你说出这个不祥的秘密，可是我怕你为我终日担惊受怕……我给你带来了痛苦和惊吓。我的天使，我愿双膝跪在你的脚下，请饶恕我。”妻子回信说：“你的泪水和微笑，我都有权分享一半。把我的一份给我吧。”穆拉维约娃同沙皇政府斗争一个月，才获准追随丈夫流放。在天比翼，在地连理，她像是一朵圣洁的雪莲花，为冰天雪地带来一抹春意。她离开圣彼得堡后，母亲和儿子去世，时隔三年，父亲病故。噩耗频频传来，她也一病不起，离开人间。丈夫一夜白了头，在她墓地装上电灯，以温暖的灯光驱逐西伯利亚的寒冷。

流放服役的十二月党人曾是打败拿破仑的英雄，他们曾进驻法国四年，有些法国姑娘成了他们的情人。这些女人远在法国，得悉情人流放，纷纷来到俄罗斯，来到圣彼得堡，向沙皇申请看望情人，要与情人结婚。这些女人多是出身名门望族的大家闺秀，她们气质高雅，花容月貌，也像俄罗斯女子一样，迎风冒雪，跋涉万里，寻找自己的情人。

有位叫唐狄的法国姑娘，得知她的俄罗斯情人伊万谢夫因参与十二月党人起义被流放到西伯利亚，便从法国赶到俄罗斯。在离开圣彼得堡后，由于语言不通，在茫茫的西伯利亚迷了路，一名流放中的昔日强盗倒成了她的引路人，帮她找到情人。她发现他的牢房“阴暗、潮湿、不通风，简直是一座坟墓”。没有红地毯，没有鲜花，一个法国少女便在监狱中举行了婚礼，俩人结为夫妻，共同抗击恶劣的气候，抗争生活的种种苦难。对唐狄来说，此生只要确定两个人在一起，就足够了。在她的精神世界里，道德应是崇高的，思想应是高洁的，才能有神圣的爱情。这朵“温室之花”怎能经得起风雪欺凌？没几年便凋零了。她倒下不久，丈夫也去世了，一双年轻的生命便葬送在这片酷寒的土地上。她和自己的丈夫一样，是悲壮的牺牲者。

还有一位法国女服装设计师，名叫波利娜，俄军占领巴黎时，她偷偷爱上俄国禁卫军上校安年科夫。那时，社会不允许富裕的贵族同一个法国裁缝结婚。波利娜为了恋人的远大前途，不敢倾诉这种浪漫恋情，将深沉的爱藏匿心中。当波利娜得悉她的恋人被褫夺公民权而流放西伯利亚时，她感到有了结婚的可能，便奔赴莫斯科，获得安年科夫母亲的同意，又几番申请，终于等来沙皇政府批准她与安年科夫结婚的文件。他们的婚礼是在天寒地冻的贝加尔湖监狱中举行。在婚礼进行期间，安年科夫的镣铐被卸了下来；婚礼结束，安年科夫又戴上了镣铐，被关进监狱。几年后，他们终于被苦难击倒，双双长眠在西伯利亚荒原。

流放者妻子的境遇有时比女性罪犯还要糟糕。契诃夫在《萨哈林岛》中描述了这些妇女的生活状况：

一名自由的妇女刚到达岛上那会儿，脸上带着完全麻木的表情。这座岛以及苦役犯周边条件令她震惊。她会绝望地说，在她赶往丈夫身边时，她没有自欺欺人，也预想了最坏的情形，但是现实其实比所预想的都可怕……她日日夜夜地哭泣，为逝者唱哀歌，为被抛弃的亲人祈祷，好像他们死去了。而她的丈夫承认自己对她十分愧疚，忧郁地坐在那里，但突然间，他清醒过来，开始打她、辱骂她，指责她为什么到这儿来。

还有一位来自圣彼得堡的女教师，名叫娜乌莫娃，她放弃了在首都的生活，来到萨哈林岛，在这里建立了第一个孤儿院。这位理想主义的年轻女教师遇到无法想象的困难，她无法忍受萨哈林岛官员对她的刁难和欺凌，无法忍受萨哈林岛上那些硬心肠、精神堕落的人以及对她的事业充满敌意的气氛，于是她开枪自杀了。

还有八十二位党人的妻子，她们和丈夫们一起为真理受苦受难，死后埋在西伯利亚荒原上，没有墓碑，没有墓志铭。苦难的灵魂在荒原上漂泊，陪伴他们的是冷漠的阳光，肆虐的风雪，还有无边无际的寂寞，只有历史在哭泣时才想起他们。

这些革命者被列宁称为“俄国第一代革命者”“贵族革命家”。他们是本阶级的叛逆者、掘墓人，他们是民主革命的先驱，他们是殉道者、圣徒，社会的变革往往由这些先知先觉，甚至统治阶级的贰臣发起。

十二月党人的失败，使我想起 19 世纪英国伟大的诗人拜伦。拜伦也是世袭贵族，但他痛恨来自本阶级的虚伪、狡诈、阴毒、贪婪、自私的恶劣本性，他高举自由、平等、博爱的旗帜，背叛贵族阶级，投身希腊人民抗击侵略的民族解放战争中。他变卖家产，为希腊人民购买枪支、弹药，雇船运到米索朗基。他亲自出任反抗军司令，冲杀在第一线，最后献身希腊革命。

十二月党人起义，虽然规模不大，时间也短，也很惨败，但犹如空谷足音，前无古人，后无来者。从这里你会听到旧俄罗斯的迸裂声，这是发自内部的巨雷般声响，预示一座腐朽的专制大厦离彻底倒塌为期不远了。

5

尼古拉一世能将这些十二月党人放逐非人之地，但他们的妻子却通过与朋友、家人的通信，把十二月党人的伟大人格、牺牲精神以及他们的苦难，传遍俄罗斯各处城镇。这些妻子被记者、诗人、作家和历史学家们称赞为具有民主精神和爱国精神的女英雄，是帝国改革运动中的天使、圣女。她们的芳名和十二月党人一起镌刻在俄罗斯的史册上，在人类命运进程的史册上。

陀思妥耶夫斯基说："十二月党人犯罪不是出于恶，而是出于善。"

列宁说："十二月党人起义的力量其实不在于它用武力挑战了圣彼得堡专制政权，而在于它塑造了一个爱国主义和共和主义美德的范例。"

普希金写了一首诗，名为《致西伯利亚的囚徒》：

在西伯利亚矿坑的深处，
望你们坚持着高傲的忍耐的榜样，
你们的悲痛的工作和思想的崇高志向，
决不会就那样徒然消亡。
……
正像我的自由的歌声，
会传进你们苦役的洞窟一样。
沉重的枷锁会掉下，
黑暗的牢狱会覆亡，
自由会在门口欢欣地迎接你们，
弟兄们会把利剑送到你们手上。

这首诗在民间传抄很广，直到普希金去世后才得以公开发表。

其实在枢密院广场那一天，普希金从他的出生地乘马车赶往圣彼得堡，途中遇到一只兔子，普希金可能受到俄罗斯民间迷信的影响，感到这不是好兆头，命令车夫掉头返回故地。后来沙皇见到普希金，问道："如果那天你在圣彼得堡，你会在哪里?"普希金慷慨激昂地答道："我当然会在队伍前列!"沙皇用鼻子"哼"了一声，转身离开。

国家不幸诗家幸！十二月党人发起的革命虽然失败了，但为俄罗斯语言之父、诗圣普希金登上历史舞台铺开了道路，正如中国唐朝“安史之乱”成就了杜甫，使他成为名垂千古的“诗圣”。自此以后，俄罗斯文学汹涌澎湃而来，一浪接一浪，一场伟大文学变革的先声奏响在俄罗斯土地上。果戈理、契诃夫、屠格涅夫、陀思妥耶夫斯基，还有雷列耶夫、丘赫尔别凯、奥托耶夫斯基和别林斯基等一批诗人、文学家，像雨后春笋般冒出来，带着火焰般的诗句、雷鸣般的掌声，迎接一个伟大时代的到来。

十二月党人的悲剧激起俄罗斯社会的同情和抗争。托尔斯泰搜集大量的十二月党人的素材，准备写一部长篇小说，结果完成了史诗般的巨著《战争与和平》。陀思妥耶夫斯基以十二月党人的人生为素材，创作出不朽名著《被侮辱与被损害的》。契诃夫的朋友、俄罗斯著名风景画家列维坦，完全出自内心情感的体验，以鲜艳的色调画出《白桦林》，赞美白桦的高贵、静穆，实际上是歌颂那些坚贞、高洁的俄罗斯女子。列维坦还有一幅名画《弗拉基米尔路》，就是直接以描绘十二月党人流放为题材的，从画幅上可以“听到”这条道路上被流放到西伯利亚的囚犯的哀歌和数千人生活破灭的恸哭。这是一条漫长的无尽头的路。画面是苍凉的大地、阴郁的天空、浮动的云块、孤独的墓碑、萋萋的野草，死亡般的静寂，没有丝毫的光亮。这是“历史的风景”，它再现了 19 世纪俄罗斯知识分子的痛苦和悲惨的人生之路。这诗一般的象征，好像大地在哭泣。

— 弗拉基米尔路 —
列维坦

草原上夕阳西下，
远处的羽茅草金光如焚。
囚徒的脚镣，
扬起道路上的灰尘。

沿着这条路，沉重的镣铐叮当声，伴随着囚犯们走向西伯利亚。叶赛宁写诗道：“那不是路啊，是一座座坟墓/那不是路标啊，是坟前的十字架。”十二月党人的镣铐是神圣的物品，是他们为真理而忍受苦难的象征。

悲剧拥有永恒的意义。为他者的苦难而战，为被侮辱与被损害者而战，为被奴役与被统治者而战，这是万古长青的神圣事业。十二月党人是自由的精灵，俄罗斯国徽的双头鹰上有着他们的灵魂。对外他们是抗击侵略者的英雄，对内他们则是专制和不平等社会制度的掘墓者。他们的精神将永远照耀俄罗斯人的心灵，在世界史上也永远闪烁光芒。

我离开十二月党人广场时，特意走进白桦林，一连照了好几张相，在美景和哀愁的背后，挺拔茂盛的白桦林给我的生命注入新的元素。我想起了十二月党人的妻子亚历山大·伊万诺芙娜·达夫多娃的话：“诗人们把我们赞颂成女英雄。我们哪是什么女英雄，我们只是去找我们的丈夫罢了……”是的，她们是寻找丈夫、寻找真理去了，是寻找精神的太阳去了！这世上虽然没有她们的雕像，但她们已成为圣女，永远屹立在荒凉的西伯利亚大地上，她们身上折射的人性之美、神性之美、诗性之美，将穿越时空，辐射未来。

在俄罗斯，当一个男人遇到困境，他的身后必定站出一位伟大的值得尊敬的女性，这是他们的精神之源、力量之神，所以一些作家说，俄罗斯男人的性格是俄罗斯女性塑造的。俄罗斯女性不仅具有母性的博大情怀，还有一颗强大的灵魂。正是这些女性用心灵的火光照耀他们，给他们以关爱、鼓励、理解和支持，以生命的勇气和力量呵护着他们。我家书房里就挂着克拉姆斯柯依的《无名女郎》，当然是复制品。坐在敞篷车上的女性，浑身洋溢着温暖的力量，闪耀着高贵的人性。

叶赛宁是抒情诗人，他在《白桦》诗中写道："我甚至想以自己炽热的身体"去"拥抱白桦林袒露的胸脯"；而在另一首诗里，他却忧伤地写道："白桦哭遍树林"。

广场上的白桦树绿意浓郁，嫩绿的叶子在阳光下闪烁，从涅瓦河上吹来的风使枝叶摇曳，翩翩舞动，这是一种赤裸裸的美和扣人心弦的诗意。白桦树具有天生的诗意，这诗意中又氤氲出忧郁和梦幻的气息，这是绝望者的忧伤和梦幻，带有抒情式的柔韧和绵长。

2020 年 10 月 8 日

他们的灵魂温暖着大地

他们的灵魂还活跃着、燃烧着、温暖着莫斯科南郊一片旷野。

来到莫斯科，我所钟情的是凭吊莫斯科最神圣的公墓——新圣女公墓。新圣女公墓位于莫斯科西南部，原是上层人物和贵族的安息之地。据说，当年彼得大帝的姐姐索菲娅公主参加政变，因政变失败而被囚禁在这里的修道院，死后便葬于此。到了 19 世纪，新圣女公墓成为俄罗斯著名知识分子和社会名流的最后归所，这里挤满了俄罗斯文化和政治的精英人物和二战牺牲的将士。

正是春暮夏初时节，俄罗斯的天空湛蓝湛蓝的，闲云淡淡，和风轻轻，阳光明媚而温暖。阳光下绿树葱茏，鲜花着锦般热烈，荒草萋萋，矢车菊从去年发黑的落叶层中挣扎出来，开得灿烂，高高低低的松树、白桦树，将墓地融入大自然中。我们走进用松柏树枝搭设的牌坊，举目望去，墓碑如林，密密麻麻，苍茫感、浩瀚感、悲壮感，惊心动魄。游客不少，但谁也不说话，墓地寂静得可怕，有一种压抑得人心窒息的气氛。

时近中午，阳光饱满而宽厚，一排排墓碑，整齐而肃穆。我摘下眼镜，用餐巾纸擦擦镜片，望着茫茫一片墓碑，呆呆地站着。

阳光被树荫遮住，打在黑色墓碑上，斑斑驳驳的光点在碑石上闪烁，那是闪光的幽灵。这些墓碑造型千姿百态，高低错落，但都伸向天空，伸向亮丽的星辰，将人们引向缥缈遥远的地方。远处的教堂，高高的尖塔，清脆悠扬的钟声，还有墓地大大小小的十字架，十字架和树枝的阴影罩在墓碑上，阴郁、凝重，更增添墓地神秘的氛围。我像走进一片古战场，悲歌慷慨，荡气回肠。这些精英豪杰的遗骸如今横七竖八地挤在泥土中，他们在世时，多么辽阔的疆域都不足以供他们纵横驰骋，但他们的名声和业绩彪炳史册，名闻遐迩。

生活一页页翻过去，历史沉甸甸地钉在这里。我走在墓地间的小径上，依稀听到一种声音，杂乱、隐约……那是政治家铿锵有力的演讲？那是诗人委婉的吟咏之声？还是艺术家们的引吭高歌？抑或是将士们同敌寇厮杀时发出的惊天动地的呐喊声？这声音发自他们的灵魂，源自大地，伴着虫鸣蛩音，形成天籁，使人不要忘记那些血与火的岁月。

沉静，沉静，无边寥廓的肃穆、庄严，是一帧帧黑白默片。

这里并不寂寞，每天都有市民来凭吊，在墓碑基座上摆放一束束鲜花，恭恭敬敬默哀，这一切都蕴含着俄罗斯文化的韵味。

我拍完几张照片，猛然感到有几尊面孔熟悉的墓碑，造型各异，却给人鲜明的记忆。导游告诉我们，这里有果戈理、契诃夫、马雅可夫斯基、法捷耶夫、斯坦尼斯拉夫斯基、乌兰诺娃的坟墓，当然还有政治家、科学家、军事家的坟墓，这些生前叱咤风云、纵横天地，或驰骋翰墨、呼啸奔突的英雄豪杰，他们是历史的创造者，是新生活的助产士，俄罗斯人民不会忘记他们。每座墓碑上都放有鲜花和花圈，有的花圈破损了，风雨改变了它们的形象，但那墓碑的雕像，或以其神，或以其形，都刻下墓主人精彩的留影，斯人已去，只有这些雕像创造出另一种生命。

这墓碑实际上是一种符号。人类都是生活在符号中，它告诉人该怎样生、怎样死，符号导演人类的生命。

在导游的引领下，我们最先观览的是奥斯特洛夫斯基的墓碑，雕像是他临终一刻的形象，被雕刻家捕捉并定格在光洁的大理石上。他躺在病榻上，饱受折磨的躯体微微隆起，一双无神的眼睛凝视着远方，一只手放在书稿上。墓碑下方的大理石基座上是伴随他大半生的军帽和战刀，那血与火的年代仍然燃烧着激情。一部《钢铁是怎样炼成的》曾经风靡中国千家万户，那段闪光的名言“人生最宝贵的是生命，生命属于人只有一次……”我们这一代人，谁的笔记本没有抄录过？谁没有作为座右铭背诵过？遗憾的是现在的微信、QQ 群里，谁还传播这人生的经典名言？

这是人类巨大的精神遗产。作为生命的坐标，应该高高耸立在人类灵魂的高地。

在墓地的一角，一棵槭树树荫里有一座一般人并不关注的墓碑，墓碑主人的名字并不如雷贯耳——音乐家肖斯塔科维奇。我曾在《外国音乐家辞典》上浏览过他的生平及作品。他父亲是工程师，母亲是钢琴家。他 13 岁便考入列宁格勒音乐学院，创作了许多优秀作品。他最杰出的作品是《第七交响曲》（《列宁格勒交响曲》），那激昂的旋律、强烈的节奏、愤怒的音乐语言、烈火般的激情，似乎仍然回荡在墓地上空。他的灵魂在乐曲中获得永生。

从 1941 年至 1943 年，德国军队围困列宁格勒长达 900 余天，苏联军民处境极其艰难，寒冷和饥饿，还有战火，牺牲 90 万人，其中因冻饿而死亡的有 46 万人。1942 年 8 月，德军认为列宁格勒唾手可得，他们的司令官甚至向部下军官送去将在列宁格勒举行盛大宴会的请柬，庆祝他们的胜利。

就在那一天，肖斯塔科维奇举行了一场“盛大”的音乐会，首演《第七交响曲》（《列宁格勒交响曲》）。乐团只剩下 15 名团员，其余的或冻死、饿死，或负伤在医院里，还有的上了前线，但他们仍然保证演出。此曲以这场战争为题材，颂扬苏联军民的英勇抗战。为使演出如期举行，苏军以密集的炮火摧毁了敌人的阵地，随后这部表现愤怒与反抗的音乐巨作，便在战火中奏响。这是贝多芬式的《英雄》乐章，鲁热·德·利尔式的《马赛曲》，将士们为了祖国勇赴疆场，在进军号中形成汹涌澎湃的潮流。这天纵之音、呼啸之声，像山洪暴发，像岩浆奔突，雄壮的旋律，强烈的节奏，响遍每一座街垒，每一条战壕，每一个将士的胸膛。《列宁格勒交响曲》以巨大的艺术魔力震撼着这座城市，列宁格勒带有宗教般的力量，“唰”地站立起来，挺起胸膛！

鲁热·德·利尔的《马赛曲》也是在战火中谱写，作者并不是音乐家，而是一位工兵上尉。面对奥地利和普鲁士侵略军，他一腔怒火，挥笔而就。愤怒的烈焰化为呼啸之声，天风海雨般的豪情，狂飙激昂般的旋律，鲁热·德·利尔成为“神”和“天才”。

这是文化的力量，这是艺术的力量，这是发自灵魂的由上帝赋予的神力。

肖氏的墓地极不显眼，好像躲在强大的主旋律后面，墓碑上只有几个简单的音符。这位天才的音乐家一手扶正了一个民族的腰板，铸造了一个民族昂然挺立的风骨。

每一尊墓碑下都有着一颗赤诚的心，一颗燃烧的灵魂。这里最吸引人的是果戈理的墓地。果戈理是俄罗斯语言艺术家，他的《死魂灵》《钦差大臣》是俄罗斯文学经典，也是世界文学宝库里弥足珍贵的“绿宝石”。屠格涅夫称赞果戈理是“伟大的诗人”“伟大的艺术家”，并说：“伟大的人物……是我们的荣耀，并使我们感到自豪”；托尔斯泰把果戈理比作17世纪法国思想家帕斯卡尔，他亲手编选果戈理《与友人书信选》，并将它改名为《果戈理，人生的导师》，并不点名地批评了别林斯基。别林斯基曾写过一封长信，严厉批评果戈理，果戈理不得不写信辩驳，这是普希金时代轰动文坛的一桩“大案”。果戈理曾一度消沉，托尔斯泰大翻其案，斥责别林斯基的荒谬，极力赞扬果戈理的文学成就。

果戈理以他丰富的人生阅历和非凡的才华，冷静朴实，细密精辟，富有辩论和暴露的力量，对帝俄时代腐朽透顶的官场进行无情的鞭挞，唤醒民众推翻罪恶的农奴制。

果戈理灵魂不死，他精神的光辉依然闪烁着、照耀着俄罗斯人的今天和未来。他读书时期深受普希金影响，也喜欢十二月党人的言行，他的精神世界既有爱国主义、人道主义和民主主义的精华，也有地主阶级的偏见和宗教迷信，这是浑浊的矛盾体。自从结识了普希金，他的精神净化了，灵魂升华了，他的《死魂灵》和《钦差大臣》实际上是由普希金提供给他的题材写就的。

果戈理生前一再要求死后不竖碑，他愿与大地融在一起，但后人没有执行他的遗嘱，在他的墓前竖了墓碑。果戈理小普希金 10 岁，长契诃夫 51 岁。契诃夫生前并未见过果戈理，他出生时，果戈理已经去世 8 年。据说果戈理的墓穴里，黑色的棺材中没有他的头骨。一位极其崇拜果戈理的剧作家说服看守墓地的修女，将果戈理的头骨取出来，自己珍藏。消息传出后，社会一片哗然，果戈理家人要求索回，这位剧作家不得不交出头骨。果戈理后人托人将他的头骨送到他生前最喜欢的意大利埋葬，但委托人和头骨神秘失踪了，至今还是个谜。

我踏着落叶寻找果戈理墓地，墓地铁栏已经锈迹斑斑，一个圆形的花环嵌着果戈理的头像：齐耳短发，神情忧郁，面容清癯，一双目光犀利的眼睛闪烁着高傲的光芒，也蕴含着一种不可遏止的力量，透露出灵魂深处的神秘。这速写画般的雕像呈苍黛色，艺术效果有着青铜雕像的高古和历经沧桑的遗风流韵。

古罗马最爱用石头砌筑纪念性建筑，石头成了一种雕塑语言。每一块墓碑都是一首诗，举目望去，碑林浩茫，简直是一部大理石交响诗。天无私覆，地无私载。壮烈、悲怆、豪勇、沧桑，把这些词汇连接起来，便构成高旷、深远的诗意和超越哲学美学的功能。

墓碑后砌起的泛着光泽的大理石座，石座上有金色的十字架。这是生命原初的形象吗？我愿那耸立的十字架上有颗不朽的灵魂，一头连着高耸入云的天堂，一头深扎堂奥之大地。在这里我认识了活跃在果戈理书中的人物：《死魂灵》中的乞乞科夫、泼留希金，《钦差大臣》中的赫列斯塔可夫，还有《狄康卡近乡夜话》那乌克兰璀璨的夜空，熙熙攘攘的集市，善歌善舞的穿着鲜艳长裙和高筒皮靴的少女和矫健如雄鹰般的小伙。纯朴的乡野，趣味的风俗，使我更加喜欢俄罗斯的一切。

契诃夫的墓园，圈着黑色铁栅栏，栅栏上爬满粉红色的牵牛花，草丛中盛放着白色的百合花，更衬托出墓园的寂寞苍凉。但墓碑上没有他的雕像。契诃夫那夹鼻眼镜山羊胡的形象，曾经镌刻在我的脑海里。看不到那熟悉的面孔，只见白色尖碑上面镶着一块方正的铜牌，颜色是黛色的，上面的图案难以辨识，凹凹凸凸，斑斑点点，似乎是超现实主义印象派的作品。导游说，没有发明青霉素之前，肺结核是一种绝症，那个时代，俄罗斯多有人死于这种疾病。俄罗斯雕刻家想象丰富，留给人们的不是契诃夫英俊潇洒的美男子形象，而是一个蜂窝形的肺。我呆呆地望着这个患病的肺，想象契诃夫一张苍白、痛苦的脸，一副绝望的表情，他的痛苦被雕刻家定格为永恒。

契诃夫生前曾说："医学是我的妻子，文学是我的情人。"他在医学和文学中间忙个不停，白天为人看病，夜晚从事文学创作，他的许多伟大作品都诞生在静静的深夜里。"我写生活"，契诃夫严格遵循文学的规律，生动而深刻地记录下生活。他终生喜欢旅行，他说："我一生都幻想着旅行"。

还有《青年近卫军》作者法捷耶夫的墓碑，这位作家在 20 世纪曾名噪中国。《青年近卫军》是一部根据真人真事撰写的长篇小说，素材源自沦陷区克拉斯诺顿共青团地下组织"青年近卫军"同德国法西斯占领军斗争的故事。这是一场悲剧，但作品充满浪漫主义的想象，热烈而坚定的信念，写出几个年轻人勇敢与鲜活的形象，是一曲既悲壮又高昂的英雄主义乐章。谁不把它当作经典阅读？鲁迅曾称赞："铁的人物和血的战斗，实在使描写多愁善感的才子和千姿百态的佳人的所谓‘美文’，在这面前淡到毫无踪影。”

还有阿列克赛·尼古拉耶维奇·托尔斯泰，他的代表作《苦难的历程》，很多中国读者没有读过，但他的一首儿歌却家喻户晓，曾经多次选入小学语文课本：“小羊乖乖，把门开开，妈妈回来了，妈妈来喂奶……”

卓娅和舒拉的墓碑下总是鲜花丛簇，凡来凭吊者无不怀有敬慕和悲悼之情。青少年时代，我们言必称卓娅、舒拉，行必学保尔·柯察金，他们是我们的精神楷模。卓娅和舒拉仍然引人注目，他们的事迹仍然感动一代一代俄罗斯人。

“天地为愁，草木凄悲，吊祭不至，精魂无依。”每天都有莫斯科市民来此凭吊，似乎只要在这里停留片刻，自己的心就会轻松舒畅，平淡的生活就会点燃希望的烛光。俄罗斯精英的灵魂，已形成一种魔力，吸引着一代代的朝拜者。

结束在莫斯科的旅游，我们一夜乘车来到圣彼得堡。这是当年沙皇的帝都，其豪华、美丽、壮观令人惊叹，其文化积淀更是雄厚。无独有偶，圣彼得堡也有一处举世闻名的公墓，位于涅瓦大街的东端圣三一大教堂附近。公墓分为两片，东边多为王公贵族的陵寝，墓碑高大奢华；西边名为齐赫文公墓，也埋葬着皇胄贵裔。但最不可忘记的只有两个人：陀思妥耶夫斯基、柴可夫斯基。

那天正是阴天，太阳被埋在云层里，大片的浮云游弋着，虽是初夏，冷飕飕的风却颇带寒意，我们不得不穿上呢子外套。购得门票后，导游便带我们径直走进西边院门。

寻找陀思妥耶夫斯基墓并不难。这里的游客并不太多，但所有的游客都手持鲜花，祭祀这位伟大的现实主义作家、思想家。陀思妥耶夫斯基在俄罗斯人心目中比托尔斯泰、契诃夫还伟大，被称为“人民的作家”。他天才的感受力和洞察力，捕捉了人类的弱点和局限，指出了“善”的背后是“恶”，揭露了人格的分裂。他的作品是对专制统治者和农奴制的愤怒抗议，喊出了人民的心声。他的墓碑高大巍峨，碑后有一个十字架，碑下有荆棘花冠。他须发蓬乱，神色严肃，目光深沉、忧郁、倔强。

那个时代，一些诗人和作家天生是殉道者，他们的命运是自杀、遭害、囚禁、贬谪、流放，最幸运的人是别林斯基，也未免于身陷囹圄。陀思妥耶夫斯基是在绞刑架下被赦免的罪犯，而后改判流放西伯利亚服苦役四年，“他由一个罪人成为灵魂的拷问者”。他在流放中不忘创作，声称要创造一种“特殊的、艰涩的、复杂的、别出心裁的，甚至是超自然风格”的作品，他笔下出现的是丑恶、“混乱”，大量的“恶和痛苦”，《死屋手记》便是他流放时期的真实记录，揭露了暗无天日的监狱生活。他说：“我只担心一件事，我怕我配不上自己所受的苦难。”人们称他是“残酷的天才”“文学界的普罗米修斯”。他的作品都是经典。走近他的墓，我不由得想起《白痴》中的梅什金公爵、娜斯塔西娅·菲利波夫娜，《罪与罚》中的拉斯柯尔尼科夫·索尼娅，还有《白夜》中的娜斯晶卡这些可怜兮兮的悲剧人物。

陀思妥耶夫斯基一生命运坎坷。他在1845年发表的一篇小说《穷人》，使他一举成名。他参加了反对沙皇，反对农奴制，高举民主、自由、博爱的旗帜的革命团体——彼得拉舍夫斯基小组活动，并在大厅里高声朗诵别林斯基致果戈理的信。这封信不仅严厉地批评了果戈理的创作倾向，还有大量言辞攻击、反对沙皇和抨击农奴制，并扬言："当前俄罗斯举国上下，最迫切最现实的问题是废除农奴制，取消肉刑，开始尽力严格地实施法律"。他还揭露官场的腐败、贪婪、肮脏、凶残、虚伪，以及敲骨吸髓般榨取农民的东正教的邪恶。他的言论深深刺疼了沙皇的神经，因此他被捕入狱。多年的苦役并没有改变他的意志，动摇他的信念，后来他回忆道："我们这些彼得拉舍夫斯基分子，站在断头台上，听着对我们的判决，毫无悔改之意。"他说："摧毁我信仰的不是流放的岁月，也不是痛苦，恰恰相反，任何东西都不可能摧毁我们，而且我们的信念由意识到业已完成的天职，从精神上支持了人们。"

陀思妥耶夫斯基以他的《罪与罚》《被侮辱与被损害的》《卡拉马佐夫兄弟》享誉世界文坛。在作品中，他强调了犯罪的根源是社会的不正常状态，但推翻现存的社会秩序，仍然不能消灭犯罪，因为任何社会制度都避免不了恶的存在，因为恶隐藏在人的灵魂深处。他的小说细致地刻画了小人物悲惨的人生，被鲁迅称赞道出了

“惨痛热烈的心声”。我最近读了他的《彼得堡纪事》，文中广泛地描写了圣彼得堡市民的生活和世态，文笔泼辣，生动细腻。酷寒的冬季，街头踽踽而行的马车，惨淡的落日黄昏，凛冽寒风中哀鸣的鸟雀，流浪的乞丐，瑟缩在寒风中的穷人，生活是暗淡的，气氛是郁闷的，为后人留下了沙皇时代一幅凄凉的风俗画。陀思妥耶夫斯基是永远倾听大地呻吟的人，他关注穷人的卑微处境和可怕命运，他怜悯每个穷人，怜悯每个被侮辱和被损害的弱者。

由于贫穷，陀氏在圣彼得堡不断地搬家，而那众多的“故居”都成了陀氏的“旅馆”，每个“旅馆”门口或窗户上都贴着陀氏的照片，他的头像成了注册的商标，有的头像下面注有“《死屋手记》《被侮辱与被损害的》在此处写出”。

我徘徊在陀氏墓前，低着头，好一阵沉思。天上流云翻涌，雨意浓浓，低沉而压抑。有一片去冬的落叶被风卷起，恰巧落在陀氏的墓碑上，是来祭祀这位文学人物吗？墓旁的白桦发出萧萧声，氤氲出一种凄怆和悲壮的气氛。

陀氏墓周围摆满了鲜花，有几支洁白的花朵平放在祭台上，看似枯萎，却有夜露凝结在上面，像刚刚哭过，这是花朵和人们情感的默契。有趣的是陀氏墓地离他最后的居所很近，不足两站，陀氏的灵魂是否时时探望他的旧居？

俄罗斯的初夏阴晴不定。晴天丽日当空，暖洋洋的；阴天则冷风飕飕，寒意料峭。不论阴晴，走进墓地，我们的心情都是沉重的。柴可夫斯基墓地草丛中开放着矢车菊，一棵说不上名字的高大乔木耸立在墓地上。他的墓碑独特，雕像身后是天使，天使的翅膀旗帜般地张扬着、高耸着，欲飞未飞；雕像背后是十字架；雕像下面是一尊身着白色长裙、低头静默读书的少女。那天天气不好，游客很少，墓地一片宁静。哲人说，静分四层：安静是最低层，寂静略高一筹，宁静最高，大宁静属于宇宙美学。少女面对死者读书，那种认真，那份专注，在宁静中寻求知识，在宁静中走向深远，是不是进入了生命的最高境界？我想，这场景若是秋日，夕晖照落，黄叶飘零，有一两片叶子落在少女头上、肩上，她依然伴着死者默默读书，如痴如醉，那是多么凄美的诗意！

我走近墓碑，依稀听到一曲优美的旋律从黑暗的棺木中传来，是《睡美人》《胡桃夹子》，还是《意大利随想曲》？抑或是《叶甫盖尼·奥涅金》的乐曲？袅袅的，悠悠的，一种发自灵魂深处的乐章，那么美妙，那么动人！有一种温暖的力量！

望着柴可夫斯基的雕像，我想起他和娜杰日达·冯·梅克夫人缠绵的情书，不是情书却胜似情书，阅后谁不情潮翻腾？但他们以理智控制着，没有沉入世俗的男女情爱的漩涡中。他和梅克夫人通信长达 14 年，几乎未曾谋面，有一段时期两人的居住地相距不过半英里，都未来往过，只是信函频频，鸿雁翩翩，这是经典的柏拉图式的爱。

那时俄罗斯虽处在沙皇的专制统治下，却出现了俄罗斯文学的“黄金时代”，涌现出一大批大师级的文学家。“黄金时代”的文学，“骑士精神”得以张扬，文学已成为激情化的信仰，作家们意识到他们“不仅要为俄国的文学史活着，而且要为俄国的历史活着”。他们都是大写的人，是人类的骄子，他们的声音沸腾了一个时代。

这哪里是碑林啊，分明是生命的另一页风景，它们使我们悲悼，也使我们感悟人类悲剧的命运和苦难的历史。

雕刻的大理石墓碑，件件精美至致，每一座墓碑都掩藏着人类精神的遗产，每方墓冢都有一颗不灭的灵魂。他们的灵魂温暖着一代代俄罗斯人，也温暖着广袤的俄罗斯大地。坟草青青，墓地上笼罩着沉寂、悲哀的气氛，野花和青草都产生感应般的默契。我徘徊在墓碑间，没有死亡的阴郁感，只领略到壮丽的生命气象，宏伟的文学景观，富有强烈时代感的艺术菁华。那是人类精神世界的珍品，那是亡灵的艺术天堂，它们用爱温暖着我们。

2020 年 11 月 7 日

走进俄罗斯草原，想起契诃夫

1

我喜欢荒原。荒原是未经人类删改和艺术加工的上帝的原创。在这里，草荣草枯，花开花谢，树生树灭，都是自然的安排。荒原不是荒漠，荒原是自由主义王国，荒原既是生命的摇篮，又是坟墓。

如果你在禾稼丰茂的田园里行走，突然前面出现一片荒原或是荒野，野草葳蕤，荆棘杂乱，花草缤纷，你会惊喜地感叹：田园，我太疲累了，终于在这里喘了一口气！

许多作家、艺术家都喜欢荒原。大名鼎鼎的英国诗人艾略特就以《荒原》为题写出长篇抒情诗，其实是象征性揭露社会的荒芜、杂乱。

凡·高的朋友保尔·高更是荒原的苦恋者，他离开阿尔小城，追求“野蛮”“原始”“纯洁”“自由”，而荒原恰恰具备这种品质。

来到荒凉原生态的“塔希提岛”，他固执地认为“社会的罪恶源于文明”。他认为“塔希提岛”原始的自然还未遭到人残酷的蹂躏，人的生存意识淡薄，人的欲望和贪婪还未形成，潘多拉的魔盒还未打开，一切还遗留着伊甸园的风韵。

法国画家古诺姆是个热情的浪漫主义者，他极力追求创作自由，个性解放，反对陈腐的形式。他是有荒原意识的画家，每次看到那些人类未涉足的原生态荒原，就惊喜得大呼大叫，甚至渴望变成一棵小草、一朵野花，一只蜜蜂、一只蝴蝶，自由自在地生长、飞翔。他渴望融入荒原，喜欢野兽饱满的、无尽的精力，那强劲的运动力，通过激动的旋律，强烈的色彩，雄壮的造型，诗意的气氛，渲染大自然的生命力，人的生命力。

俄罗斯有大片的荒原。荒无人烟的草原连着大片森林，大片的森林连着大片的荒原，这浩瀚苍茫的处女地，是上帝慷慨的馈赠。

我更喜欢契诃夫的荒原，他的代表作《草原》实际上是一曲荒原之歌。我第一次读契诃夫的《草原》是高中二年级，那是 1964 年，三年“自然灾害”刚过，虽然吃不饱肚子，但饥饿感轻多了。那时学生读书气氛很浓，个个勤奋刻苦，珍惜时光，白天听完课、做完作业，晚上点亮自制小煤油灯，一豆灯火下苦读至夜阑更深。早晨起来，脸是黑的，鼻孔是黑的，但心情是愉快的。一夜间，我整个身心都沉浸在契诃夫笔下，苍茫辽阔的大草原——那汉赋一样壮美的草原，《圣经》一般经典的草原。那苍茫的荒野，苍茫的冈峦，苍茫的天空，苍茫的风，飘逸的云；奔驰的野兽，翱翔的鹰鹫，翩翩飞舞的蜂蝶……草原用自己的语言表达情感，用自己的语言向我问候。我永远忘不了那些动人的场景：

> 小主人公叶果鲁西卡乘坐马车穿过草原，吱吱嘎嘎的车子磕磕绊绊地行驶。广阔的草原抖掉清晨的朦胧，露出露珠的闪光，美丽、辽阔、深邃、神秘。他觉得青草在歌唱，歌声没有歌词，然而悲凉、哀伤。

契诃夫热爱山水、花草、树木、鸟兽。他说，野兽追逐长啸，甚至在光天化日下交欢，上帝看了不会嘲笑它们。

契诃夫一直写些滑稽幽默的小故事，讽刺专制的暴戾和一些小官吏的奴才心理。他白天从医，晚上拼命写作，他说医学是他的“发妻”，而文学则是他的“情妇”。19世纪80年代后，他写了《草原》《渴睡》《第六病室》，证明了他成熟的艺术成就。《草原》虽然有伤感情调，多是夜色生活的描绘，故事情节也很简单，但是线条清晰，语言优美，尤其是对自然景色的描写，如诗如画。这是一部散文化的小说，是一次“草原旅游”，以大自然原生态为背景，歌颂了自然的生命力，自然的诗性美、神性美，也是一道永不消逝的色彩绚丽的风景线。

契诃夫的故乡是广阔的草原，他对土地、对草原天生就有一种深厚的感情。《草原》的小主人公叶戈什鲁卡是他童年的影子。他闻到了草原的馨香，草原在他面前展开充满诗意的美景。他歌颂草原的美丽、辽阔、神秘、深邃，生动细腻的笔触描绘出草原的黄昏和夜晚的风光，着实动人：

月亮就要升起来，如同在白天一样，远方是看得清的，可是那柔和的紫色，给黄昏的暗影盖住，不见了，整个草原也藏在暗影里……

在七月的黄昏和夜晚，鹌鹑和秧鸡已经不再叫唤，夜莺也不在树木丛生的峡谷里歌唱。不过草原还是美丽的，充满了生命，太阳刚刚下山，一切都得到原谅，草原从辽阔的胸脯里轻轻地吐出一口气……

有一条蓝色的河，河对面是蒙蒙的远方，荒原非常宽阔，雄伟、强大。

连绵的山丘，褐色的，黑棕色的，黛青色的，再远些是淡紫色的……草原的气息。我看到了我的老朋友，那些秃鹫。

这仍是契诃夫笔下的草原。草原的黄昏、夜晚、黎明、白昼，草原的暴风雨、河流、树林。他说："果戈理正生我的气……他是草原的皇帝，我带着善意闯入他的领地。"

《草原》散文化、随笔化，虽称为小说，但主题简单或无主题，只是描写一个孩子肤浅、零碎的瞬间感觉，一种连一种，形成一篇篇草原抒情散文，真实、细腻、清新、优美，高尔基称赞说：满篇"点缀精美的珍珠"。

学生时期，我常常背诵这诗一般的语句。契诃夫是描绘大自然风景的圣手，他笔下的大自然风光生动、鲜活、美丽，以抒情诗的语言，赞美草原的荒古、沉寂、空旷。夜晚黑魆魆的野草，无边无际的夜色，森然可怕的幽静，布满淡绿色的繁星，静止的空气，大自然小心在意地不敢动一动。

2

后来我读契诃夫的作品多了，除了读过他的名篇《变色龙》《套中人》《万卡》，还读过他的话剧《海鸥》，也知道了他的家庭身世、婚姻爱情。契诃夫是个美男子，年轻时长得很帅，再配一副夹鼻眼镜，更给人一种温文尔雅、学识渊博、性格深沉的感觉。契诃夫出身于农奴家族。他的祖父靠勤劳和聪慧当上地主家的总管，积攒了一些钱，将自己和四个儿子从主人手中赎了出来，还剩下一个女儿，地主出于恻隐之心，也顺便发放了。他的父亲是杂货商。商店破产后，契诃夫靠当家庭教师养活自己。读完中学后，契诃夫考入莫斯科医科大学学医，从此他一手握笔，一手拿手术刀，开始医学和文学的生涯。随着文学成就的影响越来越大，其名与果戈理、屠格涅夫、陀思妥耶夫斯基排在一起。他初期为了生计，多产、求捷，作家格里戈罗维奇写信要他尊重自己的才华。契诃夫读罢来信，作了深刻的反思，创作态度严肃起来，视野开阔了，思想深邃了，笔触凝重了，文学将是他终生的事业。契诃夫发愤，绝不滑入三类文学（愚民语言文学、妥协文学和御用文学）之中，以纯粹文学本身的表达，写出对时代、人生、生活的感悟。时代永远低于思想，思想越有深度越好，越有广度越好。他的创作态度转变后，笔下的一草一木无不栩栩如生，心理刻画亦入木三分，他的短篇小说终于登上世界短篇小说的巅峰。他的短篇小说短小精悍，简练朴素，结构紧凑，情节生动，笔调幽默，语言明快，寓意深刻。他的名言“简洁是天才的姊妹”，成了后世作家苦苦追求的座右铭。

契诃夫是个“情圣”，有才华，颜值高，带有磁性的男中音娓娓动听，是许多美丽女子心中的“白马王子”。他只会谈恋爱，却不愿结婚，他说：“我不能没有女人，但没有比个人的自由更让我热爱的事情了。”迷妹那么多，最终只有一个迷妹，陪伴他直到晚年。1901 年，他才和莫斯科艺术剧院的演员克尼佩尔・契诃娃结婚。克尼佩尔・契诃娃也是他话剧《海鸥》的女主角。

女作家丽・阿・阿维洛娃是位有夫之妇，她却深深地爱上了契诃夫。她送给契诃夫一个书形表坠，上面刻着数字，按数字可以找到契诃夫一本书第几页第几行，就可以看到这样的句子：“假如你什么时候需要我的生命，就来把它拿去好了。”

契诃夫的传记文学作者内米洛夫斯基对契诃夫肖像描写得很生动：“清癯英俊的面庞，消瘦的脸颊，浓密的头发，淡淡的胡须刚刚显现，嘴角的褶皱透出严肃和忧伤。他的目光是那么不同，仿佛具有敏锐的穿透力，同时又温柔而深沉。他的神态谦逊，那是一种年轻女子的神态……”

内米洛夫斯基说过一段很有哲理性的话：“天才当然隐藏着成百上千的弱点，它们是他的价值，他的苦难。但天才也正是从自身的弱点中汲取养分，他时不时地靠这些肥料结出硕果。”契诃夫生于苦难，长于苦难。他穷困潦倒，拖家带口，体弱多病，一生历尽坎坷，疾病使他英年早逝。但他热爱生活，热爱自然。他说，如果他是文学家，那么他就需要生活在人民当中，面对俄罗斯残酷的现实，他要“用笔一点一滴地从他们身上挤出奴性”。契诃夫对大自然深沉的爱曾感动过他同代人，他和俄罗斯“第一风景画家”列维坦结成终生友谊，就因为他们有共同的理念，共同的追求，他们都赋予大自然崇高的精神。他和列维坦在巴布金诺同住，共同的志趣使他们走到了一起，他们爱读同样的作品，同样热爱大自然，“看到残阳如血，黄昏如诗，心弦都要颤动了”。他和列维坦一样，深厚的艺术修养赋予他们高贵的气质。

列维坦是一个内向持重的人，对契诃夫却愿意倾吐一切，可谓知音唯契诃夫。契诃夫后来购得一座小小庄园，名为梅里赫沃庄园，这里成了他们家族生活的中心。庄园院落不大，但配备齐全，小屋、小路、小池塘、小树林，小花园、小果园、小菜园。菜园里种植各种蔬菜；果园里有苹果树、桃树、杏树，还有葡萄；花园鲜花成簇，缤纷绚丽，有金盏花、风信子、郁金香、大丽花、迎春花、秋海棠，还有锦葵、菖蒲、牡丹、蔷薇、芍药、百合、雏菊、茉莉，等等。契诃夫说："如果不是文学，我会成为一个花匠。"一个热爱自然、热爱生活的人，他灵魂里必定充满阳光。契诃夫怀念列维坦，他曾经写信："我这里的自然风景更伤感，更哀怨，更有列维坦的味道"。

1899 年 10 月，列维坦来到契诃夫的新居，晚上二人坐在书房里促膝相谈，直至夜阑。契诃夫忽然想起北方的雪野和白桦林，列维坦便取来一张白纸，匆匆画出一幅即兴之作：高高升起的月亮，水银般的月光照耀着干草垛，还有黑魆魆的小树林，隐约出现零落的村舍。列维坦说："这就是故乡的风景"。契诃夫看着看着，泪光闪闪，想起遥远的北方风光。

我从未去过契诃夫的梅里赫沃庄园。高莽先生在一篇文章中介绍过它，并附一张照片，只见照片里有美丽的枞木房屋，屋前屋后尽是鲜花，花开得纷繁、热烈、艳丽、动人，仿佛还透露出一缕馥郁的馨香。乱蓬蓬的花草，一片生机盎然。契诃夫感受到劳动的诗意，他在这里生活了七年，他的《草原》《第六病室》《海鸥》《万尼亚舅舅》等重要作品都诞生于此。《海鸥》上演后，出奇地遭到冷遇。《海鸥》创作源于他与列维坦去打猎，他们打下一只海鸥，契诃夫悲伤不已，由此产生创作《海鸥》的念头。此剧在圣彼得堡上演五场，便结束了它的生涯。托尔斯泰看后，严厉地批评道："它的确一文不值，写得像易卜生的戏剧。"托尔斯泰还当面指责道："你知道我不喜欢莎士比亚，但你的戏剧比他的还糟糕!"托尔斯泰一直批评莎士比亚是三流剧作家，他的批评有点偏执。契诃夫与托尔斯泰有着天壤之别：一个充满激情，有着天生的执拗和崇高；一个则对一切表示怀疑和冷漠，他们的作品风格自然迥然不同。

托尔斯泰虽然狠狠地批评了契诃夫的《海鸥》，却热烈地赞美契诃夫的散文："契诃夫是写散文的普希金"，又说："俄罗斯的作家们，如屠格涅夫、陀思妥耶夫斯基甚至包括我在内，都不能和契诃夫相比"。

3

现在再回到他的《草原》上来。

我第二次阅读契诃夫的《草原》是在"文化大革命"运动期间。早在运动初期，图书馆已封闭，只许借阅马克思、恩格斯、列宁、斯大林、毛泽东、鲁迅的著作，小说只许看《艳阳天》，其他全是“封资修”。当时我在由大学学报改版的《黄河评论》当编辑，《黄河评论》是“红卫兵”杂志。我要看契诃夫小说，管理员不借给我，说契诃夫小说是大毒草。我撒谎说我们杂志要发批判文章，管理员说：“你开介绍信来！”我心想，那好说，我回到编辑部，自己写了张便条，盖上“公章”交给她。她迟疑片刻，说：“限十天归还！”经过好一阵翻腾，才从“毒草”堆里找出一册，我如获至宝。我端详着封面上的契诃夫，心想：久违了，契诃夫，夹鼻眼镜山羊胡，相见有喜又有愁！明明是香花，为何偏偏当作毒草除？那是一个寒冷的冬夜，“文化楼”上只有我的孤灯亮着，连夜偷偷阅读，如饥似渴，成段成段抄录描写草原风景的美丽词句，笔在纸上沙沙地划动，像一股暖流汩汩淌进我的心灵……

现在我来到中俄边境，向北瞭望是茫茫的西伯利亚，贝加尔湖在远处闪光，身边是茂密的野草，草原风光浓郁而热烈。这是多么壮美的欧亚大草原啊！从北太平洋到大西洋大陆，从鞑靼海峡绵延到波罗的海，从黑龙江、大兴安岭绵延到伏尔加河、多瑙河，从乌拉尔山、西伯利亚冻土地带绵延到黑海、里海。这片金色的大草原是苍狼的故园，是西伯利亚虎的领地，也是古代牧人的摇篮；这里曾闪耀着英雄阿提拉纵马天地的身影，也奏响过成吉思汗如鼓的马蹄……这里镌刻着契诃夫艰辛跋涉的履痕！

俄罗斯草原的野草过膝齐腰，羊未啃，牛未嚼，一片“处女草”的荒莽苍凉。这里的草原大有《敕勒歌》的风度，天苍苍，野茫茫，但风吹草动不见牛羊。草原荒凉得令人窒息，不见人影，更不见星星点点的包帐。空旷沉寂的巨大空间，是梦幻缥缈的地方。

我站在俄罗斯草原上，真正体验了大自然磅礴的生命力，青春的朝气，野性的张扬，生命的雄健，求生的欲望，灵魂的可爱，大地的博大。我走进草原，面对荒草野棘，一种悲哀之感不由自主地从心中升起。这种静穆的气氛和深邃神秘的意境，源于荒原的愁苦和孤独，源于自然生命的胜利，源于生活的呼唤。荒原深知自己的情感任由风雪蹂躏，没有谁用生命的激情温暖它苦寒的灵魂。这里只有一座座冈峦支撑着辽阔和苍茫；这里只有一棵棵枝繁叶茂的大树，陪伴着寂寞和空旷；这里曾虎啸狼行，汹涌澎湃的吼声消逝后，生命的静场是苦刑般的悲怆。我似乎听见草原暗暗的啜泣。

荒原的自由、任性、野蛮，实际上是一种悲剧。

契诃夫对顿河、草原、风光的描写，汪洋恣肆，浓笔重抹，是黄昏、黑夜、河流、群山、星空赋予了他瞬间的灵感和普希金式的抒情。

1890年夏天，契诃夫做出一个重大决定，要去萨哈林岛（库页岛）。他不怕路途遥远，不怕劳累和艰辛，甚至冒着生命的危险，去往那片气候严酷、人烟稀少的蛮荒之地，采访那些忍饥受寒的流放者和苦役犯。萨哈林岛是一座人间地狱，成千上万的俄罗斯人在这里死去。契诃夫目睹了种种酷刑，在西伯利亚，在萨哈林岛，如此决绝地播下疯狂、暴戾、仇恨和死亡的种子。他钻进犯人的枞木小屋，屋里一贫如洗、脏乱不堪，同居着苦役犯和他们的妻子、孩子。这些犯人多是一些无辜的人，在这里他们变成了疯子、酒鬼，他们丧失理智，做出了杀人抢掠的事情，他们已不知道自己有什么罪过了，也不知来这里是赎罪了。有人问他此行的理由，他回答说："我生活在这半年中，我感到自己此前从未生活过。"

契诃夫回到圣彼得堡，写了一部纪实文学《库页岛旅行记》。契诃夫不同于卡夫卡，卡夫卡怕噪声，写作时用棉花塞住耳朵；而契诃夫恰恰相反，即使孩子哭闹、父母吵骂，或是音乐盒里播放着乐曲，他两耳不闻，照样埋头写作，专心致志，完全沉浸在他创造的艺术境界里。

契诃夫虽然和列维坦友谊深厚，在结交女人方面也有排他性和嫉妒心理，但是契诃夫一生真正爱的只有两个女人：奥米加和米齐洛娃，前者是他的爱人，后者是他的情人。他劝他的女友米齐洛娃，不要与"那个善弄小姑娘的渣男"列维坦走得太近。契诃夫和列维坦分离了，但未决裂，契诃夫还把他的新作赠送给列维坦。

《草原》是他创作的一个转折点，一反他的幽默、讽刺和犀利的笔锋，变得简练和纯净，明丽和轻松。清新的语言，浓郁的诗意，抒情的格调，优美、淡雅，还有薄薄的哀伤，把大自然的美和草原固有的气氛渲染得如此生动，如此淋漓尽致。自然美、人性美永远是文学的主旋律。契诃夫说："《草原》是我写得最好的作品，我以后不可能写得更好了。”其实《草原》并非他最好的作品，《第六病室》才是他的经典之作，列宁看罢，竟然泪眼婆娑了。

尽管他的《草原》以及他的幽默小说写得那么轻松、愉快、优美和滑稽，但契诃夫内心是痛苦的。他说：“成为一名大作家并不是什么巨大的幸福。首先生活是乏味的，从早到晚地工作，却收入甚微。我不知道左拉和谢德林是如何生活的，不过，在我家里烟雾缭绕，而且特别冷……”所有和契诃夫有过交往的人都会说到，他身上有某种像水晶一样经久不变的冷漠。

2020 年 12 月 23 日

天空有朵雨做的云

1

从法兰克福到黑森州符腾堡有几百公里的路程，我们的大巴车出发了。公路并不宽阔也不平坦，蜿蜒在阿尔卑斯山山麓。大巴车车速很慢，如同抒情的慢板，我们隔着玻璃车窗，尽情地浏览着沿途秀丽的风光。阿尔卑斯山脚下是一个接一个大大小小的湖泊，幽幽地闪着蓝光。公路两旁是高高瘦瘦的山毛榉，拔天掣日，高得令人震惊。树木掩映着原野，洁净碧绿的草地，星星点点的野花，红、黄、蓝、白，斑斓多彩。

德国被称为欧洲的花园国家，最美丽的国土，阳光明媚，空气纯净，弥漫着愉悦感、舒服感、幸福感。还有山坡上的村落，五颜六色的房子，像积木似的，大都是艺术性结构，分不清是哥特式、巴洛克式、文艺复兴式还是古典主义风格。这些村落却讲求秩序，严肃、沉稳，不浮躁、不张扬，体现了大森林般的高贵和静穆。高高的教堂，尖尖的钟塔，峥嵘挺拔，背负蓝天，有升腾之感，当然会激起信徒仰望、祈祷的愿望，清脆的钟声传来，带着宗教的神秘、深沉和内敛的气质。

你看见了吗？那空旷的原野上，那洒满阳光的草场上，耸立着几棵枝蔓相连的橡树，粗壮、巍峨，它们不是那种浅薄得阳光可以穿透、如轻纱般飘拂的树木，而是浓密、厚实、沉着，有着坚不可摧的稳重模样，显示着生命的旺盛和强大持久的力量，仿佛体现了一种理想化的人格。橡树被德国人誉为“英雄树”，既有德意志人浪漫、诗意的一面，又有刚强、坚毅的一面，象征着日耳曼人沉雄、强悍、敦厚的力量和庄严、博大、浑厚的风度。

这个民族和它的风景一样，富有丰富多彩的魅力。一路上，我饱览着德意志的山野、河流、田园、森林的壮美风光，脑海里迅速地翻阅着德意志民族的历史。德国既是两次世界大战的发动国、失败国，又是在废墟上迅速崛起的世界强国，这是具有怎样性格的国家啊！

海涅有一首诗叫作《德国》。他把德国比喻为一个小孩，她是阳光喂大的，阳光给她烈火，“吃烈火的孩子长得快，浑身上下还热血沸腾”。

2

德国的历史可以上溯到公元前罗马帝国时期。以狩猎、畜牧为业的日耳曼人在中欧定居下来，转而从事农耕，成为神圣罗马帝国北方的邻居。莱茵河畔升起袅袅炊烟，阿尔卑斯山林响起狩猎弓箭的呼啸声，一片融融的景象。后来（大概中国的汉朝时代）罗马派大军越过莱茵河，侵犯日耳曼部落，日耳曼人在首领阿尔米细斯率领下英勇抗击，利用山林地形，一举歼灭了来犯之敌，罗马帝国从此放弃了非分之想。此后，德国的历史翻开了新的篇章，日耳曼人在莱茵河畔、多瑙河岸、阿尔卑斯山麓建立了自己的国家。

公元 8 世纪（时值中国的唐朝），西欧出现一位具有雄才大略的皇帝——查理大帝，他几乎统一了整个西欧，他的几个孙子于公元 843 年三分其国，这就是今日的德、法、意的雏形。当时，中欧逐渐形成德意志民族。公元 911 年（正是中国五代的后梁时期），康拉德一世被推选为国王，历史上第一个德意志帝国诞生，它一直持续到 19 世纪初，长达 800 多年。

那时的德意志统而不一，小邦林立，始终没有成为真正统一的民族国家，有点像中国的周朝诸侯割据，各自称霸一方。18 世纪末，法国拿破仑率大军横征竖伐，大举进攻德意志，风卷残云般地消灭了那些小邦，神圣罗马帝国被废除，德国历史上第一帝国寿终正寝。

拿破仑战败后，这片国土又出现了30多个小邦国，松散、隔膜，貌合神离，甚至鸡犬相闻，却老死不相往来。普鲁士王国是邦国之一，国力日益强大，出现了铁血宰相俾斯麦。在他的率领下，普鲁士王国组建了强大的武装力量，一战而胜丹麦，二战而胜奥地利，三战又胜强邻法兰西。俾斯麦凭着钢铁和热血统一了德国，并开疆扩土，成为欧洲一霸。1871年，普鲁士国王威廉一世加冕为德意志帝国皇帝——这就是德国历史上的第二帝国。

18世纪60年代，德国文学兴起“狂飙突进运动”。德意志是个民族分合无定的国家，从古老的法兰克王国分离出来的由德意志民族组成的神圣罗马帝国，是个徒具虚名的统一体，最多时全国有上千个邦国，最少时也有几十个小邦国。

德意志这个国家是多民族国家，千百年来的战乱，烽火不息，干戈不止，今天你依堡为王，明天我筑城为帝，一场场血肉迸溅的厮杀，一幕幕腥风血雨的悲剧。由于血统混乱，人种也出现芜杂的变异，宗教、婚姻、漂泊、流徙，再加上外来民族的殖民统治，原始的日耳曼人再也没有纯净性，哥特人、汪达尔人、弗里芒人、盎格鲁人、撒克逊人、法兰克人，简直是一锅大杂烩，甚至还混有美国、加拿大、澳大利亚、南非等国白人的血统，形成斑驳陆离的多人种的协奏乐章。说来也怪，一方水土养一方人，美丽的莱茵河，蜿蜒跌宕的阿尔卑斯山，苍茫浩瀚的黑森林，却给不同人种赋予同一性格：内敛、沉静、坚毅、浑厚、强悍。他们拥有尚武精神，力图精进文化，释放血与火、诗与剑、抒情与狂飙的情绪。

尼采对德国人有精辟的论述：

> 德意志的灵魂，首先是多样性的、多源头的、混合重叠的……因此，德意志人比起其他民族来，更不可捉摸，更复杂，更为矛盾，更为不可知，更难预测，更令人吃惊，甚至更为可怕。

尼采认为德意志人灵魂长廊里带有各种胴体，杂乱无章，又带有神秘之美，随意性、模糊性、朦胧性，像浮云，不稳定、不成熟，且都有深邃性。德意志人还被尼采称为“有角的牲畜”。

这个民族有巨大的胃口，他们把信仰与科学、基督教与博爱、权力与意志，反犹主义、社会主义、法西斯主义等五花八门的主义、教条，连骨头带肉，生吞活剥，吞噬而尽……从不感到消化不良，这简直是世界上最优秀、最勇敢、最可怕，也是最亲近、最无私的民族！

铁血宰相俾斯麦一登上政治舞台，就自我宣告：“我将成为普鲁士最大的流氓或最杰出的人物。”他的强权政治就是靠钢铁和鲜血，也就是暴力和杀戮来维持的。

俾斯麦任宰相时，公然批判官僚主义和立法的僵化，他说：

“（政府）大脑和四肢长了肿瘤，只剩下腹部是健康的，它制定出的法律就是它在这个社会上最直接的排泄物。”在俾斯麦有生之年，德意志变成一个强大的帝国，这并非伏尔泰和康德教导的结果，这是德国历史最经典的章节。

3

地理学就是人类学，不同的地区造就不同的种族，造成不同的动机和行为。苍莽的黑森林，美丽的莱蒙湖，巍峨的阿尔卑斯山，赋予了德意志人刚毅、雄浑、深沉、静谧、孤独的性格。黑森林是德国最令人注目的名片。森林是巨大的生态平衡体，既有虎狼、雄狮、鹰雕，也有麋鹿、山羊、野兔、虫豸，共生共荣，万类霜天竞自由。物种的繁荣，恰恰证明生命的强旺。阳光、雨露、惠风，既给雄兽带来温暖，也给弱者以慈悲。

黑森林不仅孕育了歌德、席勒、海涅、里尔克、荷尔德林这些伟大的诗人，还孕育了贝多芬、巴赫、瓦格纳、舒曼、理查德·施特劳斯、门德尔松这些天才的音乐家，优美动人的旋律曾诗意地响彻在莱茵河畔、阿尔卑斯山麓、多瑙河波光上。德国还是思想的国度，康德、黑格尔、尼采、马克思、海德格尔，一代圣哲开拓了人类思想的深度，拓宽了人类精神的空间。

自由，但孤寂。

哲学、音乐、诗歌是德国的“神三角”，这是一个崇高的精神世界。德国没产生莎士比亚、巴尔扎克，它只能孕育出贝多芬、歌德、尼采，他们在牙牙学语时，眼神中就充满了深沉、无限和永恒的东西。

尼采说：“世界是深沉的，比白昼假想的还要深。”他认为普鲁士军队和议会获得成功不是源于思想观点，更多的是“铁和血”的结果。

希特勒这个恶魔的出现绝非偶然，俾斯麦铁血政治直接影响了他，他组建了纳粹党，规定：“纳粹党是德意志思想的体现者，是国家的领导者和推动力量，和国家有着不可分割的联系。”他公开宣布：“党是指挥国家的，不是国家指挥我们的，而是我们指挥国家”，“纳粹党重点负责塑造民众的心灵，并实行一党专政”。纳粹党通过其诸多分支组织和附属协会，将几乎每一个公民都置于自己绝对控制之下，所以第二次世界大战，希特勒的宣传机器一开动，数百万大军就卷起战争的风暴。

希特勒的坦克、装甲车狂风暴雨般地席卷欧洲。波兰首当其冲，剑锋所指，败绩而亡；接着横扫丹麦，入侵挪威；继而占领荷兰、比利时、卢森堡。比利时吓得用颤抖的声音求饶：“我们中立，我们中立! ”希特勒只是睥睨地“哼”了一声。这个战争狂人以囊括四海、并吞八荒之野心，绕道马奇诺防线，兵临巴黎城下，将战火引向法国，很快“高卢雄鸡”与德国战车较量，却遭到惨败，法国元帅贝当在巴黎城外签下投降书。贝当曾经是第一次世界大战的英雄。签约时，德国专门将珍藏在博物馆、第一次世界大战战败签订投降书的那节车厢运来，当面羞辱贝当。

尼采说：“在阿尔卑斯山，我是不可战胜的。”

希特勒走向德国政治舞台，开始俾斯麦铁血式的政治统治。先是大造舆论，枪杆子、笔杆子两手都要抓，通过报刊、电台、演讲、集会，疯狂鼓吹民粹主义，鼓吹战争，煽动民间狂热的复仇火焰。第一次世界大战给德国人带来巨大的耻辱，也是永久的痛，希特勒利用这种狭隘的复仇心理，掀起第二次世界大战的风暴，想把第一次世界大战的损失追寻回来。

德国这片土地太富有传奇了，既孕育了马克思、恩格斯这样伟大的思想家、理论家，也涌现了贝多芬、巴赫、歌德、海涅这样杰出的艺术家、诗人；既诞生了阿登纳这样优秀的政治家，也造就了威廉二世、希特勒这种兽性的战争狂人……这是怎样矛盾的复合体？温顺、随和，来自斯拉夫人，庄重、严谨、注重外表，又有罗马人的特征；精确、严苛、执着、死板，是日耳曼人生命的基因，如果说这种精神用在正道上，会创作出举世瞩目的奇迹，反之会给人类带来巨大的灾难……

德国人除了那些优秀的品格，还有普遍的偏执、势利、顺从的小市民习性，这是德国人歇斯底里的原因，也滋生了法西斯主义的土壤。狂热、自私、狭隘的心胸，偏见、非理性的思想，在政治、经济、社会、历史的急剧动荡中，在纳粹思想上找到了希望，于是出现了歇斯底里的狂嚣、狂躁和举目皆空的狂妄。

我在一份科学杂志上读过一篇文章：《高空暴力云》。暴力云是生成一团雷暴的云，脾气暴躁。雷暴是大气中一种放电现象，它出现时，通常会伴随大风或冰雹等强对流天气，雷暴到来，电闪雷鸣。这种现象常发生在夏季，如果发生在冬季，暴风雪往往随之而来。莫不是日耳曼民族性格注入了暴力云的因子？

第二次世界大战结束后，德国大地满目废墟，正如德国作家希特所言："我们时代的标志是废墟。废墟环绕着我们的生活，包围着我们的城市和街道，是我们当前时代的真实，在断壁残垣的废墟上，没有浪漫派的'兰花'盛开，而是毁灭、坍塌，末日的幽灵在日夜游荡。废墟是生活在我们这个时代人们内心感到恐惧不安的外部征兆。我们不仅生活在废墟之中，废墟同时还堆压在我们的心头……"

战后，德国人一边控诉纳粹的罪行，一边高奏希望的畅想曲，寄托对未来的憧憬。

4

尼采有句名言："种族越纯洁，越经久不衰。"这成为希特勒排犹主义的理论基础。日耳曼民族精致而深沉，卓越而傲慢，居高临下，面对整个欧洲，大有“一览众山小”的豪迈气概。他们既有着奔放的激情，又有着高尚的情怀，追求古希腊艺术美的基本特征，是诗意的民族，哲学的国度，科学的乐园，诺贝尔奖的摇篮。

但他们又具有强烈的人性弱点。且不说纳粹建立了史无前例的集中营，以极其残忍的手段杀害犹太人，几乎造成了一个种族的灭亡，即使人类的精英、杰出的诗人、优秀的科学家也不放过，这简直不可思议，是人类史上的悲哀。海涅、弗洛伊德、爱因斯坦、马克思被迫流亡国外，他们的著作被焚毁。

爱因斯坦荣获诺贝尔奖，他的“相对论”为现代物理学的发展奠定了基础。爱因斯坦获奖后，举世出现“德国热”，但只有一个国家对爱因斯坦不遗余力地进行攻击，并把他赶到国外——这就是德国。

德国对犹太人的仇恨、敌视，几十年前就初现端倪。犹太人聪明、睿智，在科学、教育、文学、艺术各个领域都成就卓越，事业辉煌。他们富有、高贵，抢占了日耳曼人的机会，引起日耳曼人的嫉恨。所以爱因斯坦获奖，不仅没有引起德国人神经的兴奋，反而激起仇恨的狂澜。德国物理学界对爱因斯坦的迫害开始升级，最恨爱因斯坦的不是德国的老百姓，而是德国的物理学家。莱纳德是个狂热的反犹种族主义分子。他率领一大帮德国科学家组成神圣同盟，公开称“相对论”为“犹太物理学”，并对爱因斯坦进行人身攻击。

爱因斯坦获得大奖，莱纳德气得发疯，甚至组织一百余名物理学家编写了一本书：《106 位教授证明爱因斯坦错了》。爱因斯坦在德国几乎无法生存。

犹太人是“劣等种族”的论调在德国甚嚣尘上，恨犹、排犹、杀犹，几乎占据了德意志日耳曼人的精神空间。

正当爱因斯坦坐在卡普特小木屋里聚精会神地探究宇宙的堂奥：宇宙会膨胀吗？会萎缩吗？会消亡吗？这时，纳粹头子希特勒却把柏林折腾得一塌糊涂。《我的奋斗》出版时，纳粹已形成一片黑压压的乌云，德国的天空一片幽暗，战争的风暴在地中海上空咆哮而来。

希特勒更痛恨爱因斯坦，认为爱因斯坦的巨大影响力对他的统治构成威胁。纳粹是恶魔，希特勒是魔头，那么德意志人特别是日耳曼人是什么呢？仅仅是受骗上当者的角色吗？为什么纳粹一呼百应？

日耳曼民族很有特性，是出“诗人和思想家”的民族，在诗歌、音乐、绘画上皆有所建树。他们具有最浪漫、最柔美、最富有想象力的诗人情怀，例如，世界文学的巨匠歌德，启蒙运动的宗师莱辛，身患疾病而歌咏不止的诗人荷尔德林，激进诗人海涅，还有创造童话世界的格林兄弟。音乐是人类共同的情感语言，优美的旋律、明快的节奏或铿锵的音韵，不用翻译，都能激起情感的亢奋。日耳曼人喜欢唱歌，他们播种时唱歌，祷告时唱歌，作战时唱歌；

日耳曼人既是战士，又是音乐家，音乐之父巴赫，“乐圣”贝多芬，天才音乐家门德尔松，歌剧之王理查德·瓦格纳，还有音乐大师理查·施特劳斯。当然还有绘画天才阿道夫·门采尔、威廉·莱博尔、弗朗茨·冯·伦巴赫，还有鲁迅先生赞誉的女版画家珂勒惠支。他们天才的光芒，智慧的灵泉，不仅照耀着德国，滋养着日耳曼民族丰富的精神世界，同时也照亮了欧洲，乃至整个人类世界。

更令人惊羡的是从黑森林、阿尔卑斯山深处、广袤的莱茵河的原野上走出的一大批哲学家、思想家。举世闻名的马克思，攀登古典哲学顶峰的黑格尔，探索哲学星空的康德，“德国国家主义之父”费希特，悲观主义的叔本华，“哲学超人”尼采，还有近代哲学巨擘海德格尔，正是他们的智慧，像灯塔，像航标，引导着人类的思想，照耀着人类历史的进程。

5

美国黑人领袖马丁·路德·金说：“一个国家的繁荣，不取决于它的国库之殷实，不取决于它的城堡之坚固，也不取决于它的公共设施之华丽，而取决于它的公民的文明素养，即在于人们所受的教育，人们的远见卓识和品格的高下。这才是真正的利害所在，真正的力量所在。”

两次世界大战，德国都被打败，输得很惨，惨不忍睹。1945 年满目疮痍、遍地废墟的德国，迎来了最严寒的冬天，数十万德国人因饥饿和疾病而死亡，整个国家陷入“毁灭的绝境”。“柏林什么也没有剩下，没有住宅，没有商店，没有运输，没有政府机构”，但德意志人凭着坚毅的意志、顽韧的精神、高度的人文素质，“他们低下了头，但并未颓丧”，度过了最艰难的岁月。

有个故事很感人：几个饥饿的女孩子，手捧着父辈或祖辈在战争中用鲜血和生命获得的勋章和军功章，用它们来换取食物，而不是乞讨。这时一个外国议员看到她们，从口袋里掏出一块巧克力给大一点的女孩，大一点的女孩接过来，随即塞进小一点的女孩嘴里。那位议员深深感动了，感慨道：“这样的民族是不可战胜的！”

日耳曼人不仅有庄重、拘谨的风度，还有烈火般的激情，他们的音乐和诗歌中，对基督文化有着神性的崇拜和迷恋。1946 年，一群德国青年人自发组织起来，在一片废墟上欢度狂欢节，在瓦砾堆上演奏贝多芬的《英雄》和《月光》奏鸣曲。德意志人视音乐为至亲，在优美的旋律中，该遗忘的就要遗忘，该奋争的就要奋争。

德国是诺贝尔奖的摇篮。第二次世界大战前，45 位获诺贝尔物理奖的科学家中，德国占 10 位；40 位获得化学奖的科学家中，德国占 16 位。德国的海德堡大学迄今已有 40 余名教授获得诺贝尔奖。从废墟上站起来的德国人，经过二十几年的艰苦奋斗，一度成为世界第三大经济体、领导欧洲的第一强国。但这个民族不浮躁、不轻薄，他们依然谦恭、谨慎，讷于言，敏于行，从不要别人监督，他们淳朴、善良，不会耍花招，不会钩心斗角，不会逢人便说三分话，不会尔虞我诈，更不懂“厚黑学”。

有则笑话说明德国人的刻板认真：你要聘一位德国厨师，他用食材会精确到克，做出来的饭菜恐怕是世界上最难吃的。你要求德国人车一个零件，长短不得相差 5 毫米，他保证会做到不差 2 毫米，甚至不差 1 毫米。他们说懒惰是腐化的表现，他们为工作而工作，只有工作才证明自己存在的价值。

6

一路上我都在翻阅日耳曼民族的历史，这是一部波澜壮阔、热血沸腾的生命史。这里天蓝、水碧、山青、田绿，阳光纯净，空气像是原生态，清新得连肺腑都感到陌生。

我们的大巴车开进德国黑森林附近的一个小镇停下来，当晚我们就下榻这里。

小镇坐落在山麓下，屋舍井然，淡泊宁静，远山寥廓，背景简练。沿山植被丰富，有树木，有乱荆，有峭岩，有怪石，云流雾走，形势浩荡，既如史诗中的情节，又如《田园》乐章的高潮。山坡及峰峦，众花怒放，绿草成茵，以夏日的野蛮和张狂，展示生命力的骚动和强旺。有一座古屋废弃在山腰间，那是回应千年的废墟。

夕阳西下，牛乳般的光芒倾泻在山坡草地上。小镇的教堂，高高的尖塔，沾上几片夕晖，一闪一闪的，深沉肃穆的松柏，遒劲挺拔的橡树，枝丫勾连的栎树，昂扬向上的灌木，草坪像一张绿毯，潇洒地铺展开来。

我和旅伴在草地上散步，蓦然眼前出现一簇簇小花，格外引人注目。导游说，这是矢车菊，德国的“国花”!

我惊愕地叫出了声：“矢车菊!”这极朴素的小花，在河滩、沟壑、路旁、树下，随地而生，卑怯地贴着地皮而长，高不过几英寸，车轧人踩，依然坚韧地生长。它既不美丽，更不华贵，德国人怎么视它为“国花”？我真不理解。德国人为什么不用鲜艳美丽的玫瑰花作国花呢？大诗人歌德赞美玫瑰是“花中之王”，海涅是歌唱玫瑰和夜莺的歌手，里尔克爱玫瑰到极致，专门用法文写了 24 首长诗歌颂玫瑰，组成《玫瑰集》，称玫瑰是“天使”，是神圣之花，并阐释玫瑰的刺象征人类一路走来的艰难，而玫瑰花的美丽和芬芳则是人类向往的天堂……怪哉，德国人!

导游给我们讲了个故事：拿破仑侵略普鲁士期间，柏林硝烟弥漫，普鲁士王后路易斯被迫带着两个孩子逃离柏林，途中车子发生故障，三人下车后，发现路旁有丛矢车菊，格外美丽，王后随手采摘了些矢车菊，编了一个花环给小王子戴上。后来，小王子成为德国统一后的第一个皇帝，想起童年的故事，认为矢车菊是一种吉祥的花，便定为“国花”。有一首《矢车菊之歌》，连德国小学生都会唱。这是一种生命力极强的小花，种子自我繁殖、发芽、生长，它象征着一种乐观，一种简朴，正如勤奋的日耳曼民族一样。而矢车菊的蓝色，则给人无限深沉、辽远的想象。

2019 年 1 月 6 日

第二辑

夜晚比白昼更璀璨

此情不关风和月：柴可夫斯基与梅克夫人

恨不相逢未嫁时

1876年，梅克夫人走进柴可夫斯基的生活，一种纯真的爱与情悄悄地萌动了。

梅克夫人是铁路交通工程师冯·梅克的遗孀，她出生于一个庄园主家庭，从小生活优裕，受过良好的家庭教育，也赋予她音乐、文学修养。她的母亲出身贵族，有很高的文化修养，在母亲的影响下，她长成既坚强又高雅的姑娘。17岁时，她嫁给贵族出身的冯·梅克，小丈夫12岁。在西方，姓名前加个“冯”字，显示了身份的高贵。据说，贝多芬为了炫耀自己出身贵族，也在自己名字前加上“冯”字，这个“疯子”却受到世俗的嘲笑，但冯·梅克的确是名正言顺的贵族后裔。冯·梅克在沙皇政府谋职，年薪1500卢布，他嫌待遇低，遂辞职，跳槽当了铁路工程师，并承揽莫斯科至梁赞的铁路。后来他的儿子又继承父业，将铁路延长。冯·梅克 50 岁时因心脏病逝世，留下一大笔遗产。此时，梅克夫人年方 38 岁，正是生命的华彩乐段。年轻的寡妇难耐身心的寂寞和孤独，她却深居简出，不与人交往，即使去剧场观摩戏剧或音乐会，也独自包厢，目不斜视，心无旁骛，专心观看节目。人前人后，她总是低调生活。

据柴可夫斯基传记记载，梅克夫人细高挑个头，高高的鼻梁，嫩白的肤色，姣好的面庞，气质高雅，举止端庄，言语柔和，特别是那双深蓝色眼睛，总是若有所思。她眼神里很难看出喜怒哀乐，但她并非冷若冰霜，她有丰富的感情世界，有浪漫的性格。她也充满了母爱，生有多个孩子，在孩子心目中更富有权威和尊严。

梅克夫人有天生的音乐素养，对音乐的爱好真挚而热烈，她甚至从国外请来音乐家为自家编曲、伴奏。大作曲家德彪西年轻时就给梅克夫人"打过工"。她常让德彪西陪她去法国、瑞士、意大利等国出席现场观摩音乐会。她也常常弹钢琴，演奏古典名曲。她希望她家里弦歌不辍，乐音袅袅。音乐是她的生活，是她的生命。

梅克夫人第一次听到柴可夫斯基的名字是在音乐会上。柴可夫斯基的《暴风雨》上演了，乐曲掀起了梅克夫人心中的"暴风雨"。一连几天，她着魔似的回忆《暴风雨》的旋律、节奏和乐感，这简直是“此曲只应天上有”。柴可夫斯基的作品令她感到与众不同的精神气质——崇高、深邃、真诚而又美丽。孤独寂寞的梅克夫人需要音乐的抚慰，她需要与作曲家交流。作曲家是谁？他的身世、他的现状如何？他是哪里人，居住何处？梅克夫人终于从柴可夫斯基的学生那里得到他的信息。她明白了自己的需要，她要向他走去，她开始给柴可夫斯基写信。其实，柴可夫斯基那时还是穷小子，刚刚走向舞台，聚光灯的光芒初照他的人生。

梅克夫人和作曲家柴可夫斯基结识，命运给她带来幸福，也带来巨大的痛苦。

柴可夫斯基的《暴风雨》究竟是什么乐曲，如此打动了年轻寡妇的心灵？此曲是柴可夫斯基“交响梦幻曲”，取材于莎士比亚的同名剧。剧情是：米兰公爵普洛斯彼罗遭其弟安东尼篡位，携其女米兰达而逃，登上一座孤岛。该孤岛为妖婆西考拉克斯囚禁神怪之所。公爵收服诸怪，在岛上定居。十二年后，一只船路经该岛，载满以其弟为首的篡位党人，公爵施魔法使船倾覆，众人逃上岸来，倍受辛苦。最后安东尼获得公爵宽恕，兄弟重归于好。

梅克夫人一连几日沉浸于《暴风雨》优美的旋律中，丰富的乐思，真与美的情感，美妙动人的节奏，浪漫派的飘逸和潇洒……把她带入一个令人激动的精神空间。她沉迷其中，简直无法自拔；她兴奋不安，渴望能见到作曲家，大有“恨不相逢未嫁时”的遗憾。梅克夫人给柴可夫斯基写了一封信：“我曾一度衷心热望和您本人见面。但我现在感到，您越来越使我着迷，我越怕和你见面……目前，我宁可远离您、想象您，宁可在您的音乐中和您相应。”而柴可夫斯基回信说：“我从没见过一个人对我这样亲切，从没见过一个人能应和我每一个想法和每一次心的搏动……你的爱和同情已经成为我生存的基石。”

梅克夫人得知柴可夫斯基生活窘困，开始大力赞助他，给他钱，使他生活无虞。柴可夫斯基如鱼得水，不仅感情上得到温暖，生活有了保障，创作热情也如烈火般地燃烧起来。这期间他创作了著名的《如歌的行板》，演出后获得巨大的成功。作品旋律优美，音调优雅，带有行云流水般的温柔，使人领略到美妙的乐感，连大文豪托尔斯泰都写信称赞他为音乐“天才”。他连忙回信，激动地说：“我的音乐竟能感动您！迷住您！我是多么高兴而骄傲啊！”

梅克夫人与柴可夫斯基是精神上的忘年交，十四年未谋面，但她是他神圣的保护人，她是他的导师，或者说梅克夫人培养了柴氏的才智和思想。

按世俗的评判，男女之间的友情很容易转化为爱情，尤其这种孤男寡女，产生感情是很自然的。他们虽然没有成为伴侣，但是依然相互温暖着、关爱着，享受着无私的纯真感情。

此情不关风和月

柴可夫斯基糊里糊涂同一个追求他的女孩结了婚。由于事业上没有共同语言，他极不习惯，他感到苦闷，感到空虚，为了回避妻子，他常常漫无目的地在大街上流浪，甚至想到自杀。没有爱情的婚姻，实际上是精神的桎梏。梅克夫人得悉柴可夫斯基婚姻的不幸、痛苦和磨难，写信安慰他，并提供6 000卢布的资助款。她劝柴可夫斯基出国旅游，排遣生活的苦闷和烦恼，不是出于怜悯，不是出于慈悲，而是出于精神和情感的相通。柴可夫斯基喜欢独处，不善于交际，他几乎没有朋友，对他人缺乏信任，即使坐火车，也是缩在一个角落里，怕别人认出他来；也怕别人与他交谈，他感到只有与书和乐谱在一起才是幸福的、愉快的。他把一切精力都投身于创作。他喜欢在黄昏、夕阳、晚风中，独自散步在树荫里，享受生活的安逸和平静，这是一种特殊的魅力。

资助柴可夫斯基似乎是梅克夫人的责任和担当，她写信道：

> 你要知道，你给了我多么愉快的时光，我对此是多么感激，你对我是如何的了不起，而我是多么需要你，恰如你一样，因此，这倒不是我来帮助你，而是帮助我自己。

克拉伦斯是瑞士日内瓦河畔的一座小城，柴可夫斯基自此在瑞士安顿下来。柴可夫斯基感激不尽，回信道：“你的友情拯救了我呀，为了表示我的感激和爱，我是什么都可以做的。”“我除了用我的音乐向你服务，别无他路。”

他在这期间创作了《第四交响曲》，即“我们的交响曲”，这是他成熟时期的作品。这部交响曲是他内心情感的记录，是他和梅克夫人精神的共鸣，还是两人相爱的协奏曲。但曲中还有进步知识分子感到空前的压抑与窒息感，他们为国家担忧，他们痛心血流成河的战争给人类带来的灾难，残害着人类的生命，使人类陷入痛苦的深渊。这是命运，人类的命运。他心灵里充满强烈的反抗情绪，但毫无结果，不能在斗争中保留自己的反抗。这部交响曲完全出自他心灵的感悟，每一个音符都是他心灵的自白。

梅克夫人沉浸在《第四交响曲》波澜起伏的乐曲中，有一种带着温度的浓郁而兴奋的气息在氤氲浮动。交响曲的每一个音符都在她心中激起无尽的情思，作曲家在交响曲中对未来生活所寄托的渴望，都道出了她的心愿。知音呐！犹如中国古代音乐家伯牙遇到钟子期，高山流水，知音难觅！

没有热烈的拥抱，没有缠绵的肌肤之亲，没有卿卿我我的促膝相谈，但梅克夫人深深爱着柴可夫斯基，对方的反应却全是柏拉图式的爱。梅克夫人忍不住单刀直入：“你爱音乐太多了，因此来不及爱女人”，并批评“老柴”：“柏拉图的爱只是一半的爱，是想象中的爱，而不是心上的爱。那并不是活生生的感情，人缺乏这种感情是不能生活的”。

柴可夫斯基洋洋洒洒地写了一页长信，回答梅克夫人：“你认为音乐不能充分表现爱的感情，我绝对不能同意你这种意见。恰恰相反，只有音乐才具备这种力量。”

言为心声。

这种对话犹如牛哞对蛙鸣，根本不对调，幸亏梅克夫人是那种性格温柔、心胸开阔、热爱音乐艺术之人，没有生“老柴”的气，反而加深了她对心中音乐的崇拜，也让她探到这位挚友至诚的内心。

柴可夫斯基的《第四交响曲》是献给梅克夫人的，他称为“我们的交响曲”。这音乐给他带来多少美妙的艺术享受，既有欢乐，也有忧愁，虽然忧愁，但那是谁也不想放弃的忧愁！梅克夫人深深陷入美妙的音乐旋律中，每个音符像一颗晨露滴落在她的心灵中，滋润她枯萎的情感，可以让她忘记世上一切辛酸和苦涩，一种充满诗意的、美好的憧憬和幻想！

实际上，柴可夫斯基在创作《第四交响曲》之前，已创作出经典之作，如久演不衰的芭蕾舞剧《天鹅湖》，声震乐坛，名闻遐迩。而柴可夫斯基喜欢孑然一身，独居一方，他创作音乐到几近入魔、疯狂的程度，而梅克夫人的灵魂却在他的乐曲中漂泊、沉浮，每封信都表达了对柴可夫斯基赤诚的爱，发出内心的呼唤：“我衷心爱你”！

“爱情是一种生存的愿望。”

“如果缺少了爱，一切的美妙景象都将默然无光！”

“我爱的只有你，我的爱永不熄灭，直到太阳冷却，星星老去……”

“爱别人比之被人所爱更有乐趣。”

这些诗人和作家的格言成了梅克夫人的信仰。

一寸相思一寸愁

大自然的美景，在冬天表现得格外壮丽、妖娆。柴可夫斯基喜欢俄罗斯的冬天，特别空旷、静穆，甚至带有宗教般的沉默，这是大自然一曲庄严的歌。无边无际的雪野，上面涂着成片成片炭黑色的森林，连冰河和道路都融进了雪野，了无痕迹，天地是一幅偌大的黑白默片。

他的《g小调第一交响曲》表现了孤独的旅人淡淡的愁绪、思索、回忆和憧憬。《g小调第一交响曲》分四个乐章：第一乐章，《冬日旅途的梦想》；第二乐章，《暗淡的远方，朦胧的远方》；第三乐章，无标题，旋律带有几分轻盈的奇幻色彩，仿佛传达旅者对温馨家庭的思念和向往；第四乐章，也无标题，采用了俄罗斯民歌

《花儿开了》的旋律。这期间柴可夫斯基写了许多抒情的作品，旋律优美、动人。柴可夫斯基在成长、成熟，在音乐的阶梯上攀登。

冬天过去，梅克夫人从她的庄园里发出邀请信："我的布莱洛夫庄园里是空着的，你能来我这里做客吗？……现在天气很暖，这时人愿意远远地回到大自然去，跑到森林和夜莺那里去。只有音乐才能超过大自然……"

梅克夫人热情温暖的召唤，给热爱大自然的柴可夫斯基带来巨大的诱惑，他决定去梅克夫人的庄园做客。庄园环境幽美，景色迷人，树木、池塘、小河，还有成片成片的绿茵，简直是一处风景胜地！

柴可夫斯基在这里埋头创作，他几乎没有时间携梅克夫人在黄昏的田野小径散步，没有在池塘观赏游鱼和野凫，更没有情真意切的交谈，只是给她写信，在纸上倾泻如火如荼的爱。

柴可夫斯基不善于交流，言语滞讷，说话嗫嚅，甚至音节都不清晰，难以用口头语言表达情感。他在梅克夫人面前表现得羞怯、笨拙，没有音乐家、大作曲家的风流潇洒、激情澎湃，犹如一只丑小鸭，呈现一种自卑心理。他有点像卡夫卡，三次结婚，三次离婚，爱情的火焰总是燃烧不起来；他不像李斯特，一表人才，身边总是粉丝缭绕，鲜花丛簇，以致花香醉人，弄得他精神混乱，很难投入创作，整天沉浸在纠缠不休的女人和富有野性的浪漫里；也不像诗人里尔克，天天叫嚷着"孤独"及"艺术是孤独的产物"，实际上被女人包围着，既带来爱的欢乐，又带来爱的痛苦。

柴可夫斯基在梅克夫人庄园里只住了两个星期，却给梅克夫人留下三首小提琴与钢琴曲，命名《怀恋可爱的地方》，便匆匆离去。

柴可夫斯基给梅克夫人写信：

> 对不起，工作就像空气一样的必不可少，只有苦闷的时候我才会懒散起来。我怀疑我的生命是否允许我的才能达到充分的发挥。我对自己很不满意，甚至会恨自己……只有我的音乐作品能够补救我的缺点，把我提升到人的位置。

柴可夫斯基在圣彼得堡的妹妹家住了两个星期，又去往意大利佛罗伦萨。

佛罗伦萨有梅克夫人的别墅，柴可夫斯基在梅克夫人别墅附近半英里的地方租了一套很舒适的公寓，安顿下来。公寓掩映在小树林里，房前屋后都有花圃。正是玫瑰花盛开的时节，红玫瑰、白玫瑰，硕大的花朵鲜艳得醉人，空气里弥漫着馥郁的花香。早晨鸟儿叫醒他，于是他开始一天紧张的创作生活；黄昏，他独自在幽静的林中小径散步，心情愉悦而闲适。

梅克夫人与柴可夫斯基咫尺之遥，却极少见面，并告诉自己散步的去处、路线，以便让对方回避。她仍然写信给他：“我多么快活啊，我的神，你到了这里，我是多么快乐呀！……能和你欣赏同样的景色，和你感觉同样的气温，这是一种说不出的快乐！你是我的贵客，我的爱友，假如有何不便，立刻通知我……”柴可夫斯基称这段时期是“玫瑰的日子”。他对一切都感到舒适和惬意，这里的阳光和空气，那么清新，那么纯净。特别是到夜晚，他独自坐在阳台上，望着满天的星星，一窗月色，聆听夜色的静谧。佛罗伦萨的夜晚是迷人的，夜风带来大海的气息，他心里的乐思也像大海般翻腾……但他没有和梅克夫人一起散步在夕阳下、晚风里，即使在阳台上看到梅克夫人乘着马车、载着儿女们从远处驶来，他只是鞠躬示意。他们本来可以相亲相爱，形影不离，过上一段玫瑰般美好的日子，但并没有，他们仍然以通信的方式传递情谊，以文字传达两人爱心的脉跳、情感的跌宕，未敢越雷池一步。

这情节使我想起诗人荷尔德林和银行家之妇、女房东苏赛特的故事。苏赛特特别喜欢荷尔德林，又得悉他和哲学家黑格尔是同学，更是崇敬至致。她的爱充满着灵和肉的丰富内涵。荷尔德林对苏赛特更是喜欢，她的气质高雅，外表娇美，神态妩媚，这种内在的和外在的美又是那样和谐地集中于一身。荷尔德林毕竟与苏赛特有黄昏一起散步、月下谈心的美妙时刻，而柴可夫斯基对梅克夫人却没有一次这样的举动，只是用无声的文字传递他的心慌意乱和紧张不安。柴可夫斯基极力回避与梅克夫人相见，难道是她的容貌太完美，使他不敢亵渎？难道她是女神，而凡人不可接触？

一边是火辣辣的爱和滚烫的心，一边却是冷静和顽石般的理性，有言无行，一切都紧紧地嵌制在语言的范畴中。

俩人相距半里之遥，梅克夫人依然频频来信："我多么爱你呀！……我一想起你在我附近，我觉得周围的空气都变得亲切了……在我离开佛罗伦萨之前，你可别离开呀……"他们主客本可以同居，一个是年轻寡妇，一个是光棍汉子，两颗爱心似火，但愚顽的柴可夫斯基却呆若木鸡，他每次回信总是说："我心中有你""也许这正是我工作的动力"，信中大谈他的音乐创作："我写作时，我心中往往只有你！""我写的东西能在你那里引起反应，这就是我的愉快。"全是这些像过滤后纯洁的语言，苍白无力。柴可夫斯基对梅克夫人的感情没有分泌一丝一缕荷尔蒙气息，纯净得像寒夜的星月之辉，晶莹得像黎明的幽兰之露。人间自是有情知，此事关乎风和月，恰恰柴可夫斯基这种畸形的爱，惊世骇俗的爱，不关人间风和月。梅克夫人一颗热烈的心，一腔真挚的爱，得到的全是空头支票。不过她照样资助他，给他买衣服和生活用品，细心的体贴和关爱，使他感动得不知如何是好。她在信中也热情嘱咐他努力创作，写出更多更好的乐曲来。连他也感到惊讶："天啊！这个令人惊讶的绝妙的妇人呀！她对我的关心和体贴是多么令人感动！她所做的一切，使我在这里的生活变得极其快乐！"

正如托尔斯泰所言："男女之间的爱情总有一个时候达到顶点，到了那个时候，这种爱情就没有什么自觉的、理性的成分了。"

梅克夫人正处青春年华，对于她心中的"乐圣"柴可夫斯基，她命运中的“神”，他们之间的爱情不是尘世间的感情，乃是一种天上的感情，但她感到有种东西渐渐破碎了。

花开花谢春有痕

十四年，她与他多次通信，但谋面几乎不超过数次，且每次谋面，柴可夫斯基都胆小如鼠，忐忑不安，精神紧张。

日子一天天过去，信函频频往来，鸿雁的翅膀都疲惫不堪了，两颗爱心只有语言搭桥，谁也没有踏上桥向对方走来。随着柴可夫斯基创作丰富，声名日隆，他的回信也逐渐淡化了爱的温度，带有应付性、被动性，但梅克夫人依然资助他，在衣食住行上关心他、体贴他。虽然梅克夫人有些心灰意冷，但她的心是温暖的、坚韧的，她知道她的爱、她的付出是雾中的花、水中的月，是虚无缥缈的，不会有所结果。十四年，十四个春夏秋冬，她由一个年轻貌美的女人变成人老珠黄的妇人，能不悲哀吗？特别是夜阑更深，更感到寂寞、孤独，一颗芳心有谁怜？她时时接到柴可夫斯基的回信，满纸是他创作情况，他的《黑桃皇后》，他的《叶甫盖尼·奥涅金》，他的《约兰塔》，他的《天鹅湖》，他的《曼弗雷德》。在柴可夫斯基笔下，曼弗雷德具有强大的精神力量，在承受复杂的情感冲突而引起的痛苦时，不是悲哀的呻吟，而是表现了要战胜痛苦、寻找出路的意志。而歌剧《约兰塔》的女性形象仿佛是以梅克夫人为模特，温柔、纯真、坚强、哀伤，表现出惊人的艺术魅力。在柴可夫斯基所有的创作中，除了《第四交响曲》外，仅有《约兰塔》的主题象征着幸福和光明。

他们因爱而痛苦，这痛苦既是真诚的，又是珍贵的。我阅读了《我的音乐生活：柴可夫斯基与梅克夫人通信集》后，并未查到梅克夫人看过《约兰塔》这幕歌剧是怎样的反应？她给柴可夫斯基的信呢？

柴可夫斯基一连串的重磅作品《黑桃皇后》《胡桃夹子》《睡美人》等相继诞生，并取得巨大成功，轰动乐坛，震撼欧洲，也名满全球。柴可夫斯基的身上缀满鲜花，舞台下是暴风雨般的掌声。他身兼数职，创作处在巅峰时期，虽然梅克夫人为他的成功表达了热烈的祝贺，并一以贯之地资助他，但他已是誉满全球的名人了，根本不需要梅克夫人的资助了。他给梅克夫人的回信也简单潦草，即便长信，也只谈他的创作情况和在各地演出的盛况，轻描淡写地写上几句思念梅克夫人的话。柴可夫斯基变成另外一个人了，特别是创作灵感到来，他不与任何一个人说话，显得很抑郁。有时早晨他只喝两杯牛奶，带上纸和铅笔，牵上他的小狗，独自去散步，一直到很晚才回来。灵感过去，也很少恢复常态，仍然是几个小时独自散步。

柴可夫斯基作曲、指挥，社交应接不暇，他生活的圈子日益扩大，梅克夫人在他心中愈来愈边缘化了。梅克夫人需要一个永远陪伴她的灵魂，但她不需要柴可夫斯基的半点勉强。

1890年，这是梅克夫人人生的巨大转折点，她的岁月本应该是阳光灿烂的，却遭到晴天霹雳——她面临破产。她给柴可夫斯基最后一封信充满凄凉和哀伤，她告诉他以后不可能资助他了，信的最后一句话是："希望您有时还能想起我。"柴可夫斯基收到梅克夫人最后一封信，心情沉重而激动，回信道："一点不夸张的，是你救了我。如果不是有了你的友谊和同情，我一定会发疯而且已经毁灭……我一刻也没有忘记你！"是啊，柴可夫斯基怎能忘记梅克夫人呢？一个伟大人物的身后都有一位杰出不凡的女人！犹如里尔克的女友莎洛美，雨果的情人朱丽叶，帕斯捷尔纳克的女友伊文斯卡娅，大作曲家勃拉姆斯的情人克拉克，老托尔斯泰的妻子索菲亚。女人啊，天生是男人的保护神、缔造者！梅克夫人和柴可夫斯基通信十四年，风霜雨雪未间断，晨昏朝夕心相连，从此，两人的友谊和爱画上了一个伤感的句号。

这是一场幸福而痛苦的爱；

甜蜜而苦涩的爱；

热烈而悲壮的爱。

即使柏拉图转世，也会为自己的言行而懊悔。

2020年9月30日

农民画家米勒

古人云："画者，文之极也。"一张宣纸，一片画布，承载着一个国家和民族浓厚的沧桑感，可以寻觅民族穿越千年所留下的光辉，所积存的精神力量，可以涵养一方水土。

我在法国旅游时，住在农家宾馆里，走廊墙壁上挂着米勒的画：《播种》《扶锄的人》《晚钟》。小小的镜框，单纯的画面，当然是印刷品。这是米勒著名的代表作，是法国绘画的经典。

米勒是农民画家，他 35 岁定居巴比松村，此后从未离开过这片土地，生活于斯，终老于斯。由于贫穷，他没有钱买车票，四十年竟然没有回家看望一次父母，她的母亲临终还呼唤着他："我可怜的孩子，如果你能在冬季来临前回来该多好！我十分渴望再见上一面。我现在……剩下的只有痛苦和死亡。"但他因凑不够路费，终究未见母亲最后一面。这真是永远的悔！

米勒的父亲是个乡村说唱艺人，米勒从小便在贫困、苦闷、彷徨中挣扎、成长。他学画初期，为了生存，不得不临摹一些美艳的女裸体画，以满足小市民的青睐。他的第一任妻子因贫穷而病死，第二任妻子像他一样顽强、坚忍地抗争命运，面对苦难，执着地在生活中挣扎、奋斗。米勒在巴黎搞了一次画展，观者却讽刺道："米勒只会画裸体女人，别的都不会。哈哈，哈哈！"这句话深深刺痛了他的心。他决心离开巴黎，义无反顾地走向农村，携家人迁往巴比松村。

巴比松村位于枫丹白露附近，有河流、池塘，当然也有树林。但米勒的画中很少见到山水背景，甚至连一棵树也没有，只有太阳、土地、人，三位一体，构成人生的十字架，命运的十字架。米勒沉重地背负着十字架，二十六年的春夏秋冬，二十六年的风晨雨夕，他过上了地地道道的农民生活。

米勒是陶渊明式的画家。中国东晋大诗人陶渊明弃官回归故里，像农民一样"晨兴理荒秽，带月荷锄归""开荒南野际，守拙归园田"。陶渊明回归故里绝非诗人下乡体验生活，更非采风，锄头和笔墨都是他的工具。他的诗蘸着晨露的晶莹、月光的温润、荒草的苦涩、野花的芬芳、泥土的清香，有犬吠之声、鸡鸣之音、鸟雀之噪、流水之韵、萧瑟之籁……米勒也一样，他白天下地干活，晚上画画。他绘画的题材全是农民及其劳作的生活。在米勒的画上，人和自然、土地和茅舍几乎成了全部画作主体，它们之间有着难以分割的联系。米勒在巴比松村的二十六年是孤独而又充实、幸福而又痛苦、沉静而又燃烧的。他没有像其他画家一样外出游历、采风，披山阅水，去写生，去素描，去临摹名山胜水，他像土地的代言人，只关心农民和土地，锄草、播种、施肥、收获、收藏。艰苦的劳作，贫苦的生活，单调而沉闷的岁月，没有喧嚣和热烈，没有喜庆和歌舞，在他的画上，只有忧郁、憔悴、疲倦、沧桑、困苦的劳作者形象。农民祖祖辈辈，面朝黄土背朝天，生活压弯了他们的腰，但他们能隐忍，听天由命，在沉默中挣扎，在艰难中求生，偶尔发出叹息和呻吟。

《播种》是米勒一幅享有盛誉的作品。一位年轻力壮的汉子端着盛着种子的“簸箕”，将一把种子随手撒向大地。他雄健有力，步伐豪迈。地平线辽阔旷远，除了远处有一耕耘者，播种者顶天立地，占据了大面积画面。播种者辛勤地劳作，大步前进和略微倾斜的身姿，透露出他满怀希望的喜悦；均衡有力的步伐，不停地播撒，像雄健的旋律。没有播种，哪有收获？什么力量都不能阻挡他，他会一直走向画的外边，走向地平线的尽头……据说，米勒此时正在田间劳作，看到这位农夫舒展的劳动姿态，他惊呆了，异常兴奋，回到家里，很快画下了这个场面。

这时，夕阳向晚了，播种者的“雄姿”一直融于暗红的夕阳逆光和黄昏的暗影中，他脸上的线条是模糊的，他的神色也是模糊的。观者完全想象得出是坚毅、顽强，是对生活充满信念和热望。

— 播种 —

米勒

他向大地谱写自己的宣言，希望播下的是温暖，收获的是幸福。整个画面色调低沉、沉稳，健壮高大的农夫，像泥土一样厚实。暗红的夕阳逆光和黄昏的阴影，虽然投射在劳动者脸上，但分明透出劳动者的喜悦，这是苦涩生活中的一种神秘、朴实之美。米勒喜欢乡村的黄昏、残阳、夕晖，模糊的景物，昏暗的光影，朦胧得像诗，像印象派的大自然景物，给观者以想象的空间，给画家以抒情的艺术空间，充满着创造力和蕴含着难言的艺术魅力，凝练着画家对生活深刻而细致的感受。

米勒说："他们沐浴着夕阳的光，在肩上负着重荷的模样，是多么平稳和壮观啊！那是美，而且是神秘。"只有走进生活，真正体验过乡村劳动者在夕阳向晚时赶着路的场景，才会有这动人感悟。

凡·高是米勒的"粉丝"。米勒的《播种》深得凡·高喜爱、推崇，凡·高用他火焰的色彩，一再重复临摹米勒的《播种》。这不仅寄托着凡·高对贫困农民的深深同情，也反映出凡·高对基督教徒吃苦耐劳思想的深切感受。

米勒是最接地气的画家，他一生都没有离开过土地，没有离开过农民，他已是他们中的一员，只是一手拿锄头，一手拿画笔。在他的色彩和线条的奏鸣中，永远是田野、土地、庄稼、农民，还有伴随他们的家禽、牲口。

走廊里另一幅画，便是米勒的杰作《扶锄的人》。这幅画又是黄昏，薄暮降临，一位壮年农夫累得倚锄小憩。背景是辽阔的田野，无边无际，空旷、孤独、沉寂。劳作的农夫一脸倦色，身穿土布粗衣，满身汗渍，脚下是翻开的泥土。《扶锄的人》淋漓尽致地再现了农民的悲剧命运和他们隐含着坚忍力量的悲剧性格。那呆板的表情中透露出苦涩不堪的靥容，他不知欢乐是何物，长期艰苦沉重的劳动弄得他精疲力竭、狼狈不堪。他的眼睛迷惘地望着远方，他的嘴微张着，走近画面，似乎能听到他沉重的喘息声。米勒说："他要伸一下腰，喘一口气"，"他自从来到人间，何曾想过欢乐"？这是艺术家的自白。通过画面，从那农夫结实有力但过于疲倦的形象中，我们可以体会到农民艰难困苦的生活，以及充满无奈的悲哀。倚锄者稍事喘息，这具有典型意义的细节描绘，给人以深刻的悲剧感。

米勒让劳动者在疲倦不堪时停下来轻轻地叹息一声，他说"这是大地的呼声"，是劳动者对不幸命运的抗争。千百年来农民不都是这样默默挣扎着生存下来，一代一代在土地上劳作吗？这简直是一幅耶稣受苦受难的"农民版"画作。那位劳累过度的男人，拄着锄柄，弓着腰，用锄柄支撑着疲倦的躯体。他的神色阴郁，眼睛迷茫，木然地望着远方。远方是什么？是幸福吗？有挣脱贫苦的方舟吗？他的脚下是荒凉的土地，布满沙石和野草，疲惫的农夫倚锄大口地喘息。从那苦涩不堪的面容上，看得出他已经精疲力竭了。烈日吸去他多少汗水，生活的风雨几番折磨着他的生命，他无力站

— 扶锄的人 —

米勒

立起来，只好用锄柄支撑着瘦弱的躯体……这就是农民，他们世世代代用结满厚茧的双手支撑着历史的天空，呆涩的眼睛既迷茫、空虚，又蕴含着渴望……

米勒喜欢的时间是黄昏。黄昏，按说不管在哪里都应该是美丽的，夕阳在山，人影散乱，晚风款款，落晖斑斑。夕阳是温暖的琥珀色，把横阔的天地拉得遥远、空旷，天地宇宙是壮丽、辽阔的感觉。但是在米勒笔下，黄昏总是给人苍凉、悲戚、倦庸、孤独的意韵，色彩都是沉着、凝重、冷清。这和画家情绪一致，和所画主人公的情感一致，和乡村静谧的生活一致，和大自然朴素的魅力一致。

长期的农村生活，塑造出米勒沉默、隐忍、坚毅的个性。有时他也喜欢晨光，阴云叠叠透出一缕灿烂的阳光，树木像镀上一层金色，土堡也反射出亮光，天空的朝霞出现温暖的鲜艳色彩。这是米勒绘画中少有的现象，是大自然强烈生命力的再现。阳光、彩霞、阴云，斑驳陆离，这对立的因素又构成一曲和谐的交响乐。这是大自然的欢乐颂，实际上是画家郁闷情绪的倾泻和对美的渴望。

“我就是农民，农民中的农民！”米勒说，“我不属于浮华的都市……我要把农民画进艺术里”！于是《晚钟》出现了。

这是他又一幅杰出的代表作。画面背景是辽阔的田野，远处露出教堂塔楼的尖顶，夕阳灰红。画面的主体里，一对中年夫妇听到教堂传来悠远的钟声，立即停下手中的活儿，低着头，站在田野上默默祈祷，聆听上帝的声音。身旁是他们劳动的工具。

落日的余晖温暖，却也忧郁，刚翻过的土地像海洋一样波涛滚滚，无边无际。垂首而立的夫妇停下手中的活儿，双手抱十，虔诚地祈祷。他们显得心平气和，顺天安命，任凭上帝的恩赐和惩戒；他们从不唠叨，无怨无恨，从不为生活的艰难而痛恨命运的不公，当然也没有过多的奢望。《晚钟》迷人的艺术魅力是光、色彩、影。落晖飞洒在田野上，耕过的土地泛着波浪，像大海一样雄阔、浩瀚，垂首而立的男女在逆光中显得高大，和地平线交叉成双十字架形。

画面上既不见哥特式教堂建筑，更不见钟的影子，但观者似乎听到，一声声凝重而忧郁的钟声隐隐传来，大地一片宁静，万物都屏息静听，画面弥漫着庄严圣洁的宗教气氛。夫妇垂首站在自己用血汗耕耘的大地上，不言而喻，表现了劳动者的虔诚、忠厚，听凭命运之神摆布的无奈和顺天安命的姿态。这体现了逆来顺受的草根阶层的小人物的凄苦命运、沉郁的精神状态和隐忍的悲剧性格。米勒的画，色彩都比较沉着、浑厚，与画家的情绪一样，在朴素中他又追求多样性、丰富性，极力地表现大自然的庄严和静谧的魅力。

米勒有天生的农民气质，一身汗水一身泥，拿画笔的手也像老农民一样，磨出硬茧。他衣着破旧，皮肤粗糙，脸上过早地出现皱

— 晚钟 —

米勒

纹，苍老的目光沉静、淡定。他站在农民里，谁也不会认出他是举国闻名的大画家。

其实，在欧洲，在法国，画家、音乐家、诗人、作家都是极普通的职业，像银行家、企业家、商贾、老板一样，并非比别的职业伟大，只是工作的对象不一样。

米勒的名气并不显赫，他像农民一样辛勤耕耘，有一种虔诚、质朴、善良和坚忍的基督教徒精神。他既不像某些所谓的艺术家深入生活，也不像陶渊明那样辞官回归故里，而是以殉道者的精神过着一种艺术化的人生，把乡村生活审美化。他也不像那些山水画家，游遍名山大川，把激情泼向烟村暮霭、枯藤老树、山泉飞瀑，他笔下几乎都是普通农民，播种者、倚锄者、簸谷者、收割者、祈祷者、牧羊者。这些生活在社会底层的劳动者，他们的辛勤、劳苦，生活的艰难，都出现在他的画布上。没有对倍受艰辛的农民生活的体验和同情，不理解农民虔诚的基督教思想和安贫乐道的道德伦理，就很难画出农民的精神风貌，塑造出活生生的农民形象。

米勒有着农民沉默、敦厚、朴拙的性格，他不事张扬，甚至拒绝加入法国巴黎艺术家协会，他一年到头劳作在田野和画案，他的生命融进绘画里，他的汗水流进大地中。罗曼·罗兰评价米勒："他的一生从幼年到老死，不但过着辛苦的农夫生活，甚至持有农夫的热情与偏见——对土地强烈的爱……他不但能描写大地，也能耕作大地。"

人生是个谜，宇宙是个谜。据说米勒临终时，有一头受伤的牡鹿跑到他家院子里，死在那里。几天后，米勒告别了人世。

2018 年 3 月 18 日

里尔克和他的女人们

1

里尔克出生于布拉格。

布拉格是捷克的首都，一座优美、富丽、雅致的文化古城。满城的巴洛克式、洛可可式、哥特式、文艺复兴式的古老建筑，曲折连绵，多姿多彩的架构在阳光下闪闪烁烁，夺人魂魄，创造了一种迷离恍惚的文化氛围。伏尔塔瓦河像女人的躯体，曲折有致地穿过城市，查理大桥和众多的现代桥梁把老城和新城连接在一起。

布拉格是一座艺术之城。且不说查理大桥 30 座精美至致的雕塑使你惊叹、叫绝，被誉为“欧洲的露天巴洛克雕像美术馆”，是古城的生命基因。这座古城还诞生了音乐大家斯美塔那、德沃夏克和文学大师卡夫卡、昆德拉，更让人惊喜的还有 20 世纪最伟大的诗人里尔克，足以使布拉格在世人面前昂首挺胸、自豪万分。

里尔克实际出生于距布拉格不远的一个叫波希米亚的地方，这里有他血脉的故乡，可故乡对他来说遥远而陌生，因为他一生都在漂泊。“波希米亚”这个词就含有“流浪”的意思，他命里注定浪迹天涯。他童年时期在布拉格住了5年，做梦都想逃离这个他诅咒的地方。

里尔克性格孤僻，他不仅心灵孤寂，而且在大多数场合下也是形单影只。他心灵里有一个人生准则：每个人都是孤独的，必须这样孤独下去，必须忍受孤独，不能退缩半步，这是一种神圣的、神秘莫测的制约力量。他终生是流浪的游子，他对家乡、对布拉格的疏离，不仅是情感上的，而且是心灵深处的。他感到布拉格的空气都让人怀疑，让人不舒服。米兰·昆德拉也背叛了布拉格，移民法国。这并不奇怪。在欧洲，许多大作家、艺术家往往定居外国，易卜生、斯特林堡、海涅、乔伊斯等，一生大部分时间在国外居住。

里尔克是个游吟诗人，他四处行走，在意大利、瑞典、丹麦、比利时，在西班牙、葡萄牙、希腊，两次去俄国，还有非洲之行。他游历各地，他的诗句也散布各地。他曾自豪地说：“我的故乡在俄国!”布拉格对他来说，不过是人生的第一站，是他生命的出发点。他说：“诗人不应该有精神的故乡。”他感到故乡艺术气息稀薄，要在那里站稳脚跟，简直匪夷所思，他只有在第二故乡“检验自己性格的强度和载力”。

2

里尔克曾做过罗丹的秘书，罗丹的思想对他有很大的影响，他说：“罗丹未成名前是孤零的，荣誉来了，他也许更孤零了吧!”欧洲文坛上文人相轻现象很严重，他们互相诋毁、攻击、抹黑，甚至雇佣记者、评论家抨击对手的作品，他们的生活哲学就是他人的成功意味着自己的失败。巴尔扎克、莫泊桑、雨果等文学大师都深受其害。罗丹的创作也受到众多同行的指责、批判、否定，但是罗丹不知疲倦地劳作，那一丝不苟的精神，对里尔克有着浸入骨髓的影响，对里尔克诗歌道路的开拓起着巨大的作用。里尔克 27 岁那年担任罗丹的秘书，工作几个月后，他忽然离开罗丹。这是个谜，许多学者有各种推测，莫衷一是。里尔克不久写出一本小册子，热情赞美罗丹、歌颂罗丹。他在《罗丹论》中写道：“罗丹灵魂里实在有一种使他几乎浩荡到无名的沉毅，一种沉默超诣的仁慈，一种属于大自然的大沉毅”，“人们终有一天会认识到这位伟大艺术家所以伟大之故……这里几乎有一种对生命的捐弃，可正是为了这忍耐，他终于获得了生命，因为他挥斧之处，竟浮现出一个宇宙来呢!”

流浪是里尔克生命的主题，这主题衍生了许多情节。里尔克孤独而高傲，他一直深信自己是“一个古老贵族最后一名富有艺术使命的后裔”。据说他的远祖是贵族，是日耳曼族的骑士，到了父亲的这一代，衰败了，沉沦了。他们住在波希米亚的一个村庄，三十年的战争，他们的财产遭受巨大的损失，里尔克家族的人成了屠夫和农民，但贵族骑士的血液仍然奔腾在他们的血管里。

里尔克的诗虽然充满了孤独、悲观和虚无的思想，但艺术性很高，且具有音乐美、雕塑美；他的诗意深邃而开阔，很多难以表达的内容都在他的诗里得到淋漓尽致的体现，诗评家说他开拓了诗歌的表现领域。

诗是什么？艺术是什么？里尔克认为是“完全整体地生活在‘激情’之中”。为了这一点，诗人和艺术家必须投入他所有的爱。没有激情，就像火箭没有燃料就不能升天，就像江河没有动能就不能奔腾不息地流向远方。没有高昂的激情，就不会创作出动人的乐章、瑰丽的诗篇；激情是生命的原动力，是想象的翅膀，这一切又往往产生在孤独中。

里尔克坚守属于自己的孤独，并且带领读者走进他的孤独，认识他的孤独，欣然接受他的孤独。他在《以梦为冠》中写道：“黑夜，她在你面前长跪不起。”里尔克以此作为信念，通过一次漫长、幽暗的生命旅程，最后到达将来“全部的占有”。

3

里尔克选择“写作者只为写作”的道路，作品就是一切，作品就是目的，因此他放弃了生活的欢乐和苦恼，与社会隔绝，极其孤独地创作。说来也怪，他身边总袅袅不断地飘荡着女人的身影，里尔克越想孤独，越频繁地出现“艳遇”，上至侯爵夫人，下至浪漫诗人、雕塑家，文青式的女友、情人，都燃烧着爱的火焰，辐射着女性的光辉，温暖着他，缠绵着他，使他无法走进自己的孤独境地。他想断绝爱情，但爱情又促使了他孤独拼搏的勇气和沉毅。

里尔克是矛盾的统一体，既在矛盾中统一，又在矛盾中分裂。

对里尔克影响最大、最持久的情人是莎洛美，一位聪慧绝顶、美貌惊人、年龄比他大 14 岁的有夫之妇。莎洛美既是他的生活导师，又是他生活的庇护者。女人迷人的芳泽，优雅的风姿，高贵的气质，往往激发他创造的灵感，这灵感甚至源于荷尔蒙的分泌，狂热、痴迷、激情。莎洛美的魅力不在于她的相貌之美，而是精神的诗性。她具有哲学家的睿智，诗人的天性。尼采追求过她，而后写出不朽经典《查拉图斯特拉如是说》；弗洛伊德眷恋过她，与她保持 20 年的通信，结果成就一代精神分析大师。这个聪慧的女子简直是缪斯的灵体，她与大作曲家瓦格纳、大文豪托尔斯泰、霍普特曼、斯特林堡都结下心灵的友谊……

莎洛美是里尔克“第一个真正的、实在的”身体与灵魂合一的人。他把她比作“口渴的旅客的清澈甘泉”“就像权杖属于女王”“就像最后一颗微暗的星星属于夜晚”。

其实，里尔克一生“艳遇”的女人无数。他身边美女名单可以列出一长串：瓦莱丽·冯·大卫-龙菲尔德、克拉拉·韦斯特霍夫、葆拉·贝克尔、米米·罗曼内利、玛丽·图尔恩、安娜·德·诺瓦耶、玛尔特·埃内贝尔、西多妮·纳德赫尔尼、露露·拉扎尔、玛格达·哈廷贝格、克莱尔·施图德、南妮·福尔卡特、伊冯娜·瓦滕维尔、伊丽莎白·伯格纳、尼梅特·贝，等等。唯有莎洛美是他终生的伴侣，她高贵的门第，母亲般的温柔，洁白无瑕的品质，使他尊重、敬畏。

里尔克处在人生困窘时期，一种煎熬、矛盾、迷惘、沉郁的感觉折磨着他，他需要精神引路人——文坛巨匠托尔斯泰。他想要拜访托尔斯泰，莎洛美给他带来方便。莎洛美本人就是俄罗斯人，于是陪同他来到俄罗斯。俄罗斯是个伟大的国家，不仅地域辽阔，且有雄厚的文化底蕴。普希金是俄罗斯文学之父，此后，俄罗斯文学大师层出不穷，屠格涅夫、莱蒙托夫、契诃夫、果戈理、陀思妥耶夫斯基、托尔斯泰……俄罗斯的一切对里尔克而言都是新鲜的。古老的文化，深沉的历史，广袤的土地，壮丽的山河，使他处于一种燃烧的爱的激情中。

1899 年 4 月 27 日，里尔克偕同莎洛美来到莫斯科。

里尔克渴望见到托尔斯泰，托尔斯泰是他心中的“神”。顺利得很，莎洛美认识托尔斯泰小说插图作者、画家列昂尼德·帕斯捷尔纳克，即后来大名鼎鼎《日瓦格医生》作者帕斯捷尔纳克的父亲，由其搭桥，一切如愿以偿。

那是1899年春天的一个下午，暮春的阳光温暖地照耀着田野，地主爵爷的庄园里，里尔克陪同托翁在田间小径散步。71岁的托尔斯泰身板硬朗，精神矍铄，不时弯腰采一朵野花，“连同周围的芬芳一起抓住，又漫不经心扔进春潮中”。托尔斯泰的一言一行，在里尔克心目中比《圣经》还高贵。托尔斯泰个头并不魁伟，是个敦实健康的“庄稼”老头，但是在里尔克眼里，托翁却很高大，长髯飘拂，神色肃穆，举止高雅，言谈深刻，脸上似乎也刻着孤独感。里尔克感到托翁每句话都“深刻、有价值”，并闪着光彩，有着丰富的内涵和隐秘。

此后在俄罗斯，里尔克还结识了莱蒙托夫、陀思妥耶夫斯基，以及俄罗斯著名画家、诗人，他的精神沐浴着俄罗斯文化的光辉，所以他后半生一直把俄罗斯当作“第二故乡”。

从俄罗斯归来，里尔克不仅难以孤独，而且又陷入“追星族”的女人圈里。从资助他出版了第一部诗集《生活与歌》的早年女友瓦莱丽到青年雕塑家克拉拉·韦斯特霍夫和她的画家姐姐，还有米米·罗曼内利、塔克西斯侯爵夫人玛丽、浪漫多情的安娜·诺瓦耶、玛尔特·埃内贝尔、西多尼，等等。1921年，里尔克结识克莱尔·施图德时，他正在和梅林娜相聚，住在提契诺乡间别墅。两个人重聚，心情极其愉快，梅林娜的疾病奇迹般消逝了，里尔克也沉浸在激情中。他们沿着铺满玫瑰的小路散步，卿卿我我，根本不考虑未来。这样无意间怠慢了克莱尔，使克莱尔一度产生酸溜溜的嫉妒感和被冷落的伤感。在情场上，里尔克永远是胜者。

他认识露露·拉扎尔时，是在一片绿茵上。他见一位美丽动人的年轻女子正在草地上休息，里尔克走过去，说："我可以靠近，坐在你身边吗?"女子无言以对。里尔克又重复问了一句，女子仍然缄默。里尔克很礼貌地坐在女子身旁。他无话找话，和这位女子攀谈起来。他的谈话充满浪漫的情调，富有诗性的语言，诱惑而动人。里尔克情商很高，善于言辞，而且彬彬有礼，很讨女人喜欢。几天后他们打得火热，又上演了一场风花雪月的风流韵事。

他诗人的身份吸引了众多歆羡的女子。他喜欢露露·阿尔贝-拉扎尔直接的吸引力；喜欢梅林娜高挑的身材，漂亮的体型；更喜欢克莱尔·施图德性感的诱惑力；对于克拉拉那种开朗和热情，更是如痴如醉的爱；他去日内瓦时见到梅林娜，难舍难分，他说："我仍然随身携带着那块你眼泪浸湿过的小手帕，象征着你的眼泪永远在我的心上，不会干涸。"乱花狂絮一场，"岂知聚散难期，翻成雨恨云愁?"里尔克像中国宋代词人柳永一样，"伤心脉脉向谁诉？但黯然凝伫。暮烟寒雨，望秦楼何处"。他感到离开梅林娜的痛苦，像"从高峰一下子跌进大海"。

贵族和爵爷的夫人大都聪慧、善良、美貌、高雅，她们既有较高的文学艺术修养，也具有较高的鉴赏能力。她们爱诗、爱绘画、爱音乐、爱歌舞，身上的艺术细胞非常活跃，因而她们尊崇诗人、音乐家、画家。这些贵妇人有一颗同情、怜悯的心，经常资助贫寒的文人，以消除他们的生活之虞。在欧洲包括俄罗斯，一些贵妇人因酷爱音乐、绘画和诗，常常毫不吝啬地从经济和物质上资助这些缪斯女神的儿女们。就像梅克夫人资助柴可夫斯基一样，玛丽·塔席克斯资助里尔克，促进他的事业发展和成功。这不仅是一种慈善，而且是一种文化现象。

在瑞士，有一位女士叫作南妮·文德利，她是一位企业家的女儿，精力旺盛，性格活泼。她比里尔克大三岁，虽不是才女，却喜欢文学。不知里尔克发现了她还是南妮发现了里尔克，两人书信来往，频频倾吐爱意。南妮十分关心里尔克的生活，给予他物质资助，满足他的要求，从睡衣、鞋袜乃至肥皂都及时提供。

此时，里尔克是一个没有国家的人。他没有捷克斯洛伐克的国籍，无论走到哪里，他都是一个外国人；无论走到哪里，却有成群女人追逐他、占有他。

他在威尼斯结交女友米米·罗曼内利，很快产生感情；后又结识露露·阿贝尔-拉扎尔，两人很快产生炽热的恋情，露露便送他一笔两万克朗的赠款。无独有偶，侯爵夫人玛丽在巴黎旅游时渴望见到里尔克，她读过里尔克很多诗篇，对里尔克有种仰慕之情，便邀请里尔克去她下榻的宾馆相见。玛丽也是威尼斯人，是典型的贵族，热爱艺术，并且有很高的品味和审美能力。她天生有一种情愫，希望她身边有一群天才的“作家、诗人和艺术家”；她对这些文人感情非常真挚，是发自心灵的爱。

侯爵夫人塔席克斯写信暗示里尔克，批评里尔克把很多时间浪费在与女人的交往上。里尔克无可奈何，一些粉丝以百般体贴、千般柔情，缠绵于他，呵护于他，他在这温柔的“陷阱”里难以脱身。塔席克斯经常警告里尔克：“必须孤独下去，必须忍受孤独!”

采得百花酿成蜜，里尔克许多情诗都是写给女人们的。

在欧洲，许多诗人、音乐家、画家，他们辛苦创作，忍饥挨饿，甚至没有家庭的温暖，没有妻室子女，孜孜不倦地投入创作中去，以透支生命的精神追求艺术的创造，追求艺术的美。他们并非为了金钱，也并非为了鲜花和掌声，而是为了艺术成就欲。这种欲望无止境，而他们是艺术的殉道者。

西方人多有一种怪诞逻辑：资本家梦想成为贵族，贵族想成为君主，君主羡慕艺术家，艺术家自认为是上帝。虽然艺术家不时遭遇三餐不继的窘境，却无怨无悔，依然高昂着头，目光追逐着远方。他们不仅宣传艺术至上，还无愧于接受时代的仰视。在世人心目中：君主、亲王过去和现在都有，但贝多芬只有一个。

里尔克在矛盾中生活。既想孤独地沉入创作的天地中，两耳不闻窗外事，又甩不开这些燃烧爱情烈焰的女人。这些女人既给他带来无穷无尽的烦恼，又给他的创作带来丰富的养料。没有她们的存在，他情感枯萎，也难以溅出灵感的火花。里尔克一生绯闻缠身。

他与梅林娜分手之后，仍然鱼雁传书，寄意寄情。此后他又结识了侯爵夫人玛丽，情思缠绵，妙笔寄意。里克尔认为玛丽是他这个孤独而忧郁的人的守护神，当他需要工作时，这位可爱的情人随即给予他孤独。他第二次去威尼斯，又结识了美丽的妙龄女郎西多妮，很快，闪电般的感情达到了高峰。这段感情来得很激烈，去得也很迅捷。每个女人都是他人生的一个驿站，事过境迁，春梦无痕。他继续孤独地在诗歌天地里挣扎，疲惫、忧郁、憔悴，那些风花雪月的往事，只能现出诗人的影子。

1908 年，里尔克通过朋友结识了高贵而美貌的米米·罗曼内利和她的姐姐纳娜·罗曼内利。姐妹俩不仅给予里尔克经济援助，而且与里尔克产生了恋情。里尔克为她们的美貌而倾倒，为她们的聪慧而惊叹。里尔克即使外出几个月，也天天给她们写情书，熊熊的爱情之火使他难以忍受。不久，他又遇到才华横溢的女画家露露，对米米姐妹俩的爱情也随之熄灭。露露在里尔克生命历程中占据很重要的位置，直到晚年，他也没放弃给露露写信。

4

里尔克人生最后的岁月是在瑞士度过的。里尔克酷爱玫瑰，曾用法语写过 24 首歌颂玫瑰的诗篇。不知是天意，还是命运的捉弄，他因爱玫瑰而受到玫瑰的伤害，陷入无限痛苦中。

里尔克身患重病后，收到流落德国的俄罗斯著名诗人玛丽娜·茨维塔耶娃寄来的一封信。信里有一首诗，附信说她对里尔克的仰慕与其他女人相比有过之而无不及，她冒昧地请里尔克给她寄一本诗集。在她心目中，里尔克是“诗歌化身”。其实，这位可怜的流亡国外的女诗人孤苦无助，生活困窘，她很想投入里尔克的怀抱。他们鸿雁传书，互诉心曲，谈诗歌、谈创作，谈痛苦、谈孤独，谈爱慕、谈思念。

茨维塔耶娃最大胆、最浪漫，充满火一样的激情。她写信给里尔克：“莱纳，我想去见你……我想和你睡觉——入睡、睡着……单纯的睡觉，再也没有别的了。不，还有把头枕在你的左肩上，一只手搂着你的右肩……还有要倾听你的心脏的跳动。还要——亲吻那心脏。”里尔克收到茨维塔耶娃的诗和信，非常感动，就像“翅膀扇起的风”。令人痛惜的是，两人天各一方，终未谋面。里尔克病危，茨维塔耶娃身无分文，无法动身去瑞士。

在支离破碎的悲惨世界，诗人的作品和意义被符号化，身不由己，颠沛流离，使他们的生活本能的吊诡和荒诞。当两个挣扎的灵魂碰触到一起时，互相吸引、互相依偎，这是柏拉图式的爱。

里尔克爱情的火焰已奄奄一息，这场黄昏恋，一阵风似的化为一缕轻烟飘去。

时至晚年，里尔克的创作能力逐渐衰退，这位 20 世纪最伟大的抒情诗人，情感已很难燃烧起熊熊火焰。他感到“英雄末年”的痛苦，无力寻找情感寄托，他伤感地说道：“他爱过每一个女人，从开始就是丢失的。”

里尔克为词语而活着，全心全意地去写作，把世界和人类情感“华丽的织锦”转化为自己独特的语言。

茨威格评价里尔克：“里尔克对表述和坦露感情有着巨大的羞怯感。”

保罗·瓦莱里在《怀念与告别》中说：“里尔克是世界上最柔弱、精神最充溢的人。”

罗伯特·穆齐尔赞扬道：“他将不仅是一个伟大的诗人，而且也是一个伟大的引导者。”

里尔克是一个没有“乡愁”的诗人，他的祖国和故乡被奥匈帝国占领着，一生很少回过故乡。他认为，故乡是一种特别亲近、紧密状态的总和，是感情始终处于神圣状态的存在，是上帝、亲人和自然的强大组合。他没有故乡，故乡对于他而言是“复数”。他先是认俄罗斯为“第二故乡”，后又认巴黎为“第二故乡”。他不断地旅行，不断地告别，漂泊成为他的宿命。最后他死在瑞士，他说，这才是他的“第二故乡”。

里尔克最终患上败血症，是他采摘玫瑰时不小心刺破手指染上的。

里尔克一生得益于莎洛美，临终时，他希望“能见莎洛美一面”。

2020 年 11 月 9 日

李斯特的三千烦恼丝

1

2019年6月，我拜访了你，李斯特。

李斯特雕像位于安德拉什大街奥格多根广场，东南端便是李斯特生前供职的音乐学院。

李斯特坐在树荫下，胸前是一架钢琴，他双手抚琴，头发飞扬，眼睛微闭，高昂着头，全神贯注地投入乐曲的演奏。四周很静，仿佛有动人的乐曲在回荡。李斯特借鉴了帕格尼尼的演奏风格，黑白键在他手指下跳荡，洋洋洒洒，恣情纵横。也许只有这样演奏，钢琴这种万能乐器才能发挥出强大的能量。

李斯特出生于匈牙利雷丁村，这是阿尔卑斯山脉中的一个小村，环境优美，山清水秀，林木葱茏，是人杰地灵、物华天宝之地。李斯特自小学习钢琴，他先是移居音乐之都维也纳，后来又到巴黎——世界上举世无双的音乐圣地。他在巴黎结识了柏辽兹、肖邦，艺术修养迅速得到提升。他的想象力、创造力极为丰富，在钢琴演奏上风格独特，华丽、高贵、优美，既大气磅礴，又细微婉约；既高超绝伦，又富有魅力；既阳春白雪，又下里巴人。人们称他为“钢琴巨匠”，并非过誉。他的每一场演奏都引起暴风雨般的掌声，人们激动得像疯子，他们呼叫：从未见过这样有魅力的表演，从未听到过如此高雅、辉煌的演奏。他琴艺惊人，激情洋溢，诗性盎然，弹完一曲，扔掉一双白手套，引得一些贵妇人相互争抢。

李斯特一生都漂泊在异国他乡，故乡只是他童年的记忆，异乡人、边缘人的身份难以除掉，也难以抹去，这是生命的胎记。29 岁那年，他回过匈牙利，为家乡人举办了一场演奏会。布达佩斯的青年人举着火把游行，高呼“李斯特万岁”！国会封他为“骑士”。这种“李斯特现象”，在音乐之花盛开的欧洲是罕见的。此后他在欧洲举办千百场巡回演奏会，在音乐史上也是空前绝后的。

李斯特深受浪漫主义思潮的影响，他的乐曲飞扬、飘逸，富有激情和诗性，像仙曲，像梵乐，使人产生如梦如幻的遐想。乐曲在他的大手笔下声色交融，那乐曲里有贝多芬的交响之声，那音质里蕴含着神秘之音，还有帕格尼尼的风韵。芸芸听众与大自然交融在一起，天人合一的独特感受，使人进入一种广远、深远、渺远和迷远的境界，悲壮、沧桑、恢宏、华美。这是上帝的语言，令人热血沸腾，无比陶醉。

2

李斯特与布达佩斯有缘，匈牙利的山水孕育了他，这里流传着他许多风流韵事。

李斯特是有名的帅哥，一表人才，浓眉大眼，周正的脸庞，白皙的肤色，高高的鼻梁，目光睿智而慈祥，举止端庄，温文尔雅，一副美男子的潇洒风度。他在维也纳、巴黎歌剧院演奏，轰动效应像海啸，像雷霆，整座城市都在颤动。他的琴技迷人，他的相貌更迷人，特别是他的琴姿，简直叫人痴迷、惊叹。他出场时常常面带微笑，亲切、和善。他开始弹琴时，头微微后仰，双目微闭，随着旋律跌宕起伏，时而仰面朝天，脸上充满圣洁的光辉；时而俯首垂面，神色忧郁，深沉而静寂。他奏响爱情的乐曲，神色恬美，似乎有月光、夜莺，甚至能闻到玫瑰花的芳香。演奏完后，他往往是深深向观众鞠躬，高贵、优雅，大厅是一片经久不息的掌声和欢呼声！

他的天才和伟大，使那些贵妇人、名媛或美女们倾倒，把他团团围住，亲吻他的脸、手、胳膊甚至双脚……他是她们心中的偶像，是她们的“神”。

李斯特的容貌英俊。16 岁那年，他的父亲说：“对你，我担心的是女人。她们会搅扰你的生活，支配你。”果然，少年才子成了情种，佳丽如彩云追月。舞女劳拉·蒙岱丝秋波频送；女演员夏绿蒂的情诗联翩而至；波兰贵族奥尔嘉伯爵夫人最难缠，她自称“哥萨克”，野蛮、凶猛。她闯进他的卧室，一手拿着毒药，一手持枪，威逼他，不从的话要杀死他，然后自杀。李斯特无法应付，只好报警。

李斯特誉满欧洲，绯闻也满天飞扬。

李斯特在英国演出时，曾经横扫伦敦大小剧院，每次演出都会有妇女晕倒。他的出场费高达 100 英镑，之前从来无人拿过如此丰厚的酬劳。李斯特在英国倾倒大批听众，此后野心变大，要席卷欧洲，在欧洲掀起更大的风暴与狂潮。最终他如愿以偿，欧洲大地顿时出现“李斯特狂潮”。

文艺复兴之光照耀着 19 世纪的欧洲，这不仅是绘画、雕塑、文学的盛世，也是音乐的时代。巴黎、维也纳、布拉格、布达佩斯、圣彼得堡都有辉煌壮丽的大剧院，体量庞大，俨然国家圣堂。且不说厅内装饰镶金镀银，雕刻精湛，丹青满壁，更有贵族的包厢，层层叠叠的雕饰，可谓豪奢华美，贵不可言。那是艺术家被奉若神明的时代。

于 19 世纪创作的《爱之梦》，是李斯特的代表作之一。此曲的歌词选自德国诗人弗莱里格拉特的抒情诗《爱吧》：“爱吧，能爱多久，愿爱多久，就爱多久吧!”他的心总是保持着温暖，黑白键上跳荡着火一样的精灵；他像魔术师般点击黑白键，他的创作热情使钢琴有了旺盛的、鲜活的生命；他用普罗米修斯从宇宙偷来的天火，点燃生命的熊熊烈焰。灯光照耀在他脸上，散发圣洁的光辉，使多少人如痴如醉，诗一样的动人，梦一样的迷离。人生的苦难，生活的风霜，情感的皱褶，甚至琐碎的烦恼、忧郁、苦闷，全都荡然无存，人仿佛进入天堂。一曲结束，出现片刻的骚动，随即又开始一阕新曲的演奏，更加悦耳高雅。浓郁的贵族气息，丰满的精神力量，上流社会的不凡风度，细腻、华美、优雅，更令人陶醉，温暖感、幸福感弥漫大厅。

3

肖邦被乐坛誉为“钢琴诗人”，在音乐史上流芳百世。但肖邦初到巴黎时还籍籍无名，“钢琴大王”李斯特却如日中天，红得发紫。肖邦找到李斯特，想打入音乐圈。肖邦比李斯特大一岁，却以导师般的方式尊重李斯特；李斯特发现肖邦的音乐天赋，决定把肖邦推荐给观众，使肖邦一举成名。

海涅对肖邦评价很高：“除了肖邦这位钢琴界的拉斐尔，任何其他钢琴家与李斯特一比便相形失色。”名为赞扬肖邦，实为李斯特高歌。李斯特的野心是天生的，他视掌声、鲜花、荣誉、勋章为面包和水一样的生命必需品，但他又是属于大艺术家中极少的毫无嫉妒心的一位。李斯特虽然名满天下，但人生却是悲剧，生活的芜杂，演艺界的互相攻击、诋毁、诽谤，给他带来无尽的烦恼。

李斯特于 1848 年被魏玛宫廷任命为公爵宫廷乐长，这段时期，李斯特作曲频繁，创作颇丰。他还热心助人，推举瓦格纳、舒曼、柏辽兹、威尔第，包括未来派音乐人，成为他们的引路人。

以李斯特的名气和才华，他完全有资格进入上流社会，成为新贵族阶层，但他总有一种厌恶感。当他为金钱而给贵族演奏时，看到那些娇艳的贵妇人忸怩得令人作呕的神态，那些绅士们故作高雅、做作的行为，那华衣，那美食，那奢靡，使他痛恨。他不能进入他们的圈子，舞池中的爵爷和贵妇人不断交换舞伴，掩饰他们不堪的内心，更使他愤懑。

现在，我和旅游团的旅伴沿着多瑙河岸信步而行，两岸是成排的楼房，苍郁的树林，河水清幽，流速很慢，舒缓而平静，大度而淡定。但是多瑙河也有泛滥成灾的时候，1838 年 4 月，多瑙河突涨大水，布达佩斯城和西部的村镇全被洪水淹没。李斯特在维也纳举办八场演奏会，将得款全部捐给匈牙利的灾民。

李斯特的代表作还有《匈牙利狂想曲》、《匈牙利狂想曲》（第二首）、《匈牙利狂想曲》（第六首），这是李斯特创作的十九首钢琴组曲，都以匈牙利时下民歌音调为主题。他用这种音乐体裁，表达自己是民族主义的音乐作曲家。《匈牙利狂想曲》与李斯特是分不开的，正如圆舞曲《蓝色多瑙河》和施特劳斯、《月光》《英雄》交响乐和贝多芬分不开一样，它们都是钢琴音乐的经典之作。

匈牙利人具有丰富多彩的民间生活。热烈的聚会，充满激情的演唱，既有低沉的旋律，又有高昂的抒情，更多的是民族不幸的哀痛和伤感，肃穆、凝重。匈牙利有匈奴人的遗风，奔放的情感，狂放的舞步，表现出一个民族乐观、勇敢、热情的性格和精神风貌。他们的演出风格，或雄浑，或深沉，或曼妙，或细腻，或婉约，使人想起中国蒙古族马头琴的风韵。在公园里，我们看了一场草台班子的演唱会，他们狂舞放歌，气度从容，既有民间诗人忧郁的吟唱，也有狂欢般的舞蹈，飞速的音流，透露出紧迫的情绪，还有即兴幻想的性质，再现了一个民族英雄主义的气概。

李斯特名扬欧洲后，他那种潇洒放纵、不顾一切的感觉变了味道，飞翔的快感，荣誉的光芒，使他精神恍惚，也产生了莫名其妙的烦恼。他感到一切都在梦中，觉得生活不真实。他厌倦灯红酒绿的华奢，厌倦尘世的喧嚣，厌倦了美女的追逐。他察觉生命被推到风浪之巅的恐惧和惶惑，他需要寂静，需要孤独。他需要从云端回到大地，他不能像影子一样飘来飘去，那鸟鸣蛩吟、流水潺潺，才是真正的生活。对一个艺术家来说，最大的欲望是成功，成功又带来莫名其妙的烦恼。人生啊，谁能解答这道苦不堪言的方程式?

4

1842 年 4 月，李斯特 31 岁。正是他的事业飞黄腾达时期，又一个巨大的喜讯从天而降，莫斯科总督邀请他到俄国演出，且得到皇后本人的赞助，并晋见尼古拉一世。这是艺术家最高的荣誉。

欧洲音乐家称“音乐是上帝的恩赐和馈赠，它有驱散魔鬼的力量”，甚至称“宗教的灵魂是音乐”，所以欧洲出现那么多音乐大师，不论大小国家的人们都酷爱音乐，而且都建有金碧辉煌的音乐厅。他们所言所行，都是为了赞誉上帝，歌唱对上帝特别的崇敬。音乐能唤起懒惰的心，点燃冷酷的心。黑格尔说：“音乐所特有的威力是一种天然的基本原素的力量。”

金碧辉煌的演出大厅，灯火灿烂，鲜花摆在舞台上，彩带飘扬在空中。李斯特跳上台表演，钢琴的黑白键有灵性，他手指一触，个个展现出鲜活且极富个性的音响。巴托克热烈称赞：“在音乐发展史上，李斯特的重要性超过瓦格纳或施特劳斯。”

李斯特在圣彼得堡演奏他的得意之作《魔王》，再度震撼了音乐之都。恰恰是这场演出改变了他晚年的命运。有位贵妇人花了1 000卢布买了一张贵宾席票，李斯特得知消息后非常震惊，演出结束后他会见了这位贵妇人。那位贵妇人惊喜交加，不知如何是好。她发誓要嫁给这位“钢琴大王”。这位贵妇人豪富，仅奴隶就有三万人，她不顾沙皇干涉，宁可放弃家产，宁可被开除俄罗斯国籍，也要嫁给李斯特。漫长的等待，漫长的煎熬，漫长的期望，并未损耗两颗炽热的爱心，直到李斯特 54 岁，这位贵妇人才被沙皇批准与李斯特结婚，但是由于宗教原因，他们并未踏上婚姻的红地毯。

李斯特身边美女如云，但李斯特真正喜欢的是玛丽和女公爵卡罗琳。他忍受不了这种爱的精神折磨，苦恼、困惑、迷惘，荣誉、金钱并没给他带来幸福，最后他选择皈依宗教。烟花易冷，人事易分，他想走进生命的另一个境界——安静。他逃难似的走进梵蒂冈修道院，拜倒在教皇足下，成为修士，取得了神父头衔，教士七等级中的第四级。

“牺牲和痛苦便是艺术家的命运。”“思想家或艺术家从不会如一般人所想象的那样，留在奥林匹克山的高处，他永远处于惶惑与激动中。”

“英雄到老终归佛，名将还山不言兵。”李斯特成了修士，他本来流于浮浪、流于表面的性格也悄然变化，变得谦虚谨慎；他皈依宗教，寻找内心的平衡，艺术功力达到巅峰；他从此隐居山林，不问世事，有一种了断尘缘的颓丧，也有一种万事皆空的平静。灵魂不可能无家可归地流浪，它必须寻找一个栖息之处。他身在教堂，心在天空翱翔，这是最好的休憩之所，在这里他才体验到大化运转的庄严和华妙。

辉煌极致，归于平淡。李斯特不得已皈依了宗教，他的荣辱、痛苦都在宗教中得到抚平。一场场爱情的悲剧，一次次逢场作戏，漫长而痛苦，李斯特说：“我的一切幸福源于她，一切痛苦也源于她。”

他惊才绝艳，才情无双，但终于参透人生，看破红尘，走出迷津；一曲圣歌，屏蔽了市廛喧嚣；一盏清茶，品出苍生，化得淡泊滋味。日月温柔，岁月如水，天边那抹浮云，最终还是遮住了生命流光，了却了尘世情缘。

在晚年，他的朋友肖邦、安格尔、柏辽兹相继去世，使他更感到孤独，一种孤家寡人的悲伤。

李斯特死后半年，他爱的女公爵卡罗琳也病逝于罗马。

李斯特晚年在罗马、维也纳、布达佩斯三地往返演出。他热爱家乡，热爱祖国，他的祖国却没有他的墓地，只有纪念碑、雕像。李斯特纪念碑附近便是欧洲有名的李斯特音乐学院，李斯特生前曾在李斯特音乐学院大厅多次演出。

李斯特是音乐的巨星，是钢琴巨匠，他灿烂的演奏家生活，他浪漫主义的爱情，既展示了他多方面的才华，也展示了他多方面的人生。他的天才和独创精神，他拼命三郎似的奋斗，使他成为一代杰出的钢琴家、作曲家，造就了他成熟的艺术境界。

2020 年 10 月 11 日

夜晚比白昼更璀璨：阿赫玛托娃的苦涩人生

1

圣彼得堡夏天的夜晚是温馨而美丽的，涅瓦河平静而舒缓地穿城而过，细语般的浪花拍打着堤岸，像摇篮曲似的抚慰着古城。月光下的城市，参差错落的楼房，半圆形的教堂穹顶，古典的建筑氛围，严谨的建筑格局，灵动、抒情的城市空间，更给这座城市增添了一层梦幻般的色彩。

涅瓦河畔有一家“流浪狗”酒吧，从傍晚到凌晨，灯火通明。这是囊中羞涩的穷酸文人聚集的“圣地”，是夜生活的场馆，实际是一处地下室。幽暗的门厅摆放着混乱的桌椅，酒吧显得拥挤，客人有时四五十，有时五六十，他们是幽默小说家、浪漫诗人、舞蹈家、歌唱家。他们或朗诵，或高歌，或狂舞，或畅饮，酒气熏天，场面热烈。被誉为“俄罗斯萨福”的阿赫玛托娃，叼着香烟静静地坐在一角，有时也和他们诗酒唱和、歌舞狂欢。晨光熹微，房间弥漫着烟雾，啤酒瓶子、红酒瓶子、白酒瓶子，还有满地狼藉的烟蒂，横七竖八地躺在桌子下面。桌旁几个人，谈兴尚浓，他们谈诗论文，说古言今，抨击时政，纵论人生，坐着、趴着、倚着，满嘴酒气，语无伦次。俄罗斯“白银时代”的诗人古米廖夫、勃留索夫、勃洛克、巴尔蒙特、别雷都来了，人人口角生风，唾沫四溅，为诗歌审美争论得热火朝天，圣彼得堡半个城市都被吵醒了。阿赫玛托娃坐在旁边，一支烟接一支烟地吸个不停。

这是十月革命前夕，阿赫玛托娃在“流浪狗”社交圈生活的一个镜头。

20世纪初期，俄国现代主义文学迅速崛起，诗歌创作出现空前繁荣，审美感受的敏锐化是现代主义文学崛起的标志。这些诗人干预生活，抨击黑暗，可是他们的调子却低沉、消极。肮脏、龌龊的社会现象给他们心灵投下沉重的阴影，他们笔下是苦闷、彷徨、沉寂、悲叹。

圣彼得堡是诗城，是培养和造就诗人的摇篮，人们在官方或民间的沙龙里吟诗、评诗，诗酬酒侣，争芳斗艳，蔚然成风。

19世纪中期，俄罗斯出现文学的“黄金时代”，普希金、莱蒙托夫、屠格涅夫、陀思妥耶夫斯基以及托尔斯泰等大家相继涌现。19世纪末至20世纪初，俄罗斯是天才成群诞生的时代，世纪末情结在文化中得到抚慰，赢得人们某种希冀的共鸣。阿赫玛托娃、茨维塔耶娃、帕斯捷尔纳克、勃洛克、曼德里施塔姆等诗人的出现，形成了文学的“白银时代”。如果普希金被誉为“黄金时代的太阳”，那么阿赫玛托娃则是“白银时代的月亮”，当之无愧。连狂放不羁、举目皆空的茨维塔耶娃，也称阿赫玛托娃为诗歌“皇后”，并写下多首诗赞美她；诺贝尔奖获得者布罗茨基是阿赫玛托娃的学生，他说她的名字就是一首诗。

安娜·阿赫玛托娃是笔名，她的真名叫安娜·高连科。她 17 岁时准备向圣彼得堡投稿，发表一首诗。她的父亲认为她不能用真名，这有辱他们家族的声誉，舞文弄墨，雕虫小技，英雄不为。据说她的先人曾经是蒙古金帐汗国最后一个可汗：阿赫玛特汗。原来他们是成吉思汗的后裔，血管里流淌着鞑靼的血液。烈马奔腾，箭镞呼啸，攻城略地，叱咤风云，才是蒙古人的光荣和骄傲。于是诗坛上出现阿赫玛托娃这颗新星，她的身上有着明显的东方味道。

阿赫玛托娃没有茨维塔耶娃优越的成长条件。她 10 岁被送到皇村学校，13 岁迷上诗歌。1912 年，出版第一部诗集《黄昏》；1914 年，出版第二部诗集《念珠》；十月革命前夕，出版第三部诗集《群飞的白鸟》。她的诗集多次再版，使她名声大振。当时已名闻遐迩的诗人古米廖夫爱上了她，对她一见钟情；阿赫玛托娃尊敬他，但并不爱他。其实，阿赫玛托娃也不是国姿天色的美女，她有一副经典式的鸭蛋脸形，但面容清瘦，鼻梁高高的，鼻尖呈钩状，棕色的眼睛闪烁着睿智、聪慧的光芒，脸上虽缺乏笑意，却透露出超凡脱俗的才气、灵气。她是阿克梅派诗人，注重语言的鲜明、清澈，刻画真实世界的物象。她和诗友们常在古米廖夫家聚会，小小的沙龙成为他们自由的天国。阿赫玛托娃是一个有高度独立性的诗人，古米廖夫整整追求了她七年，她才同意嫁给古米廖夫。阿赫玛托娃和古米廖夫结婚后，两心相融，一同写诗，一同创建阿克梅派，一同出国旅游，一同出入沙龙，谈诗论文。但好景不长，他们很快分手了。其实两个诗人生活在一起会很糟糕的，天才与天才在一起是难以相容的。

阿赫玛托娃暗恋诗人勃洛克，她向他伸出双臂，愿意爱他，但他却扭过脸来，并不爱这位诗歌“皇后”，她十分伤感。阿赫玛托娃有时和勃洛克在一起，他们谁也不看对方，也不相互微笑，仍然滔滔不绝地谈论诗歌，虽有分歧，但不争辩，各以为是。青年诗人勃洛克是象征派诗人后起之秀，像其他象征派诗人一样，一方面不满现实，另一方面又不能和人民打成一片，空虚、彷徨、孤独、忧伤。1916 年，阿赫玛托娃发表组诗，引起诗歌界的强烈反响，称之为“无双的灵魂”。她的诗歌才华闪烁着璀璨的光芒，耀眼炫目，使她成为年轻一代最辉煌的诗人。

2

十月革命前夕，圣彼得堡十分混乱，饥饿吞噬着这座城市，商店倒闭，食物匮乏，连小圆面包、饼干、糖果都买不到。为了买到食物，人们在商店门口搭棚，排队时间长达几十个小时；另外，取暖的燃料也极其缺乏，酷寒和饥饿使这座辉煌的皇都处在窒息状态。大批社会精英——诗人、作家、艺术家、哲学家、教授、贵族逃往欧洲。有逃难船被戏称为“哲学船”，一船俄罗斯哲学家逃往德国和法国，在欧洲形成庞大的“俄侨”集团。

阿赫玛托娃没有逃亡。这期间，阿赫玛托娃成为普宁的情人，与普宁同居两年。普宁是未来主义的代言人，是才华横溢、著作等身的作家。这时，她的前夫诗人古米廖夫已被枪决，她和前夫所生的儿子列夫三次被捕。高尔基曾试图为古米廖夫求情，当释放令送到圣彼得堡时，古米廖夫已被行刑，时年 35 岁。

1923 年，阿赫玛托娃诗集《公元 1921》出版，她在序言中强调了“贵族血统”。托洛茨基发表了《文学与革命》，严厉地谴责了阿赫玛托娃和茨维塔耶娃。苏联政府曾下密令禁止阿赫玛托娃的作品发表和出版，直到 1927 年，阿赫玛托娃才知道这道密令。

阿赫玛托娃拥有执着、追求的精神，并没有停止笔耕。她写爱情、友谊、欢乐和美好，更注重自己的痛苦、深思和理想。她在诗中抨击现实的不公，社会的弊端，民族的不幸，憧憬理想的社会，追求和创作纯粹的“诗歌”。她的诗歌鲜明的艺术特色是：简洁凝练，节奏和谐，意象完美。阿赫玛托娃最初并不理解“十月革命”的意义，心中充满很多不快和矛盾。她的感情冷漠了、沉寂了；她的诗名也暗淡了，诗作很少见诸报刊，诗集更难以出版。俄罗斯文学“白银时代的月亮”被乌云遮住了。

茨维塔耶娃在十月革命后逃亡，先到巴黎，后至布拉格。即使在十月革命前，她与阿赫玛托娃见面次数也不多。她对阿赫玛托娃感情热切，但始终保持距离。她写过许多赞扬阿赫玛托娃的诗，阿赫玛托娃却很少回诗赠给茨维塔耶娃。1941 年，阿赫玛托娃得悉茨维塔耶娃自杀的消息，潸然泪下，也曾产生自杀的念头。

3

阿赫玛托娃 55 岁时喜遇人生最后一场爱情，她认识了英国驻莫斯科大使馆随员伯林。伯林是阿赫玛托娃诗歌的粉丝，他酷爱她的诗歌，主动拜望他心中的女神。伯林出生于俄国，自小在俄国生活，后来成为著名的历史学家和自由主义思想家。他的工作就是让美国参战，后来他成功地进行了联络工作，丘吉尔对他印象很好。伯林 35 岁时结识阿赫玛托娃，比阿赫玛托娃小了整整 20 岁。阿赫玛托娃是“流浪狗”沙龙的巨星、天王，是名扬四海的“室内抒情诗人”，一条令人惊艳的“美人鱼”。伯林崇拜俄罗斯“白银时代”的这轮“皎皎明月”，她是缪斯的女儿，是俄罗斯的“萨福”（萨福，古希腊女诗人，其代表作有《给阿那克托里亚》《献给美神》。柏拉图称她为“第十位文艺女神”）。

伯林经朋友介绍和引荐，拜望心中的女神阿赫玛托娃。阿赫玛托娃多年不愿会客，少于社交，形成她孤僻的性格，但对伯林的来访，她竟然愉快地答应了。

那是 1945 年的冬天，一个雪花飘舞的日子，天地一片皓白，战后的圣彼得堡到处是残垣断壁，白雪掩盖了她的伤痕。街上行人很少，伯林咯吱咯吱地踏着积雪，走向一座旧贵族宅第，在宅第的三层小楼上，就住着这位女神。虽然阿赫玛托娃失去青春的光泽，黑发间有白丝，瓜子脸上也出现细细皱纹，但那双深棕色的眼睛依然炯炯有神。月光下星辰般的阿赫玛托娃依然璀璨光华。

她衣着朴素，有些破旧，可以看出她生活的疲惫、憔悴和困窘。她脸色发黄，显然是营养不良，但有一种贵族的高雅气质，举止优雅，尊贵美丽。

伯林是英国学者兼外交官，高贵的身份，年轻的“公子”气派，却在这位女神面前感到渺小卑微。

室外依然飘着大朵大朵的雪花，大而稀疏，在街灯下闪着微弱的银光。他喜欢星辰，喜欢月光，喜欢雪花，他喜欢美。在这静谧的雪夜，在温暖的室内，在和女神潺潺溪流般的谈话中，一种愉悦感、幸福感弥漫在他的心头。

诗是诗人的魂，是生命的主旋律，他们的谈话离不开诗，谈得最多的是俄罗斯诗歌的“黄金时代”。例如，“诗歌的太阳”普希金的《叶甫盖尼·奥涅金》和“恒星般诗人”莱蒙托夫的《诗人之死》。莱蒙托夫像普希金一样，是表达时代声音的诗人。普希金是乐天派，他的诗欢乐明朗，充满阳光；莱蒙托夫是悲观派，他的诗阴郁、愤世，带有某种“恶魔精神”，两个人风格迥然不同。阿赫玛托娃还热情地赞扬了莱蒙托夫的小说《当代英雄》。当然，他们也谈到涅克拉索夫，说涅克拉索夫是“政治诗人”，是19世纪俄罗斯批判现实主义文学举足轻重的人物。在涅克拉索夫葬礼上，陀思妥耶夫斯基致辞时说：“涅克拉索夫与普希金、莱蒙托夫并列为黄金时代的三杰”，当众就有人高呼：“涅克拉索夫高于普希金和莱蒙托夫！”

炉火暖身，话语暖心。两个人谈兴很浓，心心相印，其乐融融。阿赫玛托娃很久没有说过这么多话，高山流水，知音难觅，“淑质生当良月，晬辰喜遇今朝”。

伯林听得入耳入心，他附和道：19世纪是俄罗斯文学的辉煌时期，屠格涅夫、陀思妥耶夫斯基、契诃夫、托尔斯泰，简直是俄罗斯精神的旗帜、大地的坐标。没有他们，俄罗斯有十个圣彼得堡也不值得骄傲。月有阴晴圆缺，日有朝晖夕阴，他们的光辉永远照耀着俄罗斯，照耀着人类命运的航程。

阿赫玛托娃娓娓道来，向伯林讲述俄罗斯诗歌史、文学史。她的语调有节奏感，抑扬顿挫，像山泉，像溪流，浪花叠叠，流水潺潺，叮咚有韵。伯林入迷地聆听。

阿赫玛托娃与伯林谈到“白银时代”。首先提到的是普宁，接着是勃洛克、帕斯捷尔纳克、茨维塔耶娃。她向他敞开自己整个生命，谈她在黑海岸边度过童年，谈她的第一任丈夫被枪决，谈普宁被捕，谈曼德尔施塔姆惨遭迫害，也谈儿子被捕、流放，等等。还当面朗诵她的诗《安魂曲》和《没有主人公的叙事诗》片段。伯林被这位伟大的诗人征服了，心情激动，敬慕不已。

“月有阴晴圆缺，我已沉落了！”阿赫玛托娃脸色很少有笑意，这次她破例笑出声来。随后阿赫玛托娃再次热情地介绍了茨维塔耶娃，说她的诗很独特，“我就是我”！她的个性张扬，卓尔不群，独立不羁，遗憾的是她悲惨的遭遇。悲剧呀，她完全可以成为世界级的大诗人。

圣彼得堡的雪夜是美丽的，雪花轻舞，飘雪的天空并不阴暗，透着水银般的明净，窗外屋顶的积雪也闪烁着柔和的亮光。

当伯林依依不舍地离开“喷泉小屋”时，兴奋地朝天空喊了一句：“我恋爱了！”

4

阿赫玛托娃命运多舛，与普宁同居两年后，普宁便被迫流亡国外。阿赫玛托娃后来与一位病理学家情感暧昧，但终未结成连理。她引以为精神依傍的著名诗人曼德尔施塔姆犯了“因诗危害国家罪”，惨死在狱中。

阿赫玛托娃的爱情始终在漂泊、流浪，灵魂虽有诗歌的家园，生活却没有诗意的栖居。孤独、寂寞、饥饿、苦难，重重叠叠地折磨着她。她的作品被禁止发表、出版，时间长达二十余年。这简直是生命被判了极刑，有什么比这更让人痛苦呢？

阿赫玛托娃与伯林会面，被克格勃汇报给斯大林，斯大林"哼"了一声："这么说，我们的修女，现在陪起英国的间谍了。"一句"最高指示"，阿赫玛托娃付出了怎样惨重的代价？主管意识形态工作的日丹诺夫立马召开紧急会议，对阿赫玛托娃大张挞伐，苏联作家协会很快做出决定："开除会籍"，并将阿赫玛托娃列入"特务嫌疑"；阿赫玛托娃即将出版的诗集被捣成纸浆，她苦命的儿子再次被捕入狱。她知道这一切与伯林有关，但她并不后悔。

因为怕伯林带来更多麻烦，英国驻苏联大使馆调走伯林，让伯林去驻德国大使馆任随员。阿赫玛托娃一直坐在小屋里，静静等待伯林的告别，准备赠送他几本签名诗集。伯林来了，他很伤感地说："我明天要离开苏联，不知何时相见？"阿赫玛托娃不言语，只在诗集上题了一首诗：

你是否听到我把你呼唤，

我再也没有力量把你虚掩的大门紧关。

……

因为我和你倾谈，

黑夜比白天更璀璨。

……

这就是为什么，

我的身边布满彩霞晨曦。

……

读到这首诗，会让人想到莎士比亚《罗密欧与朱丽叶》这种“高纯度”的爱情诗篇：“来吧，罗密欧！来吧，你黑夜中的白昼！因为你将要睡在黑夜的翼上……来吧，柔和的黑夜！来吧，可爱的黑夜！”她用生命呼唤爱情，但她清醒地知道他们的爱情属于黑夜，这是生命激情燃烧绘就的一页风景！

阿赫玛托娃和伯林分别时，既没有拥抱，也没有亲吻，只有湿漉漉的眼睛相互凝望着，直到伯林的身影消失在晨曦深处……

伯林走后，也通过朋友将信转寄给阿赫玛托娃。但天各一方，鸿雁断翅，克格勃书信检官检查得非常严密，阿赫玛托娃难以回信给伯林。她被开除作协会籍，也就是注销薪水，生活陷入极端困境中。有人劝她出国，她拒绝了，说：“我不想寄人篱下，也不想苟活在他人的怜悯中。”她周围的邻居可怜她，经常送些食物给她。她出门上街，有的人向她献鲜花，含泪目送她；有的人则把她的诗写在桦树皮上，夹在旧衣服里。

阿赫玛托娃期望爱情，期望做一个能够爱人而又被人爱的女人，但是残酷的现实却剥夺了这一切，令她感到爱情十分渺茫。她望着窗外，感到太阳总是冷冰冰的，根本难以融化心中的寒意。她喜欢夜晚，怀念那温馨、愉悦、畅怀的夜晚。夜晚比白昼更灿烂！阿赫玛托娃两次婚姻都失败了，一次比一次惨重，一种绝望的伤感袭上心头，她感到她的世界沦陷了。她像孤独旅人行走在沙漠中，身前茫茫，身后茫茫，没有旅伴，没有路标，举目望去，唯有“黄沙碧空”而已。

年近六旬的阿赫玛托娃仍不减女人的魅力，钩心摄魂的美和高雅的气质依然吸引着一颗颗年轻的心。年轻的翻译家奈曼曾喜欢过她，但她仍然痴心地想念伯林，眷恋伯林。

英国驻德大使通知伯林禁止给阿赫玛托娃写信，以免给阿赫玛托娃带来更大危机。

阿赫玛托娃常在她那栋被克格勃监视的小屋里默默地坐着，吸着雪茄烟，回忆那个璀璨的夜晚，回忆伯林的容貌及神态，在简陋的小屋里想念柏林。阿赫玛托娃对良知的坚守，确是人生的无奈。夜晚她呆呆地站在阳台上，痴痴地望着满天繁星：“我寻找着你，我凝视着你，你知道吗?”“我看见你的闪动，离月亮最近的那颗是你吗？你好像有意躲避，正是你的钟情。”

一片浮云过，明月照人来。她泪眼迷离，她“文幻诗拙泪更痴”。

伯林对俄罗斯文化的热爱，纯粹源自阿赫玛托娃的诗，正是她相当顽强地表现了“完整的个人道德的标准”。伯林视阿赫玛托娃以及流亡欧洲的沙俄作家赫尔岑、帕斯捷尔纳克为俄罗斯大地的坐标，他们是俄罗斯真正的知识分子。后来伯林成为20世纪著名历史学家和自由主义思想家，他的成长与阿赫玛托娃的情感和思想馈赠不无关系，是那个时代的苏联“造就”了他。

阿赫玛托娃坐在她的小屋里，一边吸着烟，一边静静地写她的长诗《没有主人公的叙事诗》。在诗中，她深深地怀念伯林，苦苦等待，静静等待，但杳无音信，一颗孤独的心更加沉重。她和伯林这场精神的恋爱，确实改写了她的人生。为了等待伯林，阿赫玛托娃孤独地生活了二十年，没有再婚。阿赫玛托娃对良知的坚守，对爱情的忠贞，感天动地。伯林也没忘记阿赫玛托娃，但又不能通信，更无法去苏联探望。阿赫玛托娃晚年还写了许多其他的诗，她的诗都不胫而走，飞遍欧洲。压抑和悲濾造就了诗人，冶炼了诗人。斯大林死后，阿赫玛托娃逐渐得到平反，她的诗能发表了，她的诗集能出版了。

1956年，伯林携新婚妻子来到苏联，经赫鲁晓夫批准，将要与阿赫玛托娃见面。阿赫玛托娃得悉伯林归来，惊喜之余，却十分伤感，婉言拒绝会见。阿赫玛托娃流泪写下诗行：

未曾相交的目光，不知该投向何方，

唯有欢乐的泪水，可以尽情流淌！

……

1965年，阿赫玛托娃去世前一年，伯林为她争取了一个牛津大学名誉文学博士学位，并称她是俄罗斯最伟大的诗人之一。

2020年12月4日

在希腊遇到拜伦

那众神卧睡的地方，

是希腊充满悲伤的土地。

——荷尔德林

公园里的拜伦

在宙斯神殿的废墟对面，有一片林木葱茏的地方，这就是希腊的国家公园。虽然很朴素，却有欧洲园林的风格，连简易的售货亭都散发着洛可可味。公园里有高大的松树、橡树，草地上有成群的银灰色鸽子，或觅食，或散步，或扑腾着翅膀，跃跃欲飞，或咕咕地叫着。公园里很静，弥漫着醉人的花香，游人很少，几个老人坐在连椅上，悠闲地享受着，他们安详地和大自然融在一起。

引人注目的是草地上一尊巍峨的雕像，洁白的大理石历经百年的风剥雨蚀，已失去原始的光泽；大理石表面有水痕划过，像衣褶似的流畅，但雕像依然闪耀出异样的光辉。导游说这是拜伦的雕像。

拜伦？不就是高高的鼻梁，一双吐着蓝焰的大眼睛，面色呈现女性式的白皙，一头棕色卷发的小伙子吗？他是美男子，他是男爵，他是贵族的后裔，怎么在希腊会遇到他？我仔细打量拜伦的雕像，身材纤瘦、挺拔，五官端正，薄薄的嘴唇，嘴角上的线条倔强刚毅，目光闪烁着诗人的激情和热烈的光芒，那份潇洒，那份孤傲，一副天使般不染尘世的贵族诗人的风采，淋漓尽致地彰显出诗人优雅的气质。

我忽然想起徐志摩曾见过这座雕像，称之为“最纯粹、光净的白石雕”，还说拜伦“是一个美丽的恶魔，一个光荣的叛儿”。木心先生说拜伦“其实是捣蛋鬼、皮大王，捣的蛋越大，扯的皮越韧，愈发光辉灿烂”。

拜伦手里拿着一卷诗书，是他的《恰尔德·哈罗德游记》，还是他未完稿的《唐璜》？

西斜的阳光穿过稀疏的枝叶，将一抹温暖罩在拜伦的雕像上。

拜伦出身于英国的一个贵族家族，由于叔祖父和嗣子的早逝，按照世袭制的规定，10岁的拜伦成了这个家族第六代男爵。拜伦有一副悦耳的富有磁性的嗓音，他的言谈像弹奏美妙的小夜曲，娓娓动人；他高声演讲时，又像钢琴奏鸣曲，激昂慷慨，撼人心魄。

学生时代，同学们爱听他说话，爱和他玩，剑桥大学的同学们叫他“好嗓子绅士”。

他自幼喜欢读书，吃饭时读，睡觉时读，走路时也读。5岁时，他便读完家藏所有的读物，特别是希腊神话故事，那宙斯大神、战神阿瑞斯、英雄普罗米修斯、指挥特洛伊战争的阿喀琉斯……他天生就向往英雄、崇拜英雄，小小心灵里萌生了一种拯救世界、拯救人类的孤胆英雄意识。

《恰尔德·哈罗德游记》使拜伦一夜暴得大名，成为“诗坛上的拿破仑”。恰尔德就是这样的人物，他不满现状，反抗社会，孤军奋战，但又找不到出路；他苦闷、忧郁、孤独、悲观；他脱离群众，我行我素。恰尔德这个富有叛逆性格的艺术形象，当时轰动欧洲，促使人们为捍卫个人权利而奋起，热烈地追求自由。在这部长诗中经常出现的是流浪汉、流放者、造反者、强盗、叛徒，他们个性鲜明，大都具有孤僻高傲、愤世嫉俗、蔑视庸众的个人英雄主义特征；他们既是个人复仇主义者，又是社会的牺牲品。

在一本拜伦传记中，我看到拜伦一幅画像：拜伦下身是一件黑色的长裤，上身是一件洁白羽纱的衬衫，系黑色领结，简直是衣着完美的绅士。孤傲的神气，高雅的气质，骑士般的风采！

同样，拜伦在他《东方叙事诗》中塑造了一批侠骨柔肠的英雄：他们是海盗、异教徒、被放逐者。他们大多是高傲、孤独、倔强的叛逆者，与罪恶社会势不两立，孤军作战，与命运作战，追求自由，最后以失败告终。这种“拜伦式的英雄”，也常常表现出忧郁、孤独和彷徨。

拜伦为他高傲的灵魂和放荡不羁的天才痛苦了一生。

年轻时，我们崇拜拜伦，向往激情和浪漫，背诵他充满激情的诗句，全身的血液都汹涌着，想为崇高的理想而献身。我们呐喊，我们战斗，每个人都是一团烈火，血是热的，心是热的，语言热得发烫。燃烧啊燃烧，我们要焚灭一个旧世界，锻造一个红彤彤的新世界。

“拜伦是运动着的诗人”。他厌恶英国上流社会纸醉金迷的奢华生活，抨击贵族们的虚伪、狡诈，批评贵族阶级的贪婪、自私；他是贵族阶级的叛徒，不想与他们同流合污；他自我放逐，四处流浪；他心里充满了追求真理、自由、平等、博爱的愿望；他同情被压迫民族和人民，但又未找到真正的出路，无所依托的个人，锤炼着自己的孤独和梦想；他穿着美丽的精致的个人主义的紧身衣，在大地上独自游荡和悲鸣，他的动力源于自己的信仰。

海滩上的拜伦

拜伦病故于希腊爱琴海边的小镇米索朗基。米索朗基位于雅典西南处，面海背山。我要了辆出租车，由希腊导游小林陪同拜谒拜伦墓冢，也就是当年徐志摩去过的拜伦陵园。小林是福建人，留学希腊，专业是神学，毕业后回国难以就业，又返回希腊，做起了导游，专门接待来自中国的旅游团队和个人客户。他对希腊神话故事了如指掌，谈起来滔滔不绝、如数家珍。他告诉我，早在 19 世纪初期，米索朗基还是个荒凉小渔村。拜伦同情和支持希腊人民反对土耳其的侵略，变卖家产，购买军火和医药，雇了一艘“海克拉斯”号战舰，将军火和医药运到这个小渔村。拜伦在这里筹措军费、组建军队、训练新兵，提供药品和军粮。他还自任远征军总司令，率领希腊军阻击土耳其的进攻。

从雅典到米索朗基，一路是沙石公路，但地面平阔，两旁的山野是一色的橄榄林，漫无边际，五月的阳光倾泻在山野上。在希腊旅游，感受最深的是阳光、海水和大理石。希腊的大理石质地优良，纹理细密，色泽鲜明，是雕塑、建筑和造型艺术最佳的材质。

一个小时的车程，我们来到美丽的海滨小镇。这简直是一个童话，蓝蓝的海水，白净的沙滩，起伏的山冈，阳光普照的小镇房屋，隐约在绿涛般的树林里。小林说不远处的山上有座神殿，虽然已化为废墟，却依然是游览胜地。这与一则神话故事相关。海神波塞冬和智慧女神雅典娜因争夺雅典城邦领导权而失败，他不服气，便经常激起大海的怒啸，驾着一辆金马车在海面上四处狂奔，使大海狂涛汹涌，涛声澎湃。米索朗基民众对海神十分崇拜，便在萨罗海湾的山冈上修建海神殿。小林还告诉我，米索朗基是英雄的土地。1826 年 4 月 10 日，希腊守军弹尽粮绝，他们引燃了残存的火药，与敌人同归于尽。在这片英雄的土地，曾诞生了多位希腊总理和大批将领。

这座海滨小城坐落在爱琴海的衣襟上。这里景色优美，海风徐徐，鸥鸟飞翔，阳光照耀金色的海滩，海面上游艇来回穿梭。海滩公园里有一尊“最纯粹、光净的”大理石雕像，这就是拜伦身着希腊民族服装的英雄雕像。

拜伦的遗骸已运回故国，墓冢黑色的棺椁中只留下一颗燃烧的心脏。墓前摆放着几束鲜花，红、白、黄、紫，像他的诗一样色彩斑斓；花蕊噙着泪珠，像刚刚哭过。希腊人热爱拜伦，花儿枯萎了，接着有人更换新的花束，春夏秋冬，年年月月，花儿永远保持着清新的芬芳。那是情感的芳香，是爱的抚慰。拜伦的雕像用的是纯正的大理石，他的发丝向上扬着，仿佛吹动的火焰；他的眼神热烈而沉郁，目光高傲又犀利，“无限的高远，无比的壮丽……只是一层鄙夷的薄翳；阿博洛也没有那样美丽的卷发……他也没有那样不可信的口唇，小爱神背上的小弓也比不上他的精致，口角边微露着厌世的表情”，“给我们弦琴与长笛……使我们想象他的生命的剧烈与伟大”（徐志摩语）。

他的雕像面向大海，爱琴海的波光映亮他的脸颊，嘴角微微地张开着，像朗诵一首新作。身边的松风，远处的海涛，伴奏着诗的旋律。他的诗在燃烧，给希腊以温暖，给大地以热情。

我站在他的雕像前，仰视他的形象，觉得那雕像在延伸，伸向湛蓝的天空，伸向缥缈的白云，伸向亮丽的星辰，也把人的想象引向无边的高处，使人的思考变得深沉而旷达。

所谓希腊的世界，是由小亚细亚半岛沿岸、爱琴海地区、希腊半岛、地中海中部、黑海沿岸，以及3000多个岛屿组成的。阳光、海水、沙滩还有石头，这美丽的神话般的土地怎能允许侵略者的铁蹄践踏？古希腊的灿烂文明，宏伟华美的古代建筑，怎能容忍强盗任意蹂躏？他站在海滩上，海风吹拂他的戎衣，他想起古希腊的荣光，“雅典的文章，斯巴达的雄武”，“哲学王”的睿智，苏格拉底的天才……灿烂的晚霞怎能让阴霾遮蔽？美丽的海滩不能让兽迹玷污！他痛恨世俗的龌龊、上流社会的腐恶、社会的黑暗；他追逐，他奔波，他呐喊，他呼啸；他的爱和恨，他的怨和怒，他的得意和屈辱，他的理想和幻灭，他的激昂和忧郁……这一切都折磨着、困扰着他。

拜伦忍受着肉体残废的痛苦，奔波在荒山野岭，山野上镌刻着他攀爬的足迹，海滩上跃动着他的身影，他的心血和汗水都洒在这片苦难的土地上。

戎马倥偬，他仍不放弃如火的诗笔，号召希腊人民勇敢地投入民族解放战争。他的诗句像燃烧的火炬：

看，刀剑，军旗，辽阔的战场，
荣誉和希腊，就在周身沸腾！

那由盾牌抬回的斯巴达人，
何曾有过这种驰骋。
醒来！（不，希腊已经觉醒！）
醒来，我的灵魂！想一想，
你的心血所来自的湖泊，
还不刺进敌人的胸膛！

我看过一幅油画，描绘拜伦骑着战马，挥舞长剑，率领着士兵呐喊冲锋；他的头顶飞舞着战旗，身边战士执戈冲杀。那是一种悲壮惨烈的场面。

“拜伦是天性的反抗。”

站在这尊巨大的雕像前，我眼前总幻化出巨蛇与苍鹰的搏斗场景，悲壮惨烈，两败俱伤，苍鹰逃回天外，巨蛇跌落海中——善与恶两种力量之间惊心动魄的大搏斗。

这就是爱琴海，海水清澈透明，海滨有几尊礁石，几只水鸟落在礁石顶上。这些礁石集灵性于一身，或峻峭、挺拔，或浑圆、敦实。海滩上，那些男男女女、胖胖瘦瘦的游客，满脸写着假期，写着忘记，写着消闲和浪漫。一个男子从水果摊上买了两瓶黑啤酒，一边走，一边仰着脖子喝，左一口，右一口。他肤色黝黑，身上泛着光泽，络腮胡子上沾着啤酒的泡沫。他们并不理睬身后的拜伦。

拜伦的大理石雕像，风侵雨蚀后，已失去物理的洁白，有股青铜气，倒添了沧桑感、高古感。

拜伦高高地站在基座上，痴痴地望着大海。

美丽的爱琴海，空旷的海滩，海空里有成群的鸥鸟在飞翔，时而贴着海水，时而钻入天空，一片苍茫的海景！

广场上的拜伦

这是石头的绝唱。洁白的大理石，岁月不敢玷污它，邪恶不敢侵犯它。

在雅典古城的广场上，有一尊令人瞩目难忘的雕像——雅典娜女神抱着瘦骨嶙峋、奄奄一息的拜伦，那形象极似米开朗基罗的雕像杰作——圣母玛利亚抱着死去的耶稣。希腊的雕塑家秉承米氏的遗风，创造了这样悲剧的形象。

雅典娜的神色忧戚、悲哀，拜伦的神色安详、平静，他的眼闭着，像熟睡了似的，消瘦的脸颊，白皙宽阔的额头，紧拢的双唇。那烈火般诗的语言熄灭了，铺展开来的时代画卷，此时已画上句号，豪情万丈的诗人缄默了。

拜伦来到希腊，因为长时间的操劳过度而患病。1824 年，他在行军途中遭遇风雨，病情加重，一度昏迷。他自知将不久于人世，说："不幸的人们，不幸的希腊，为了她，我付出了我的时间，我的财产，我的健康。现在，又加上我的性命。此外，我还能做什么呢?”夜间，他在昏迷中呓语：“前进……前进……要勇敢!”1824年4月19日，他去世了。

他死在进军路上。

他献身于希腊的民族解放事业。

他逝世的那天被希腊独立战士们宣布为国哀日。

这是诗人生命的绝唱。

拜伦是英雄。他热爱生活，追求自由和幸福，有狂热的激情，强烈的爱情，非凡的个性，敢于挑战现存的社会制度，嘲讽上流社会的虚伪、狡诈、阴险，是罪恶社会的反抗者。他又傲世独立，浪漫主义激情和侠客之风源于他的个人主义思想，《恰尔德·哈罗德游记》中的主人公就是诗人自己。看到希腊人已忘记祖国过去的伟大，忍受土耳其人的残酷蹂躏，他义愤填膺，以诗人烈火般的激情，子弹呼啸般的语言，号召希腊人民站立起来，反抗土耳其，争取民族的解放，预言自由在未来的胜利。

《拜伦传》作者鹤见祐辅称赞道：“他那热烈如火的诗笔，震撼了十九世纪初期的欧洲。”这应了他早年写的诗《雅典的少女》：

雅典的少女啊，
在我们离别之前，
请你，请你把我的心交还!

或者，在它离开我的胸膛后，
由你把它收留，
并给它足够的休息！

这是不幸的谶言。

拜伦死后，英国人要将他的尸体运回祖国，希腊人民热爱拜伦，坚持将拜伦的心脏安葬在希腊，将他的灵柩和遗骸运回英国。英国统治集团反对把拜伦的遗体安葬在威斯敏斯特教堂，那里有“诗人之角”，他被埋葬在另一座教堂附近的墓地中。拜伦的死给希腊人民带来悲痛，给土耳其人带来欢喜，给英国统治者带来兴奋，而英国人民感到惋惜。

拜伦死了，他的灵魂像拿破仑，在整个时代昂首阔步。

评论家赫兹里特曾经批判过拜伦，但他对拜伦的死深感悲痛和遗憾：“他的死给世界带来的深深的敬畏和忧愁……甚至连他的诽谤者在他的墓前也沉默了，他的敌人也加入了他的葬仪行列。”《拜伦传》的作者鹤见祐辅对拜伦更是赞扬有加：“只要人类还没有失去对自由、爱国、民族独立和个性发扬的思慕与渴仰，诗人拜伦的气魄便会永远地阔步在大地之上。”

我站在雕像前，一阵默哀。拜伦是诗人，更是一位战士。一缕阳光穿过薄云和树影，照在拜伦脸上，看不见悲伤，看不见兴奋，看不见哀怨，也看不见迷惘，一切显得平静和安详。在寂静中，我隐隐听到拜伦在弥留时还在喊叫：

“冲锋！冲锋！跟我来！”

这是大海的声音。

2020 年 6 月 9 日

第三辑

从早晨走到傍晚

月光：琉森湖与贝多芬

我们已来到瑞士最著名的风景区琉森小城，城郊便是琉森湖，欧洲最亮丽的一颗明珠。我和旅伴们正泛舟在琉森湖碧蓝的水面上。

其实我对湖的趣味并不浓，总觉得湖水缺乏方向感，缺乏理想的追求和奋争的勇气；湖水慵倦，缺乏生命的激情和青春的热烈，不像江河，九曲百折，历经艰难险阻，也要奔向大海。

但是我对琉森湖却一见钟情。琉森湖浩瀚、宏阔，湖水面积广，湖中有岛；湖对面是跌宕起伏的皮拉图斯山，尖尖的教堂，造型独特的房屋；湖岸停泊着一排排游艇，成群结队的野天鹅在水上游弋。

琉森湖是瑞士联邦发祥地，蜿蜒曲折，移步换景，在雪山和古城的映衬下，分外妖娆。山影倒置，烟景聚散，幽然玄妙，趣味横生。

琉森湖清丽、古朴、端庄，略带野性的潇洒。岸边的垂柳，成片的芦苇，芦苇丛中的野凫，水中的藻荇；天光云影，水的清澈，浪的细腻，涟漪的雅致，如同清纯的女子。

贝多芬、托尔斯泰、屠格涅夫、歌德等欧洲的艺术家、文学家，无不钟情琉森湖。

被誉为“乐圣”的贝多芬在游览琉森湖时，受到湖水和月光的启迪，灵感忽至，创作了千古不朽的经典乐章——《月光》奏鸣曲。

在这飘荡的湖面之上，想起《月光》奏鸣曲的旋律，就有了回望贝多芬的想法。回望他在琉森湖之夜，那是何等的良辰美景！暮春时节，春光明媚，湖光山色，如诗如画，如梦如幻。天上的白云在水上漂浮，空中的风在水上撒欢，一层层细浪嬉笑着、拥抱着，前仆后继地奔向岸边，岸上的垂柳荡着细长的柳丝，迎接着涟漪的到来。

月下的琉森湖更是至美的境界，贝多芬应该也会有如此的感叹吧?

你看，湖面上跳荡着月亮的碎片，闪闪的，银银的，像千万只银鳞浮上水面，张着小嘴，蚕食月光。天空是无穷无尽的墨蓝，深邃、寥廓、浩瀚，星辉月光交相辉映，巨大的苍穹又似空明的世界。山黑魆魆的，朦朦胧胧，堆在月色里，一片黑暗的沉默。近处岸树婆娑，影子落在湖水里，摇曳、浮沉。

我仿佛看见，贝多芬站在船头，夜风吹来，一头卷发像野草般飞扬开来。他凝视着湖水，凝视着浮动的月光。湖水融在月光里，月光渗透在湖水中。水如月，月如水，天上人间，一片汪洋恣肆的月华。贝多芬沉浸在如诗如画、如梦如幻的境界中，他的思绪沸腾着，情感燃烧着，乐感也如泉水般涌动着。他想到自己多舛的命运，苦难的岁月，艰辛的生活，甜蜜的相恋，痛苦的失恋，感到人生的迷茫。宁静的月光，波动的湖水，能抚平他心灵的伤痕吗？能给他苦寒的灵魂带来一抹温馨吗？他在甲板上来回狂走，一曲绝世华美的旋律却在心中升腾开来……

贝多芬的《月光》奏鸣曲，许多听众喜欢它，但很难弄清作品的主题是什么，就像这琉森湖的水面，很多人流连于水面的景色，但永远不知道水面之下会有什么。在音乐中，听众只能领略到旋律的跳荡，情感的变幻，想象的奇妙，内涵的丰富，音繁而绪乱，而这一切，又让人很难与作曲家产生默契。

贝多芬的乐曲给人的第一印象，首先是崇高，其次是美；首先是阳刚之美，其次是婉约之美。其实那个时代的诗歌和音乐的意象是用惯了的少女和月光、玫瑰和夜莺，这既是热恋的象征，也是失恋的哀伤和忧郁情感的寄托。

贝多芬太爱大自然了，他常到大自然里散步，去往树林、草场、湖畔、山野，据说维也纳森林还有条“贝多芬小径”。他的

《月光》奏鸣曲也是大自然之歌，面对月光、湖水，耳闻风声、涛韵，能不激起情感的波澜？他的心情忧郁而孤独，凄清的月光更添了他的凄婉和彷徨，如此一来，《月光》奏鸣曲应景而生。

琉森湖的月光给了他一片光华灿烂！

《月光》奏鸣曲的主题纯朴高洁，用音乐的语言歌唱生命力的强大，大自然的清幽、原始、旷远，有人与自然的亲近、默契。《月光》奏鸣曲表现了自然的新鲜性、丰富性和复杂性，你既可以理解为纯粹审美意趣的自然感悟，又可以理解为把大自然的空间作为现实社会的对立物，从中解读出多种层次的意义，或者解读出人生或者社会性内涵。

贝多芬于1801年创作《月光》奏鸣曲，时年31岁。年轻的贝多芬早在1798年就患有耳病，至1820年已耳聋。这部作品是他患耳病后创作的。

贝多芬不像性格温和的海顿，不像才华横溢的莫扎特，他耳聋，面目丑陋，行为怪异，举止粗鲁；他行走于天地间，匆匆来往，穿过风雨，不在意周围的人和事；他特立独行，放荡不羁；他不怎么笑，只在作品中表现欢乐、宁静和微笑。有幅贝多芬与拿破仑的肖像，相似又相别，那张“严峻的脸，活现出拿破仑”，充满野心的火焰。

来琉森湖之前，贝多芬刚被伯爵的女儿朱列塔·圭恰迪以门不当户不对的理由抛弃。

贝多芬疯狂爱着朱列塔·圭恰迪，甚至胜于她的丈夫。他说她是“一位可爱的女孩，她爱我，我也爱她”。即便被抛弃后，当得知年轻的伯爵作曲家加仑贝格追求朱列塔·圭恰迪手头紧张时，贝多芬竟赠送加仑贝格一笔钱，供他们游山玩水、谈情说爱。可是，朱列塔·圭恰迪出身名门望族，她不会嫁给这个面貌丑陋、行为怪异、举止粗鲁的人，不会爱上这疯子一样的聋子！

人们看到的只是外表的粗俗，看不见内在灵魂的高贵。有一次贝多芬竟然被当作流浪汉抓起来，警察不相信他就是名闻遐迩的大作曲家，更不相信这副躯体竟能容得下音乐世界奔腾澎湃的灵魂。

千古悠悠，明月启发艺术家多少诗情、乐思？灵感的飞腾，情绪的膨胀。皓月当空，飞絮萦回，意境清幽，缠绵迷蒙。身体的疼痛，加之失恋的悲痛，使贝多芬陷入深沉、孤独的痛苦之中。

月光如水，承载着多少恋人的思念。那冷清、晶莹的月光洒落水面，如同碎银闪烁。此时此刻，贝多芬凝视着满湖湖水，他的心情是何等惆怅、凄悲！那如美人一般的月辉抚慰着离人焦渴的内心。于是，贝多芬将强烈的悲愤、痛苦的思恋都倾泻在深切、炽热的《月光》奏鸣曲中。

我们旅伴中有一位七十多岁的中学音乐教师，很是健谈。提起贝多芬的《月光》奏鸣曲，她侃侃而谈：“《月光》奏鸣曲不仅是月光和湖水奏鸣，是大自然之曲，而且是一曲爱情的悲剧。这乐曲里有爱的甜蜜，情的缱绻，也有失恋的伤感、痛苦，当然也有贝多芬式的同命运搏击的悲壮。全曲分三个乐段：第一乐段是渐变的旋律，由平和渐渐变得低沉、忧郁、彷徨、迷茫；第二乐段是贝多芬和情人在一起时美妙和幸福的日子，“是幽谷的一朵野花”，款款的摇曳，浅浅的微笑。心旷神怡，没有烦恼，没有苦闷；第三乐段是贝多芬失恋的悲痛，狂风暴雨般的旋律，倾泻他对社会现实的愤懑，对世俗的厌恶。命运的多舛，生活的困苦，他感到人生的灰暗，于是用音乐抒发他与命运抗争的顽强和刚烈。音乐可以使人逃避人生，也可以使人了解人生。”听罢女教师的谈话，我方理解了《月光》奏鸣曲丰富的精神内涵。原来，爱情把贝多芬遗弃了，贝多芬成了爱情的孤儿。

情思再次回到琉森湖。这风景佳丽之地，为文人墨客所钟情。诗人取其灵秀，从中获得永恒的喜悦；画家取其野趣，画布出现色彩的浪漫；音乐家取其清丽，奇妙的音符奏响生命的雅韵；文学家取其厚重，书写人生悲欢离合之华章。美有自然之美和人工之美，天工人可代，人工天难取。但自然美是高尚的，那是上帝的原创，人可赏、可品、可读，但不得亵渎。

我凭栏远眺，远山隐隐，近岭苍苍，林木蓊郁，峰峦既非奇峭，也不险巇。山的骨感，水的妩媚；山的青苍，水的碧绿，浓妆淡抹，一幅绝妙的风景画卷。

我们乘船游弋在湖水上，初夏的阳光迷人，琉森湖的清风醉人。湖水一片碧蓝，深邃而宁静，只有清风和阳光在水面嬉戏。一种非凡的气象，有磁场般的效应，既让人觉得庄严、圣洁，又让人觉得亲近、平和。

这时，我想起芬兰大音乐家西贝柳斯的话："上帝从天上掷下一块块的音乐七巧板，然后吩咐我把它镶嵌成一幅音乐的彩图。"

记住！1801年的一个暮春之夜，上帝把月光的碎片洒入琉森湖，贝多芬一一撷拾起来，拼成一曲永恒的乐章。

2019年1月8日

阳光抚摸着海涅的墓碑

在法国旅游时，我常常想起海涅。他不是法国人，也从未为法国工作一天，法国政府却发给他退休金，称他为“德国诗人”“巴黎的才子”，在法国享有很高的声誉。

海涅生年59岁。从1831年5月到1856年2月去世，在法国居住了整整25年，四分之一个世纪。中间他很少回德国，回故乡杜塞尔多夫小城。“故乡”在德语中是个最美的词语，德国作家本哈德·施林克说：“故乡并非那个它所是的地方，而是那个它所不是的地方。”海涅一生写过许多歌颂德意志的诗，写过许多歌颂故乡和莱茵河的诗，他著名的《罗累莱》就被谱成39支曲子，唱遍德国的城市和乡村。他是莱茵河之子。他的故乡杜塞尔多夫就坐落在莱茵河畔，莱茵河清澈碧蓝的流水缓缓流过。

海涅是以歌唱青春和爱情而著名的抒情诗人，他的诗是“夜莺之歌”，而到了法国，他摇身一变：“我是火焰，我是剑！”从一个诗人成为一个战士。

其实海涅的爱情诗并非都是歌颂爱情的甜蜜、幸福、温馨、明朗和灿烂，恰恰他的爱情充满了痛苦和不幸，有屈辱，有失望，有不平；有炽热的恋情，也有冷酷的现实；有幸福的眼泪，也有愤懑的火焰。

他的爱情诗写得酣畅淋漓，诗情浓郁，优美雅致，作曲家舒伯特、舒曼、门德尔松、李斯特、瓦格纳等为他的诗谱写了百余首歌曲。那个时代，德国人都熟谙海涅的诗歌。

1830年夏天，海涅在海滨疗养院听到巴黎爆发“七月革命”的消息。他称自己是革命的儿子，“要重新拿起所向披靡的武器”，他说：“我心里充满了欢乐和歌唱，我浑身变成了剑和火焰。”

1831年5月，他到了巴黎。

巴黎是个群贤毕至、群英荟萃的城市。海涅很快融进文人圈里。在这里，他结识了文艺界杰出人士巴尔扎克、大仲马、雨果、乔治·桑，音乐大师柏辽兹、肖邦、李斯特，等等。他们常常聚会于沙龙，或畅谈于咖啡馆、小酒吧，谈诗论文。初来巴黎，海涅便急于创作，他不仅写诗，还写论文，他的《论浪漫派》和《论德国宗教和哲学的历史》，显示了他作为思想家的犀利目光、深邃见解。在这两篇文章中，海涅对欧洲封建社会的精神支柱天主教进行了深刻的分析和批判，“这个崇神贬人、重灵魂轻肉身的宗教，彻底否定人的尊严、人的权力和人的幸福，使得罪孽和伪善来到人世，成为统治阶级手里欺骗人民、奴役人民、解除人民精神武装的有效武器”。这是否定上帝，强调自我，是精神上的巨大解放，思想上的伟大革命，是震撼欧洲思想界、哲学界的雷声。海涅称赞拿破仑的“巨大意志”便是“人”的意志，充满了“人”的高傲，“人”的尊严，强调“人”的精神和思想的独立性。

1843年海涅从巴黎前往汉堡，第一次回到阔别多年的祖国。1844年底，海涅回到巴黎，认识了马克思，尽管海涅年长马克思20岁，他们却结下了深厚的友谊。这次德国之行，为他的长诗积累了素材，海涅很快创作了《德国——一个冬天的童话》和《阿塔·特罗尔——一个仲夏夜的梦》两首长诗。这是海涅政治抒情诗的巅峰之作。海涅由一只歌唱爱情的“夜莺”，蜕变成一只迎接暴风雨的“海燕”。从此后，他和马克思、恩格斯并肩战斗，迎接1848年法国爆发的“二月革命”。在德国文学史上，既是作家又是思想家的不乏其人，但像海涅这样有着完美统一的诗人加战士双重身份的并不多见。

虽然海涅回去看望了祖国，但他没有看望故乡。海涅被誉为“歌德后的太阳”，他的出生地杜塞尔多夫却不容他，他被骂成“犹太猪”，杜塞尔多夫排“犹”主义甚嚣尘上。

海涅一生追求爱情，歌唱爱情，他的许多爱情诗是“泪水过滤出的诗行”，是哭泣声化为的“艺术的梦语”。海涅追求过他的堂妹阿玛丽。阿玛丽花容月貌，身材窈窕，眼睛如海水一样静蓝，嘴唇像樱桃一样鲜红，说话像夜莺的歌声一样动听。海涅坠入爱河，难以自拔；堂妹对才子堂哥也有情意，但终因海涅贫寒而嫁给了凡夫俗子。堂妹只好割一缕秀发给痴情的堂哥，海涅把这缕“情丝”藏在金属十字架里，挂在胸前，直到去世。海涅一生为堂妹写了许多优美的爱情诗，奠定了他德国“爱情诗王”的地位，其中一首诗还被许多作曲家谱写成多首乐曲。海涅是爱情的歌手，却没有收获爱情。他发誓，如果他未来的妻子不喜欢他的诗，便要坚决离婚。命运却开了天大的玩笑，最后他竟然与鞋店女店员结婚。她是山村来的打工妹，一个粗俗的、没有文化的女人，无知也无教养，整个上流社会都嘲笑这个结合。这是一场畸形婚恋，一个誉满欧洲的风流才子竟然和一个目不识丁的乡野村姑走向婚礼的殿堂，这岂不是上帝的一场恶作剧？海涅却承认“我命中注定只爱这最卑贱又最愚蠢的东西”。这个女人是贤妻，无微不至地照顾他，伴随他走到人生的终点。

海涅没有投身1848年的法国“二月革命”，他病了，患上了脊髓灰质炎，日益严重；身体健康每况愈下，头痛和眼疾也折磨着他，他已濒于全面崩溃的地步。

1848年5月，海涅最后一次出门。他去了卢浮宫，看到断臂的维纳斯，泪流满面：“我在她的脚前待了很久，我哭得这样伤心，一块石头也会对我同情。女神也怜悯地俯视着我，可是她又是这样绝望，好像她想说：难道你没有看见，我没有臂膀，不能帮助你吗?”

从此，海涅一直卧病在床，过着“床褥墓穴”的生活。他以惊人的毅力、意志同病魔斗争，坚持诗歌创作。诗已经是他生命的一部分，只要一息尚存，他就会创作不止，不能写就以口授的方式，最终创作了《罗曼采罗》。

他的病情恶化，视力模糊，两腿瘫痪，全身肌肉萎缩，一天只能睡上三四个小时。失眠之夜，他仍然坚持创作。《罗曼采罗》之后，海涅还写了许多诗，但是这些诗像西风残照里的园林，缤纷的落叶，萧瑟、悲凉，这是一个伟大生命开始凋零时的悲哀，是落日楼头、断鸿声里的悲怆。海涅临死前仍在吟咏，他将死神的呼唤声化为诗的音响，他用骨头敲响诗的节奏。一位朋友看他的时候这样说道：“这是美的，美得惊人，这像是从坟墓里发出来的悲诉，那里有一个被活埋的人，或者说是一具死尸……在向黑夜呼喊。”

即使在“床褥墓穴”里，海涅还结识了一位钟爱他的诗作的女作家克里尼茨。克里尼茨是一位女教师的私生女，海涅称她“苍蝇”。“苍蝇”时常来看他，她娓娓而谈，激起了他对生命的渴望，并手写或口述了二十五首情诗，“苍蝇”接受了“他语言的爱抚和文字的亲吻”。他向“苍蝇”讲述他“大学时代的书生意气”，讲述他“诗歌创作的辉煌岁月”，往昔的青春，美丽的诗句，在他心中升腾、扩延。海涅说：“您来的次数越多，我越幸福”，并致函克里尼茨：“我怀着垂死者的柔情爱着你，就是说，怀着可想见的最大柔情。”海涅临终前留下最后的话：“花！花！大自然真美……”这是海涅最纯洁、最高尚和最辉煌的爱情，但生命的夜幕却像群鸦的羽翼般扑了下来，他来不及采撷晚秋的这一朵凄迷的野花。

海涅走了，带着火焰、利剑远去了。德国人拒绝接受他的尸首，称他为“犹太猪”“民族败坏者”；德国的报刊一片斥责声，一片幸灾乐祸的嘲弄声，但法国却收下这个德国“弃儿”，称海涅是“法兰西的精灵”。

海涅被安葬在蒙马特高地。

蒙马特高地在巴黎城西北，我通过旅游团领队雇了一个当地导游小胡，带我拜谒海涅之墓。蒙马特高地有一处不大的墓园，许多文化名人都安葬在这里，比如左拉、雨果、巴尔扎克、莫里哀、小仲马、德加等人的坟墓。海涅在这里并不寂寞，生前他和这些文友交往甚密，死后他们仍然在一起，说不清哪个风清月明之夜，他们在冥间相聚，谈论小说和诗，也谈论法国和德国的革命。遗憾的是，后来左拉和雨果的骨殖被迁移到法国的先贤祠了。

这里游客很多，中国游客也很多，他们都喜欢海涅，喜欢巴尔扎克。他们手捧鲜花，红色的玫瑰，洁白的菊花，蓝色的矢车菊，散发着爱的芬芳。墓地上的野花，色彩缤纷，花朵和阳光似乎有一种默契，留下花蕊在阳光下静静地哀叹。

海涅的墓碑，墓石都是纯净、洁白的大理石，雕刻精湛，高雅而精美。墓碑的上端有海涅半身雕像，他的眉额微蹙，富有硬度的肩膀仿佛撑起一个倾覆的世界，艺术的力量在他身上燃烧。

我在墓地徘徊，想象《海涅传》中关于海涅形象的描写：骨瘦如柴，鸠形鹄面，惨不忍睹，满脸苍白的胡子，一头白发像秋天干枯而蓬乱的野草，嘴角肌肉萎缩，因疼痛而歪斜……不能说话，眼皮沉重地闭着，绝望和痛苦紧紧攫住瘦弱的身躯，仿佛在地狱里挣扎。

我抬头端详海涅墓碑上的雕像，并非我想象的病态和衰老。一头金发，披覆在苍白的额头上；神情端庄，不像一般浪漫主义诗人那样放浪；高傲的眼神闪烁着睿智的光芒，蕴含着穿透一切的力量，也透露出深藏在诗人内心的激情和爱的波涛。风流倜傥的大才子！在德国，在法国，在整个欧洲文坛，何等的纵横恣肆、恃才傲物！他的诗优美而动人，热烈而悲壮，既有夜莺婉转的鸣韵，也散发着玫瑰的馨香；既有长剑锐利的闪光，也有烈焰燃烧时的哔剥声响。

墓地一片静谧，这是海涅喜欢的静，永恒的静，泥土的墓穴是天堂。他一生莺歌燕语，悲欢离合，没采到一朵山野缀有露珠的玫瑰。那天堂里可有充满诗歌的阳光，激发他创作的热情？我隐约听到从墓中传来的叹息声、呻吟声，还有断断续续的吟哦声……

诗人生前说，愿做一个“精致可爱的棺木，好把我的诗歌盛殓”。但他的人已走进坟墓，诗却扑棱飞出，德意志、法兰西，满世界乱飞……

他的雕像后面晃动着树影，鲜嫩的绿叶正当年华，英姿翩翩，法兰西五月的天空湛蓝，没有一丝云彩，琥珀色阳光温暖慈祥，从空中倾泻下来，穿枝透叶，亲切地抚摸着大理石墓碑。

在海涅的故乡杜赛尔多夫，由于排犹主义被遏止，纳粹主义被清除，杜塞尔多夫终于接纳了它的游子。现在杜塞尔多夫有了海涅广场、海涅大街、海涅中学，还设立了海涅文学奖，有些学者、文人提议将海涅墓迁回杜塞尔多夫，但法国政府不同意。

海涅逝世 125 周年时，为纪念这位伟大诗人，由杜塞尔多夫政府支持建了一座纪念碑，坐落在一家超市门前的广场上，虽居闹市，却不引人注目。这座纪念碑原来是一堆破碎散乱的石头，被毫无规则地堆放在一起，像是被肢解，有一种“山冢崒崩”之感。这是不成型的建筑物，更缺乏碑的形象，像一片废墟，死一样宁静。杜塞尔多夫号称“艺术之都”，有多家博物馆和展览馆，丰富的文化呈现强烈的主体感，为何对他们的诗人海涅的纪念碑如此潦草？没有雕像，没有碑文，一堆坍塌的石头杂陈相藉，怎么称纪念碑？简直荒谬！这是野兽派、荒诞派的作品，还是魔幻主义的作品？一种废墟的荒凉，一种被遗弃的悲哀，一种凄寒和心酸。我在西班牙巴塞罗那参观过类似的作品，那是高迪的杰作，将一堆黑灰色的炉碴随意地摊在那里，说是一件艺术品，并列为旅游景点，供人鉴赏。

这座纪念碑“落成”后，在德国引起大哗。有人说，海涅不配建纪念碑，他嘲笑过故乡，他诅咒过祖国，这是对他的报应；但更多人认为，这正反映了诗人悲剧、破碎、苦难的一生，至今围绕着海涅纪念碑还争论不休。

海涅的许多作品，还有马克思、茨威格、弗洛伊德、爱因斯坦的著作曾经在纳粹时代遭到焚毁。1982年，杜塞尔多夫曾举行一场争论，将杜塞尔多夫大学改名为海涅大学，结果以41票反对、40票支持不得命名，一票否决。

我沉默地望着海涅的雕像，脑海中蓦然浮现出李白的诗句：“但使主人能醉客，不知何处是他乡。”海涅是没有故乡的人，只有法兰西的阳光温暖着他，抚摸着他。

2018年10月3日

在黑白键上开拓诗意空间：走近钢琴诗人肖邦

1

旅游总是走向一个未知的世界。未知世界是新奇的、陌生的，它给人丰富、广阔的想象空间，用诱惑感、神秘感，一步步引领人走向它的领域。

华沙对我们来说就是未知世界，尽管早就知道这个文化名城出现了居里夫人这样伟大的科学家，出现了肖邦这样杰出的“钢琴诗人”，还有天文学家哥白尼，但纸上得来终觉浅，一切好像很遥远、很渺茫。

我们在北京乘飞机，在空中持续飞行九个小时，到达华沙已是当地时间下午三点，这是我们来欧洲旅游的第一站。

出了机场，有大巴车迎接，我们很快到达市区。透过车窗望去，华沙古城满街是巴洛克式、洛可可式、文艺复兴式、拜占庭式建筑的楼房。哥特式教堂一如欧洲其他城市，高高的塔尖耸立云天，一种肃穆、庄严的气势，震撼人心。我总认为波兰是个弹丸小国，贫穷落后，破旧不堪，其实它早在中国清朝乾隆年间实现了工业化。街上行人很少，古老的有轨电车按照惯例行驶着；路两旁是高大粗壮的树木，有一种沧桑感、衰老感，但树冠庞大，如云般笼罩街面；街头有一尊国王雕像，做骑马挥剑状。老城有美人鱼的雕像，静静地矗立在美丽的维斯瓦河边。这是一位裸体女郎，下身是美丽的鱼尾，右手持剑，左手持盾牌，腾跃在汹涌的波涛之上。然而最吸引游客的是“钢琴诗人”肖邦的雕像，它坐落在市中心公园，中国游客称它为“肖邦公园”。这是我们来华沙参观的第一个景点。

公园里一片浓郁的春色，高大的乔木遮天蔽日，野花在阳光下恣意地开放，紫藤密密匝匝，开着紫红色的花朵，一簇簇，一串串，把春色点染得热烈。冷杉、雪松、樟树更是霸气，枝干横弋，枝间绿叶浓密，翠绿的色彩浓得欲流未流。

肖邦雕像就矗立在一汪水塘旁，水清如碧，白莲叠叠，浮在绿水中，几抹淡雅，几分古典的诗意。池塘没有规则，没有石砌的岸，没有亭榭，略显粗糙、潦草，但有野凫游于水面。肖邦雕像底座是一堆累砌的大理石，肖邦坐在石堆上，低头抚琴，仿佛那优美的琴韵还袅袅地飘浮在公园上空。

— 肖邦公园 —

临来时，我阅读了很多有关肖邦的资料，比如他的童年，他的爱情故事。肖邦是浪漫主义作曲家，他一生献身于钢琴，钢琴是他的唯一，钢琴仿佛是专门为他发明的。他对故园的思念，对家国的眷恋，对人生的感悟，都是通过黑白键诗一般地倾泻而出。

肖邦的时代，波兰被俄国占领，他一生流离失所，有国难归。肖邦有强烈的爱国主义精神，对弘扬波兰民族音乐可谓呕心沥血，他的《自然的行板和辉煌的大波兰舞曲》以及风靡乐坛的《军队波兰舞曲》和《英雄波兰舞曲》，都歌颂了波兰人民的爱国主义精神，以柔婉和豪迈两种情感，抒发他对家国深深的怀念。

2

肖邦那些独特的浪漫主义旋律，优美婉约、大气磅礴的音乐语言，既震撼了乐坛，也使同辈刮目相看。19 世纪 30 年代，艺术之都巴黎是门德尔松、舒曼、李斯特的巴黎，当门德尔松如日中天时，当舒曼在艺术界驰骋纵横时，当李斯特名满天下时，肖邦还是“小荷才露尖尖角”。他初到巴黎，这喧嚣繁杂的巴黎使他感到迷茫和诚惶诚恐。

有一次，巴黎音乐大厅举办钢琴大师李斯特的演奏会，大厅人满为患，座无虚席，李斯特在聚光灯照耀下，出现在舞台上，顿时台下响起暴风雨般的掌声。钢琴演奏开始，灯光渐渐暗淡，这时李斯特来了“移花接木”，让肖邦替代自己演奏。整个大厅只有一支神曲在优雅地起伏、飘荡，在节奏和音色上出现动人心弦的特殊效果，像一缕春风，一抹阳光，一道流水，轻轻地抚慰人的灵魂。一曲演毕，轰动全场，掌声如雷，欢呼声如海啸！谁知道聚光灯一下照亮舞台，钢琴旁坐着一位陌生的青年人，李斯特从后台缓步走出，然后大声宣告：“这位年轻人肖邦，未来的钢琴大师！”李斯特像当年莫扎特推荐贝多芬一样，兴奋、热情、慷慨。掌声过后是一阵惊讶的呼叫。

肖邦一夜爆得大名，一颗璀璨的明星出现在巴黎的夜空，他的影响力很快超过了同行。

“歌曲”在希腊语中是“颂诗”的直译。马拉美说，诗歌讲究音乐性的和谐，将诗歌和其他文类区别开来，诗歌“原初是梦与歌”，凡有节奏的语言，那里就会有绝妙的诗，反过来音乐的旋律和节奏都有诗的元素。可见音乐和诗的血缘关系。肖邦把音乐和诗融会，开拓了黑白键广阔的诗意空间，是对音乐史的一大贡献。

“钢琴诗人”肖邦的作品，旋律优美动听，给人带来美感，婉约深情，诗意浓郁。他的代表作《夜曲》体现了浪漫主义旋律，对月色如水的夜晚神秘的迷恋，犹如横绝中国唐朝诗坛上的《春江花月夜》一样。迷蒙的月色，溶溶的月辉，春、江、花、月、夜，集中体现了人生最动人的良辰美景，构成了诱人的探寻和奇妙的艺术境界，构成了诗意浓浓的生活情趣和人生哲理幽缈的画卷。

肖邦《夜曲》的艺术效果堪称绝致，乐章既回环反复，又新意迭出，节奏优美，起伏跌宕，声情与诗情相融，突发异彩，获得了不朽的艺术生命。

肖邦注重意境的创造，用音乐词汇表现情感的丰富、思想的深邃。但又不同于《春江花月夜》，他的《夜曲》，除了具象的描绘，意象的抒怀，多了花落水流的苍凉，多了精神的忧郁，多了情感的消沉和萎靡。肖邦深受叔本华悲观主义的影响，他的灵魂深处是悲观主义的基因，《夜曲》就是这种哲学想象力的诠释，它没有月夜的静谧、安宁，不时流露出情绪的暴躁、焦虑。

值得称赞的是作曲家灌注了情感的旋律，有悲观情绪的激荡，却不是丝竹哀吟，也不是急管繁弦，而是热烈、深沉、隽永、蕴藉。那是自然的舒展，犹如脉搏跳动、呼吸翕合一样自然，一样节奏分明。我想象得出，肖邦充满激情地敲击黑白键，脸上的表情急剧地变化着，身子不由自主的前仰后合、伸曲扭动。没有华丽与流畅，却有诗的雕塑，诗的哲理，诗的忧郁。既弥漫着爱情与死亡的音调，也散发着玫瑰凋零的伤感。深夜欣赏他的《夜曲》时，有一种梦幻般的意境，令人心迷神醉。

有人说门德尔松的乐曲只适合于早晨欣赏，阳光灿烂的中午属于莫扎特，而夜晚，最好窗外细雨霏霏，适合听肖邦动人心魄的乐曲。这梦幻般的旋律，充满了神秘感、虚无感、沉重感、幻灭感、孤独感、茫然感。

肖邦最感人的一部作品是《离别》，不是一般的出国旅游，而是告别祖国，告别故乡。这是肖邦 18 岁时写的一曲心灵的悲歌。18 岁，是生命风帆高扬的时节，是鲜花般着锦盛开的时节，像第一缕晨风那样清新、明丽。可是对于一个失去祖国的孩子，一个浪迹天涯的孩子，却是多么悲伤。人生自古伤离别，中国古代诗人写了许多离别诗，哀怨、悲伤、凄楚、苍凉，气氛、心境、情感，是低沉的、悒郁的。同样，肖邦这首《离别》曲充满了愁绪和伤感，每一个音符都含着泪，一种压抑感、痛苦感。曲子开始的一段温情脉脉，那是对故乡和母亲的爱，当望乡之情越来越浓烈时，气氛达到了高潮，悲壮的歌谣再次响起，让人无比惆怅。

在网络上，我反复听了几遍，深深被作曲家的情感打动了。我仿佛看见肖邦一脸忧郁，两眼微闭着，凄迷的旋律在黑白键上流淌，如歌如泣，悲戚中又夹杂着愤怒。我仿佛看到一个瘦弱的身影，在薄雾蒙蒙的黎明，告别故乡的小镇。是冬天的早晨吗？“人迹板桥霜”的画面出现了，远方烟水茫茫，山路弯弯，水路迢迢，回首故乡，渐行渐远，村舍模糊了，树林模糊了，那高高的教堂的尖塔也模糊了……一种孤独凄凉之感灌满游子的心头。

3

肖邦的身形瘦长，衣着整洁，棕色的长发衬着一张英俊的脸庞，略带忧郁的明亮的眼睛，使人想起多瑙河蓝色的波光。当一串串纤美而明亮的音符响起时，人们更喜欢用“风度翩翩”来形容他。

肖邦青年时期的作品闪耀着青春的光辉。表现了晶莹灿烂的人生欲望，折射出一代人的浪漫和憧憬，被音乐评论家誉为“玫瑰色幻想曲”，所以人们感叹道：“上帝曾经把莫扎特赐予德国人，这次英明地把肖邦恩赐给了波兰人。”

《离别》曲中有句唱词：“即使你远在他乡……你的心也会和我们欢聚一堂。”

肖邦出生于华沙西北的一个幽静的小山村，名为热拉佐瓦沃拉。一座白色的小屋掩映在绿树和鲜花中，屋后是一片苍苍的森林，屋前是一条名气不大的小河，河水明净舒缓，细细的粼波撒满了太阳的光斑，浪漫而多情。大自然用他的美丽、深情培育出一位“钢琴诗人”的诗心。肖邦一生下来，上帝便赐予刚好容得下他的空间，他动弹不得，但诗和艺术延续了他的生命，开拓了他的人生畛域，拯救了他的灵魂。因为诗和艺术都辐射着他人性的光芒，而这是永恒的。

肖邦故居门口有一尊他的青铜雕像，几间陈列室里存放着他各个时期的史料、手稿，墙上挂满他的生活照片、音乐活动的剧照，地上还摆放了一架古老的钢琴。

肖邦故居有一座很大的花园，一片苍老高大的乔木，桉树、槭树、杉树，还有开着黄花的椴树，混杂、零乱，树下野草野花纷然，高贵的、神性的、优美的、挺拔的，构成自然的优美，参差的群落。微风吹来，花与树神秘地舞动，变成语言和声响。我想只有肖邦的黑白键，才能奏响这生命的乐章。

肖邦短暂的一生创作了多部作品，大都是钢琴曲。他一生都处在民族危亡的动荡时期，很多作品都饱含着对祖国、对民族、对故乡满腔的激情和深沉的爱，为波兰赢得了巨大声誉，也为他个人赢得了崇高的荣誉。

到了晚年，肖邦的作品充满着痛苦、忧郁、愤懑的情绪，他的浪漫主义情调渐渐暗淡了，他的热情和生命的激情渐渐沉郁了，悲、忧、愁、苦成了他的作品的主旋律，继而发展为悲痛、凄苦的情感。他有一首《革命练习曲》，是投向沙俄殖民者的匕首和利剑，是对黑恶势力的控诉，气氛到达高潮时，那简直是“咆哮和雷鸣”，悲壮的气氛使人无比惆怅，也有一股子莽荡苍郁之气扑面而来。

李斯特是肖邦的伯乐，肖邦横霸古今的大才是被李斯特发现的。李斯特不仅毫无妒贤嫉能之心，而且满腔热情地援助、推荐、宣传肖邦，李斯特事业如日中天之时，却如此提携名不见经传的肖邦，可见其胸怀之博大。西方音乐评论家称，在音乐界最无嫉妒之心的人是李斯特。古今中外，文人相轻，代不乏人。文艺复兴时期，达·芬奇与米开朗基罗互不服气，以致交恶；20 世纪的美国作家福克纳与海明威可谓一对冤家，互相诋毁，互相攻击；法国浪漫主义作家雨果与他的同行也是深仇大恨，互不服气；连名垂千古的托尔斯泰也是妒心如火，攻击莎士比亚，抨击贝多芬，大有不共戴天之势。文人的这颗恶性“毒瘤”真是不治之症。如果文人相亲不相轻，将是文坛上一道绚丽的风景。歌德与席勒就情如手足，互相提携，互相支持，塑造出德国浪漫主义文学的丰碑。中国唐朝诗人李白和杜甫的友谊可谓千古佳话，他们年龄不同，风格迥异，但他们互相尊重，互相切磋，把大唐帝国的诗歌创作推向历史的巅峰，一个被后人誉为“诗仙”，一个被后人誉为“诗圣”。

遗憾的是肖邦在这方面缺乏修养，李斯特因作品产量丰富引起音乐界的攻击、诋毁、嫉妒，肖邦理应滴水之恩涌泉相报，勇敢地站出来为李斯特仗义执言。恰恰相反，肖邦攻击李斯特最恶毒。李斯特在音乐史上的重要性远远超过理查德·瓦格纳、理查·施特劳斯。李斯特被誉为“钢琴王子”，肖邦却恶毒地攻击李斯特，“每逢想到李斯特作曲，眼前就浮现他涂胭脂踩高跷的形象”，攻击李斯特的改编曲“是一名技巧高超的订书匠，擅长把别人的作品订上自己的封面”。

虽然肖邦在钢琴艺术上有所创新，但他没有李斯特雄厚的根基，更没有李斯特人品之高洁，道德之高尚。肖邦以从来不说同行好话而著称，但他不得不对李斯特惊人的琴艺表示叹服。李斯特被世人称赞为“钢琴王子”，肖邦是“钢琴诗人”，这评价是公允的。

两颗巨星在命运轨道上交会，这是音乐星空的奇观。

4

从肖邦故居匆匆归来，一路上我想起肖邦和乔治·桑的爱情故事，这是当时欧洲文坛的雅趣、绯闻，成为文坛经久不息的谈资。

肖邦流浪巴黎，走进高雅的文艺沙龙，结识了巴尔扎克、雨果、缪塞、海涅、大仲马、司汤达和乔治·桑。他们品诗论文，高谈阔论，言辞既高雅，又精湛；既有广阔性，又富深邃性。肖邦大为震惊，他的视野顿感广阔，思维如春风化雨般活跃起来。后来他又结识了画家安格尔、德拉克洛瓦、鲁索，并欣赏了他们的传世杰作，使他的艺术修养更上一层楼。令人惊喜的是，他还结识了名满天下的李斯特、门德尔松、舒曼，聆听了他们天才的演奏。可谓群星璀璨。

肖邦在这群星荟萃的沙龙里，自感黯然失色，显得尴尬和羞怯。他言语不多，在一次钢琴演奏中却吸引了一个年轻女子。这个女子并不漂亮，个头不高，线条不美，身躯发胖，皮肤也不那么白皙，但一双眼睛倒像秋水一样明净。她就是大名鼎鼎的小说家乔治·桑。她的目光专注地盯着肖邦神灵般的双指在黑白键上滑动。肖邦的曲子风格独特，旋律优美，诗意浓郁，感情丰富，有一种哲思沸腾在曲中，还有一种狂放不羁的情绪。

乔治·桑已是两个孩子的母亲，她刚与丈夫离婚，感情出现空白，需要爱来填补。她性情乖僻，喜欢男装，有种男子气概。她酗酒，说粗话，口叼雪茄，放纵开朗；她谈起恋爱来却百般柔情，千般风流。她不仅喜欢肖邦的钢琴演奏，也喜欢肖邦这个人，文质彬彬，一副才子气、书卷气，但肖邦身体柔弱，面色苍白，神色忧郁，有种疲惫感、憔悴感。肖邦 30 多岁离了婚，后谈过多次恋爱，均以失败而告终。他对女人没有好感，却又渴望爱情。他感到人生的悲观，事业的艰难，灵感枯涩，想象力苍白，对于命运和艺术创造缺乏信念和信心。

乔治・桑看出肖邦非凡的才气，必将成大器，她心中爱的火焰愈来愈炽烈，那柔情，那爱心，一下子征服了肖邦，孤男寡女终于走在一起了。于是，他们在李斯特夫妇住宅附近租赁一间小屋住了下来。

肖邦得到爱情的滋润，创作的灵感由枯萎变为繁茂，他的精神振奋起来，他的事业也有所起色。肖邦和乔治・桑回到巴黎附近的庄园住下来，这里环境优美，风光秀丽，是典型的乡村幽居，许多朋友常到乡下看望他们。安静的环境，平静的生活，使肖邦的创作达到高峰。

但是肖邦的身体越来越不好，病魔折磨着他，他几次感到死亡的威胁，对未来充满了恐惧，对死亡产生了幻想。他的精神塌陷了，颓废、痛苦，时常出现崩溃。

他们共同生活了九年，最终分手了。一场热恋，一曲美丽的爱情乐章，终于如烟花般消逝了。肖邦病重期间，曾在病榻上写过一首《雨滴》，那是他和乔治·桑在马洛卡岛度假时创作的。岛上没有明媚的阳光，反而阴雨连绵，更使他的情绪低沉、忧郁。他听着雨声，心中茫然，仿佛听到死神的脚步声，从遥远的地方隐隐传来。

他因演出时过度劳累而死亡。他临终时立下遗嘱，将他的一颗心脏送回祖国波兰。尽管他的国家被帝俄占领着、殖民着，他却没有忘记苦难的祖国。

我们在华沙逗留时间不长，最后参观了圣十字大教堂，这教堂因珍藏着肖邦的心脏而成为游客心驰神往之所，也是华沙最亮丽的游览圣地。肖邦的心脏已被砌进水泥柱子里，处在教堂显著位置，柱子上有肖邦像的浮雕。

2020 年 11 月 6 日

叔本华：从早晨走到傍晚

面对叔本华大理石纪念碑，我忽然想起彼得拉克的话：

“谁要是走了一整天，傍晚走到了，就该满足了。”

——小序

1

在世界哲学的坐标系上，你的位置并不崇高，你的一生几乎默默无闻，你的书无人赞赏，你的课无人听，你的学说无人理睬，你梦寐以求的荣华，直到人生的黄昏，才出现一抹绚丽的霞光。

我的歌不是献在你墓碑前的花圈，我的诗不是你的颂辞。

叔本华，你是一个世纪的弃儿，魏玛的阳光从来不照耀你阴暗的斗室。

你和歌德是好朋友。虽然歌德称赞你的天赋，但歌德也看出了你正在形成悲观主义世界观的危害，并告诫你，你若爱你自己的价值，那你就给世界以价值。但你没有听取歌德的劝告，你陷入悲观主义的泥沼！

你的《作为意志和表象的世界》出版后，受到残酷的冷落，连出版商都认为这是一堆废纸。然而，你遇到一个知音，那就是歌德。歌德把你的书分装成两册，便于阅读，还写信给你的妹妹，让她转达对你的赞誉。

你超凡脱俗、卓然独立的见解，严谨的逻辑，给那个时代窒息的思想界带来了一股清新的空气。

2

在哲学史上，你是第一个公开反对理性主义哲学的人，并开创非理性主义的先河，是唯意志论的创始人。你呼啸、呐喊，赞扬人的生命意志是主宰世界运动的力量。你以哲人的敏锐和无畏，道出了人生特有的悲剧性，荒诞、虚伪与不幸，对世界、人与人格、生命、地位、荣誉、财富，以及审美、伦理、政治、智慧等一系列困扰人的问题，提出许多耐人寻味的见解。你站在生命的高度，对人生重大问题给予深度的关切和思考，尼采正是沿着你开拓的道路大踏步前进的。

3

在柏林大学，那德意志最高学府，你和黑格尔展开了一场争论，你却一败涂地，受到的攻击和批评使你不堪忍受。你失望、绝望，你本想在这里大展宏图，却被迫离开柏林，第二次踏上了去意大利的旅程。

你说过：“作家可以分为流星、行星、恒星三类。第一类的时效只在转瞬之间，你仰视而惊呼：‘看哪！’他们却一闪而逝。第二类是行星，耐久得多。他们离我们较近，所以亮度往往胜过恒星，无知的人以为那就是恒星了。但是他们不久也必然消逝，何况他们的光辉不过借自他人，而所生的影响只及于同路的行人（也就是同辈）。只有第三类不变，他们坚守着太空，闪着自己的光芒，对所有的时代保持相同的影响，因为他们没有视差，不随我们观点的改变而变形。他们属于全宇宙，不像别人那样只属于一个系统（也就是国家）。正因为恒星太高了，所以他们的光辉要好多年后才照到世人的眼里。”

4

《作为意志和表象世界》的《附加和补充》就像一束回光，返照在蜷缩于一片黑暗之中的你身上。尝到了 1848 年革命失败苦果的德国资产阶级，把目光一下子全移到了你这个沉闷、忧郁的悲观主义者身上，他们仿佛看到一圈灵光正在你的头上升起，时隐时现。你终于成了一个巨人。

晚年的你，仍然过着孤独的生活。你的身边没有一个亲人，陪伴你的只有那只被誉为“世界灵魂”的褐色卷毛狗。你认为人是狡黠可怕的，而狗却像“玻璃似的透明”。

你和尼采一样，是无家无室、孑然一身的独身主义者。

你害怕死亡，害怕他人谋财害命，你从来不用德文登记信息。

1860 年 9 月 21 日，你死在自己的房间里。这个房间的角落有一个大理石柱子，柱子上放着一尊镀金的菩萨塑像。你的桌子上放着康德的胸像，沙发上挂着歌德的画像。

5

天才有性格、气质、智慧等因素，也有人生阅历、勤奋好学、学风谨严等因素。

你给天才开列了清单：

天才是上帝，疯狂是野兽。

最上等的天才的眼睛，炯炯有神。

大凡天才，性情都是忧郁的。

天才在凡俗事务上显得很笨拙。

天才具有强烈的冲动和激烈的意志。他们缺乏冷静，感受性太强，而冷静的人成不了天才。

天才是孤独的。

艰难困厄属于你，荆棘坎坷属于你，风霜雨雪属于你。跌倒又爬起，挺起胸昂起头，目标不变，目光不移，摩顶放踵往前走，在时间的流逝中，获得生命原始的激情。人生需要一种孤独，孤独中会感到生命的负荷，灵魂的升华。

天才的一生并不幸福，应该说是坎坷落魄。这既是你的自画像，也是“天才”的素描。

6

你生于波兰格但斯克，你的母亲约翰娜·叔本华是当时颇有名气的作家，与歌德有来往。

你对尼采影响很大，尼采说：“他让我有勇气并自由地面对人生。”鲁迅、梁实秋等中国作家，俄罗斯的托尔斯泰，德国的音乐家瓦格纳等旷世巨匠，都曾深受你的哲学思想的影响，从中得到人生的启迪。瓦格纳的代表作《尼伯龙根的指环》被称为“押韵的叔本华”，就是献给你的。

你认为生命是不幸的、无意义的，充满痛苦，你的哲学与东方思想特别是印度教和佛教相呼应。你将人生痛苦的拯救寄托于对美的沉思，对人的同情，对欲望的控制。

7

你从小孤僻、傲慢，喜怒无常，并带点神经质。你和黑格尔对垒失败，以极度失望的心情离开柏林，在法兰克福定居下来，开始埋头写作，你喜欢的作家是莎士比亚、歌德、卡尔德隆和拜伦。

人的意志靠信仰支撑，信仰是意志之魂。人生就是意志的体现，有大意志就有大成就。有了钢铁般沉默的意志，就能战胜一切，推倒一切。海涅就是“意志论者”。他赞美人的意志，歌颂拿破仑的“巨大意志”是“人的意志”，充满“人的高傲”“人的尊严”，是精神和人格最伟大的体现。

“路漫漫其修远兮，吾将上下而求索。”

你一生都在赶路。

你走得很艰难。

你的路坎坷不平，你摔过跟头，但爬起来，仍然默默地走，摩顶放踵，孤独地远行。

风送雨迎，你终于走进霞光璀璨的傍晚。

“莫道桑榆晚，为霞尚满天。”

你晚年获得荣华，仰慕者从四面八方涌来。你变成了珍贵的

"出土文物"，被人们供奉起来，鲜花、掌声、荣誉，纷至沓来，令人应接不暇。"叔本华热"一时间席卷了德国资产阶级，紧接着，这股热潮又席卷了欧美。你的现代读者说，早在三十年前，你就说出了我们现代人心中的话。

柏林皇家科学院邀请你担任院士，你严肃地拒绝了。

你自幼多愁善感，性情孤独，喜好沉思，忧郁多虑，对世界的悲惨现象敏感，你认为"人从生命的欲望中产生痛苦"。崇拜你的人，不但有学术界的，也有文艺界的，卡夫卡也称赞你："叔本华是语言艺术家，从这里产生了他的思想。仅从语言考虑，我们就一定得读他的作品。"你总算走完最后一公里，达到事业的巅峰。

你从彼得拉克那里找到了安慰："谁要是走了一整天，傍晚走到了，就该满足了。"你终于走到了终点，"流传久远和发迹迟晚成正比"。

你的学说不是宗教，但却发挥了宗教作用，填补了信仰的空白。

2019 年 5 月 27 日

六月里最后一天访裴多菲

1

“生命诚可贵，爱情价更高，若为自由故，二者皆可抛。”诗人用凝练的语言，庄重地表达了19世纪资产阶级民主革命志士的高尚情操，这是向革命发出的誓言。这首诗几乎传遍世界，一度成为年轻人生命的座右铭。我上初中时就背得滚瓜烂熟，就像李白的“床前明月光”、孟浩然的“春眠不觉晓”，深深镌刻在记忆的深处。后来读了《摩罗诗力说》，方知鲁迅先生对裴多菲的诗评价极高：“著之诗歌，妙绝人世”，更加热爱这首诗和诗人裴多菲了。

鲁迅亲自译过裴多菲七首诗，称赞裴多菲是“诗人和英雄”，他生前常提到的外国诗人只有裴多菲一人。

这首诗是由左联诗人白莽（即殷夫）翻译到中国的，由于鲁迅先生的推广，很快传遍中国，鼓励中国青年为自由、为革命奋斗的信心，坚定了他们追求光明的信念。裴多菲成了中国青年的精神导师。

鲁迅先生在《摩罗诗力说》中，将“凡立意在反抗，指归在动作”的诗人，统称为“摩罗诗派”。“摩罗”，梵语音译，意为恶魔。“摩罗诗派”，其实就是浪漫主义诗派，包括裴多菲、拜伦、雪莱、普希金、莱蒙托夫、密茨凯维奇、斯洛伐斯基、克拉辛斯基等诗人，他们开辟了一个诗歌创作的新时代。

2

裴多菲出生在匈牙利一个叫小克勒什的小镇。父亲是屠户，母亲是农奴。他的童年以至青年时代都在贫穷困苦中挣扎。由于生活在底层，他自然成为劳动人民，骨子里充满对劳动人民的爱。他青年时期为了糊口，投奔一家流浪剧团，扮演一些小角色，随着剧团四处漂泊，几乎走遍匈牙利。这倒丰富了他的创作素材，开阔了他的视野，增加了诗歌创作的底气。他早期的诗多取自农民生活，带有浓郁的乡土气息。在流浪剧团期间，他写了多首民歌风味很深的抒情短诗，如《谷子成熟了》《牧羊人骑着驴子》等，还被作曲家谱成乐曲，传遍各地，成为匈牙利民歌。它们是大众的诗歌，具有鲜明的通俗性。在这些抒情短诗中，我们依稀会看到老人“敲击齐特琴，弹奏马扎尔古调”，表现民族的风情，乡村的风光。诗意浑厚，感情真挚，语言纯朴。字里行间，诉说着古老的事迹，回荡着战马长啸、铁蹄敲地的声响。

裴多菲像许多诗人一样，热爱祖国，热爱生活，热爱大自然。他在许多诗作中歌唱匈牙利的森林、草原，多瑙河的渔夫，田野劳作的农民，这是讴歌的主体。他的诗歌语言优美、流畅、生动、鲜活，赞美大自然，把普通人的生活写进诗歌里。他常常将自己的诗歌朗诵给牧人、农民、渔夫听，以他们的反应作为衡量自己诗歌的重要标准，尽力使每一首诗歌从内容到形式都为群众“喜闻乐见”。

他说：“只有人民的诗，才是真正的诗。”

裴多菲为了创立民族性诗歌，努力探索诗歌创新的路子，不顾别人的批评，永不退却，他充满信心地宣布：“将来诗歌本身，也许把我带入最完善、最真正的匈牙利诗歌的形式中去。”

裴多菲是一位富有强烈爱国主义精神的诗人，他写出《爱国者之歌》《给在国外的匈牙利人》《反对国王》《民族之歌》等作品，强烈地抒发了对祖国深沉的爱。他在《民族之歌》中写道：

起来，匈牙利人，
祖国正在召唤！
是时候了，现在干，还不算太晚，
愿意做自由人呢，还是做奴隶？

你们自己选择吧，就是这个问题！

裴多菲高举民族独立的大旗，率领祖国人民迎接暴风雨的来临。他陆续写出许多号召人民反抗统治者的诗篇，像匕首，像利剑，直指统治者的心脏。他在聚集于博物馆、准备暴动的人群中，高声朗诵自己的诗篇。他有一首诗题为《我的歌》，最后一节就赤裸裸地呼啸、呐喊，要打倒统治者："还忍耐什么，受苦的奴隶们/为什么不起来，不砍断铁链/只是等待着……难道上帝的恩惠/能把铁链从你们的手上锈断……"这首诗，简直像火把一样，点燃千万人胸中的烈焰。起义者很快占领了布达佩斯，翌年四月，匈牙利国会还通过独立宣言，建立了共和国。他歌颂了坚贞不屈的革命，崇拜自由生命的"狼"；他赞颂"狼"的狂暴，鞭打"狗"的奴性……

在欧洲历史上，1848 年是值得大书特书的一年，这一年马克思发表了《共产党宣言》，这一年席卷欧洲的革命浪潮汹涌澎湃且日趋高涨。革命的火焰最早在意大利燃烧起来，接着法国、德国、奥地利、匈牙利等国先后爆发了革命。地处革命烈火燃烧的中心，汹涌的革命浪潮很快席卷了匈牙利，爆发了由裴多菲领导的 3 月 15 日的"佩斯起义"。

裴多菲生于苦难，长于苦难，在大写的历史进程中，他终始是排头兵。

起义的队伍很快占领了印刷厂，他们识破了书报检察官肮脏诡计和阴险嘴脸，大量印刷裴多菲的《民族之歌》；他们高声朗诵诗句，冲进布达监狱的牢门，释放了工人运动的领袖和政治犯。起义的队伍像潮水一样奔腾，全国各地纷纷响应。星星之火，可以燎原……

裴多菲的《民族之歌》成为匈牙利的“国歌”，起义的群众高唱着民族之歌，在黑暗中寻找光明。1921 年茅盾翻译了这首诗，诗题译作《匈牙利国歌》。那个时候，匈牙利还在“襁褓”中。裴多菲一边持枪与敌人拼杀，一边创作。在战壕中，在战争间隙，在夜晚，他写了许多诗，热情歌颂了人民和革命的力量，例如《大海沸腾了》：“沸腾的大海，人民的大海”。起义的群众高唱“国歌”，高呼“武装起来，打倒德意志人的政府！”“共和国万岁！”

那个时代，欧洲大地弥漫着革命气氛，裴多菲是最早醒来的匈牙利人。他深感在奥地利统治下的匈牙利，民族矛盾和阶级矛盾已达到白热化的程度，底层劳动者面临饥饿、死亡和绝望之境，匈牙利人民爆发起义的潮汛已经到来。1849 年 1 月 15 日，裴多菲弃妻别子，投笔从戎，参加贝姆将军的队伍，并担任少校副官。他在战场上写的诗，充满战士的豪情，高扬民族的旗帜，呼唤民族之魂的苏醒。暴风雨般的诗句，岩浆烈焰般的激情，激励着战士们勇往直前。他诗里有战马的嘶鸣，军号的长啸；有炮声，有硝烟；有刀光剑影，旗帜飞扬，凯歌高奏。

3

匈牙利，中国古称“马扎尔”，是一个位于欧洲中部的内陆国家，是与奥地利、斯洛伐克、乌克兰、罗马尼亚、塞尔维亚、克罗地亚和斯洛文尼亚接壤的弹丸小国，首都布达佩斯。多瑙河像少女似的扭动着腰肢穿城而过，河面宽阔，流水舒缓，宁静的波涛呈浅绿色。西岸叫布达，东岸叫佩斯，我们下榻的宾馆坐落在东岸。

市政厅广场有裴多菲雕像。英俊的外貌，清癯、瘦削的脸庞，淡淡的胡髯刚刚显现，嘴角的棱线刚毅、倔强，眼睛明亮而睿智，具有敏锐的穿透力。诗人高扬着右手，嘴巴张开，像朗诵他的诗篇，抑或高呼口号。他一身戎装，显得精干、强悍。裴多菲实际上身形消瘦，像卡夫卡一样羸弱。卡夫卡生性怯懦，对世界有种恐惧感，对人生有种迷茫感，畏畏缩缩地生活在这个世界上；而裴多菲恰恰相反，他既像一只猛禽，迎着暴风雨翱翔，又像一只雄性的狼，瞪着血红的眼睛，紧盯着这黑暗的世界。

裴多菲的故居就在佩斯主街安德拉什大街旁。三间平顶，白墙草房，坐北朝南。故居北面即裴多菲文学博物馆，与李斯特故居在一条街上。神秘的“恐惧之屋”也在附近。这座小屋是囚禁、处决犯人的地牢，成千的“造反者”实际上是社会改革者，被害于此。

其实裴多菲文学成就主要是爱情诗，他许多爱情诗脍炙人口，成为经典，传唱至今。他那首《我愿意是急流》在20世纪80年代的中国流传很广，许多文学青年像梦中醒来，感到这诗是那么清新、优美、动人，如沐春风，如浴晨光！从打打杀杀的怒吼中醒悟过来，从雷霆般震耳欲聋的铿锵声中逃脱出来，方知世上还有如此美妙的诗章，音乐般动人，鲜花般瑰丽，霞光般绚烂！真正体现了鲁迅极力赞扬裴多菲的话："著之诗歌，妙绝人世"。

他像海涅，不但是只爱歌唱爱情的夜莺，而且革命到来时，他随即成为一个手持利剑的战士。

裴多菲21岁时，爱上15岁少女爱德尔卡，一见钟情。爱德尔卡聪慧而美丽，白皙的瓜子脸，一双泛着蓝焰的眸子，像多瑙河清澈晶莹的流水，特别是那脸颊上一对小酒窝，笑起来像绽开的两朵小花，更加妩媚。裴多菲为她写了一首情诗：

姑娘/你可见过多瑙河/它从一个岛的中央流过/我说你那娇美的面容/轻轻荡漾着我的心波

绿色的落叶从岛旁/被卷入蓝色的水浪/我说你那希望的浓荫/悄悄撒在我的心上

爱德尔卡突然病死，这对裴多菲是个沉重的打击。他在她灵柩前失声痛哭；他住在爱德尔卡的房间，睡在爱德尔卡生前所睡的床上；他经常到爱德尔卡的坟前怀念她，并写了追悼“爱”的诗篇，比如《唉，葬仪的钟响了》《古老的大地》《枝头的花瓣纷纷地飘落》《雪呵，你是大地的寿衣》等，哭诉少女的早亡，倾慕少女的美丽以及心灵的善良。诗里浓郁的浪漫主义色彩，真挚的爱情，感人至深。

裴多菲悲痛至极，在哀愁和忧伤中写下34首怀念的诗，这些诗低沉、阴郁，字里行间流淌着诗人的泪水，后来诗集出版，名为《爱德尔卡坟上的柏叶》。诗集中有些诗艺术性很高，意境深邃，抒情味很浓，例如广泛流传的《我愿是急流》：“我愿是急流/山里的小河/在崎岖的山路上/岩石上经过/只要我的爱人是一条小鱼/在我的浪花中快乐地游来游去……”“欲将心事付瑶琴，知音少，弦断有谁听？”爱德尔卡若地下有知，该是何等伤悲？

1846年，23岁的诗人又遇到森德莱·尤丽亚。尤丽亚是一位伯爵的千金小姐，美丽高雅，身形修长，一双蓝眼睛，纯情、率真。裴多菲为她写过许多情诗，比如《致尤丽亚》《我是一个怀有爱情的人》《你爱的是春天》《凄凉的秋风在树林中低语》《一下子给我二十个吻吧》，等等，情深意浓，诗句感人。但伯爵老爷根本瞧不起这位穷酸诗人，极力阻止他们相亲相爱。裴多菲却穷追不舍，写出一首首情感真挚、热烈的情诗，一颗发烫的心在诗中跳荡。他的情诗打动了尤丽亚的一颗芳心，终于冲破伯爵大人的阻挠，一年后，两位年轻人踏上婚姻的红地毯。裴多菲感到无比幸福，一年后他们又添了一个宝贝儿子，更使诗人充满了生活的信念和对未来的追求。

1849 年 1 月 5 日，裴多菲参加了贝姆将军的军队，同俄奥联军作战，1849 年 7 月 31 日牺牲在战场。他虽然“死在哥萨克兵的矛尖上”（鲁迅语），也依然是一个诗人和英雄。

此前他有预感，他若战死在沙场，妻子尤丽亚会改嫁，于是他写了《九月的最后一天》：“花朵在凋谢，生命也在奔驰/坐在我的膝前吧，我亲爱的爱人/现在，把你的头靠着我的胸膛/明天，你也许只能靠着我的新坟/说吧，假如我死了，在你之前/你是不是会为了我而伤心/难道会有别的青年人的爱情/竟能使你一下子丢开我的姓?”

诗的格调悲伤、凄楚，有一种阴郁的感情弥漫在字里行间。

果然不出所料，当诗人牺牲不久，尤丽亚便带着儿子改嫁给了布达佩斯大学的一位教授。

裴多菲文学博物馆坐落在布达佩斯市中心卡罗伊街上。裴多菲短短一生留下 800 多首诗，是位多产作家。裴多菲文学博物馆有他各种版本的诗集以及各国翻译的诗文遗著，有他的照片和生前的用品，玻璃柜里珍藏着他的手稿、书信原件。其中，最引人注目的是一尊鲁迅的半身雕像。鲁迅在《为了忘却的记念》中引用过白莽的译诗，也就是开首我们介绍的那首诗，并加上了标点，可见鲁迅先生对这位青年诗人的尊敬和重视。

我们参观裴多菲文学博物馆时，正是六月里最后一天，这篇文章干脆就用这个题目吧。这也是模仿了裴多菲的“诗题”。恰恰这天的天空是阴沉沉的，欲雨未雨，空气里有一股忧郁的味道。

2020 年 7 月 21 日

第四辑

美景之美，在其忧伤

华沙：一首古老的歌

华沙的月夜十分美丽。如果白昼游览古城，你会感到华沙古城是一幅气势恢宏的画卷，重楼高阁，巍峨壮观，结构精美，堪称波兰建筑艺术的菁华。而在溶溶月色里，古城显得温文而潇洒，像是一首首优美的小诗，清丽的散文诗，蕴含着沉静美，纯正而典雅。那楼房、宫殿、教堂、修道院、树林、池塘，都染上柔柔的月光，朦胧迷离。像童话里的景物，让人想起埃涅阿斯看到的罗马人富丽的天国，恬静、安谧、温馨。六月的夜风轻轻安抚着城市，五光十色的霓虹灯，投下一地斑斓，把古城装点得珠光宝气、妖娆华丽。街上行人很少，斑驳的树影无声摇曳，整个城市仿佛有飘飘的动感。街上花圃里，美人蕉、夜百合散发着浓馥的幽香，香气弥漫着整条街道，也弥漫着整个人心。

我和同伴夜游华沙。

万籁俱寂，夜的静美，真是撼人心魄。

那不是居里夫人的故居吗？室内灯光已熄灭，只留下一窗灯火。窗前有居里夫人的巨幅照片，她俯身窗前，左臂搭在窗台上，眼睛凝视窗外，似乎在思考什么——是感到科研艰难的进展？还是思考镭的发现会给这个世界带来灾难或福祉？

白天，我参观了居里夫人故居。三层小楼，一楼是她的会客厅，二楼是她的卧室和孩子的居室，三楼是她的工作室。故居已经成为她的博物馆，展示着她的生平事迹。居里夫人出生在华沙，父亲是数学和物理教师，母亲是一所中学校长。她毕业于私立女子学校，学习成绩一直名列前茅。她参加物理考试,多名考生里她是第一名。和许多名流大家一样，她青少年时期生活艰辛，住在一间小阁楼上，没有火，没有水，没有灯，只有一页天窗照明。贫困的生活却磨炼了她的意志。后来她结识了一名叫皮埃尔·居里的讲师，开始了对放射性物质的研究，日久生情，她后来嫁给居里，成了居里夫人。1895 年，居里夫妇成功地分离出氯化镭，并发现两种新化学元素：钋（Po）与镭（Ra）。1906 年，皮埃尔·居里死于车祸，她深感悲痛。

玻璃柜里有居里夫人的手稿、书籍，也有她的实验仪器，墙上是她的多幅照片：工作照，生活照，两次获得诺贝尔奖的证书和奖章的照片，实物均是复制品。室内空荡荡的，不像我想象的那样累筲丰篋、富丽堂皇，一切都很简朴，使人不敢想象一个改变人类命运的大科学家的故居如此朴素。她的卧室、书房，实物也不多，桌、椅、凳、橱，褪色的窗帘，极为简单，简单到极致，简单到唯美。满壁的黑白照片引人注目，居里夫人放大的标准像，美丽、端庄、高雅，科学家沉静、严谨和睿智的风度表现无遗，一绺流海恰如其分地披覆下来，更添一抹俊秀。她是世界上第一个两次荣获诺奖的大科学家，却从来不把荣誉放在心上，奖章给孩子当玩具，已成佳话传之世界……

居里夫人于1903年获诺贝尔物理学奖，1911年获诺贝尔化学奖，1934年去世；她的女儿和女婿获诺贝尔化学奖，她的次女的丈夫曾获诺贝尔和平奖，这个家庭是诺贝尔奖“专业户”。居里夫人一生获得多项大奖，多枚奖章，多个荣誉头衔。爱因斯坦说：“在我认识的所有著名人物里面，居里夫人是唯一不为盛名所颠倒的人。”

漫步街头，目睹月光下的古城，我想起它美丽的传说。华沙，应念为“华尔沙娃”，这是男女两个人名的组合，为了纪念名叫华尔西和沙娃的一对恋人。他们冲破家庭种种阻挠，最终成为眷属。二人乘船离开故乡，沿着维斯瓦河来到这里开拓家园。当时河中有美人鱼见证他们，并庇护他们。

华沙位于美丽富饶的波兰中东部，维斯瓦河由南向北穿城而过。13世纪末始建，16世纪才成为首都，建起了许多宫殿和豪华的庄园，17世纪初已经成为繁华的都市，在碎片化的欧洲，可称为大都市了，如同一颗硕大的明珠。华沙广场有尊美人鱼青铜雕像，立于喷泉之上。不同于丹麦首都哥本哈根的美人鱼，那是安徒生童话故事的原型，而华沙广场的美人鱼一手持盾牌，一手持宝剑，俨然女侠的英雄形象，她是古城之魂。

我们走进圣十字大教堂，人们只知道这里葬着肖邦的心脏，却不知道还安葬着诺贝尔奖作家莱蒙特的心脏，我在中学时代就读过他的长篇小说《农民》，全书分《春》《夏》《秋》《冬》四卷，表现了19世纪末20世纪初波兰农民的苦难生活和英勇抗争的历史。小说语言极为丰富，波兰平原四季美丽的自然风光得到淋漓尽致的体现，如诗如画。作品还大段大段地描写民风民俗，叙述语言非常优美，具有散文诗的韵味，给我留下深刻的印象。

华沙是宇宙科学的摇篮，这片沃土曾培养出改变人类宇宙观的大科学家哥白尼。哥白尼的“日心说”是震撼世界史的伟大发现，载入人类发展史的册页上。白天我们参观了坐落在波兰科学院门前广场上的哥白尼雕像，我在他身边或依或站或蹲，拍摄了好几幅照片。哥白尼静静地坐在那里，右手拿一只地球仪似的“球状物”，左手抚在膝盖上，目光盯在那“地球仪”上。也许他仰视天宇太累了，稍微小憩，微垂着脑袋，一副沉思状。明媚的阳光和寂静的夜，飘扬的雪花和潇潇的秋雨，远处的钟声和近处的鸟鸣，一直陪伴着他。他深沉的思索，正改变着人类的思维，他在探索宇宙的秘密，解读自然的规则，他的“日心说”给基督教的“地心说”一个颠覆性的打击。欧洲人的上帝不是尼采杀死的，早在文艺复兴时期，哥白尼已判处上帝的死刑。

罗马天主教认为哥白尼的“日心说”违反了《圣经》，否定了教会的权威。在那个幽暗的中世纪，凡违反《圣经》的说法都被称为异端邪说，反对神权的人都要遭受火刑，意大利的思想家布鲁诺因维护哥白尼的“日心说”而被教会活活烧死，那是罗马鲜花广场最悲惨的一幕。但哥白尼毫无畏惧，不顾生命之虞，坚持自己的观点，并进行长期的观察和严谨的计算，终于完成伟大的著作《天体运行论》。德国人开普勒总结出行星运动三大定律，英国人牛顿的万有引力定律的出现，更强有力地证明哥白尼“日心说”的科学性、开创性、前沿性。哥伦布发现新大陆，麦哲伦与同伴环球航行，又从实践中证实地球是圆的，有力地佐证了哥白尼学说的正确性。

哥白尼说过：“如果真有一种科学能够使人心灵高贵，脱离时间的污秽，这种科学一定是天文学。因为人类果真见到天主管理下的宇宙所有的庄严秩序时，必然会感到一种动力促使人趋向于规范的生活，去实行各种道德，可以从万物中看出来造物主确实是真美善之源。”

这是弥天黑夜里一道闪电，这是漫漫冬寒中一缕春风，哥白尼学说的出现无疑是文艺复兴的先声，是新兴的资产阶级为了生存和发展掀起的反抗封建制度和教会迷信的风暴，是人文主义汹涌澎湃而来的潮汛。利用古希腊哲学、科学和文艺，掀起震撼欧洲乃至全球的文艺复兴运动，揭开了划时代的序幕，一个大时代开始了！

我站在哥白尼雕像前，想象这位科学巨人为了观测宇宙，多少个月色清朗的夜晚，在人烟稀少的荒野，孤独地、寂寞地遥望天宇，黛蓝色的夜空，繁星莹莹，一弯新月遨游太空……哥白尼厚发掩耳，静静坐在一块石头上，由夜色初降至夜阑更深至曙光升起，熬过多少不眠之夜。哥白尼从小热爱星空，喜欢数星星。面对徐徐清风，朗朗月色，他常常激动不已，所以在他眼里，上帝是虚无缥缈的。

黑格尔说过："一个民族有一群仰望星空的人，他们才有希望。"在中世纪漫长的黑夜，只有智者哥白尼敢于仰望星空，他的智慧像一抹霞光，照亮了欧洲文明的黎明；他同僵化的宗教学说斗争，批判、叛逆，哀民之恸，启民之智，秉烛探幽，虽然付出巨大的代价，却是对那个时代的"悼挽与擢拔"。

在但丁的《神曲·天国篇》里，哥白尼在贝雅特丽齐的引导下，"游历了一重又一重的同心圈"，恒星在脚下，恒星之上是高天，高天是由光组成的天国。他登上了高天，在无限辽阔的领域，看到了光河，看到了成群的天使，这是由人类的灵魂组成的天国的玫瑰。哥白尼是中世纪第一个仰望星空的人，他是民族的圣哲，指导修造"人人要走的智慧之路"，他赋予人类以希望，去获得更圆满的成就。他对大千世界的沉思，给人类感官呈现广漠无际、浩渺无限的最为壮丽的景观。他批判荒诞和迷信，唯有科学，即经过批判性的研究和系统性的学问，才是打开真理的钥匙，才是人类走向智慧之路的指南。他领悟了“宇宙从无始至永恒的奥秘”，他相信“通过真、善、美、德战胜伪、恶、丑、缺，宇宙的统一向全美阶段发展的过程”。

哥白尼遗骸于2010年5月22日重新下葬，黑色花岗岩墓碑上装饰着太阳系天体运行图，6颗行星环绕金色的太阳。

华沙的夜晚，整个天空弥漫着月的光华，清冷苍茫的月光从教堂的背后投射出来，把教堂的影子铺到场地上，像音乐的旋律，激情、高昂、浪漫。这是王维诗的“月出惊山鸟”，是张若虚的“江天一色无纤尘”。在这里，你甚至能听到月光的喃喃细语声，不安的流动声，像光的闪烁、跳动。现在许多城市已变成“雌性”的，人们用满城的灯光照亮自己，不需要月亮和星星，仰望星空已化为美丽的传说。

波兰的地理位置尴尬而让人烦恼，它的左邻右舍，一个是德国，一个是俄罗斯，经常给它制造麻烦。用诗人密茨凯维奇的比喻：“这两个国家，一个是在雪地游荡的狼，一个是皮毛发光的狗，四处奔跑，这两只狼和狗不断撕咬，争夺波兰这块肥肉。”1939年第二次世界大战爆发。9月1日德国进军波兰，两天后希特勒就催促苏联也进攻波兰；至9月17日，斯大林下令苏军向波兰境内进攻，苏德再一次瓜分波兰。所以波兰的历史血渍斑斑，伤痕累累。

华沙像欧洲其他城市一样，人口并不多，却是天才层出，文化蕴藉丰厚，各个领域都造就出举世闻名的杰出人物。我在月光下的华沙街道上漫步，感到这个多灾多难的文化古城的风骨。人有人格，国有国格，一个城市也应有它的“城格”，华沙应为哥白尼、肖邦、居里夫人而骄傲、自豪。还有伟大的浪漫主义诗人密茨凯维奇，他曾得到鲁迅先生的高度称赞：“在异族压迫之下的时代的诗人，所鼓吹的是复仇，所希求的是解放。”他毕生为维护波兰民族的自由而奋斗，他热情歌颂波兰爱国青年的英勇斗争精神，揭露沙俄侵略者统治下的残暴、伪善和波兰民族败类为虎作伥的卑劣行为；他的诗剧《先人祭》控诉了俄国对波兰的侵略和血腥统治，波兰人民起义失败后遭到的迫害和灭绝人性的大屠杀。鲁迅还称赞他的长诗《康拉德·华伦洛德》“其诗取材古代，有英雄以败亡之余，谋复国仇”，充满浴血奋战的精神和富有民族性的波兰的力量！

华沙早在1596年被波兰国王齐格蒙特·瓦萨三世定为首都，此后发展成为欧洲名列前茅的大都市。19世纪波兰被普鲁士、奥地利、俄罗斯瓜分，沦为殖民地。密茨凯维奇在诗中悲叹道：

我看着我可怜的祖国，
像儿子看着被车裂而死的父亲；
我忍受着整个民族的苦难，
像母亲感受着腹中胎儿活动的阵痛。

第二次世界大战中，波兰首当其冲，被德国法西斯占领，到处是残垣断壁，一片焦土，古典的华沙化为一片废墟，满目苍凉、哀伤。但是战争爆发前，华沙大学的师生早有预感，迅速将各大建筑和主要街道进行测绘、制图、拍照，尺寸比例，不失毫厘，全部整理成册，藏至山洞。战争一结束，华沙人民勒紧腰带，咬紧牙关，埋葬亲人尸首，擦干眼泪，进行了大规模的重建，一砖一瓦、一根木头、一条钢筋，都是华沙人民血性的象征。老城逐渐恢复原貌，教堂、城堡、宫殿、学校重新装饰，九百座具有历史意义的楼房也按原貌得以重建。1980 年，华沙整座城市被列为《世界文化遗产名录》。我们游历的城堡是波兰最古老的城堡，进入城堡的斜坡上，城墙的白色砖块上刻着捐献者的名字，可见一颗颗赤子之心。

在参观途中，导游给我们讲述了一个悲壮的故事：一个九岁的小男孩，总惦记着夜里起来保护弟弟不受老鼠侵扰，实际上，弟弟早已在法西斯的飞机轰炸中死于非命。这是多么令人心酸的故事！反映了战争带给人们欲哭无泪、欲诉无声的痛苦与悲哀。旅游归来，我才在网上看到这是一篇名为《夜晚老鼠要睡觉》的小说。

现在“老鼠”真的睡觉了。华沙古城沐浴在一片迷人的月光下，楼房、教堂、宫殿、屋檐、房脊镀上一抹银色，整个城市安谧、温馨、美丽。

2020 年 11 月 5 日

从克鲁姆洛夫到卡罗维发利：捷克小镇随笔

1

温馨、惬意、恬静、秀丽，这是捷克小镇克鲁姆洛夫给我留下的最强烈的感觉。

这是一座成熟的小镇，坐落在舒马瓦山麓一片起伏跌宕的丘陵，既不老态龙钟，也不年轻，依然保留着原汁原味的中世纪风味。高高的教堂是十四五世纪的建筑，成排的楼房仍呈现巴洛克式、洛可可式、文艺复兴式的风格，远处是舒马瓦山雄伟的峰峦。伏尔塔瓦河呈马蹄形环绕着小镇，婀娜的身姿给小镇带来动感、灵性，也带来女人般的温柔和缠绵。正是初夏，正午的阳光，空气里有浓郁的植物气息，树林在阳光下蒸腾着袅袅的岚气。小镇多为白墙，红色或橘色的屋顶，很温婉，很鲜明，在五月明丽的阳光下，小镇像一丛色彩绚丽的野花，开放在山谷、丘陵间。

我几次去欧洲，感到欧洲是富饶的，不仅是财富，而且是山川、田野、森林和草原，尤其是那些树木，蓊郁葱茏，高大粗壮，树冠雄阔，绿叶肥厚，一种高贵气质，一种“大家气派”。沿着伏尔塔瓦河堤岸行走，满眼新绿，鸟儿啁啾，还有随风飘来的草香、花香，让人醺然欲醉。

上午，我们参观了小镇，几乎走遍它的角角落落。小镇五颜六色的房屋给人新鲜感，虽老旧，但没有衰败的迹象。高高的教堂，每一个角度，每一个时辰，都显示出静穆和庄严，背衬蓝天，更彰显出博大和崇高，给人以未曾体验过的感触。街上古木森森，枝条飞舞，花圃里鲜花缤纷。小镇配件齐全，除了高高耸立的教堂，还有修道院、广场、歌舞厅、体育馆、游泳池。建筑既古典又浪漫，既典雅又精致，既华丽又纯朴，展示了一个民族热情饱满、精力充沛的襟怀。那个时代，火一般的信念，把一切思想、智慧都凝聚在建筑艺术上。无论神圣的教堂或普通的民居，它们体现的审美意识和想象都极为丰富，高高的教堂腾空而飞，仿佛欲与天空试比高；尖塔的砖石，至今还闪烁着黛色的光芒。楼房虽显老旧，但不颓丧，绘画和雕饰使其增加了温度和色彩。而今欧洲人过着一种安静、闲逸的生活，细腻、精致，节奏很慢，不像我们中国人，匆忙、浮躁、潦草。

克鲁姆洛夫小镇被列为世界历史文化遗产。小镇小巧、秀丽，

— 克鲁姆洛夫小镇 —

没有丝毫的拥挤和喧嚣，连市民的脚步都悠然无声，以“清净无为”的理念，无欲无事的心态，走入“天人合一”的境界。这是古典哲学的物化。小镇诗意、抒情的风度，既有现代人的聪慧、洒脱，又有古希腊人的优雅、高昂。欧洲是雕塑的世界，几乎每个城市、乡镇都有大量的雕塑，墙壁、门口、桥头、广场、园林、城堡、教堂，无处不见造型千姿百态的雕像。每尊雕塑都充满动感、灵性，或抽象，或写实，或形似，或神似，都展示了雕塑家的才气和艺术魅力。雕塑是欧洲一股重要的文化力量，即使这袖珍式的小镇也遍布着各类雕塑，它们既是建筑物的装饰，又参与了建筑物的艺术创造，是一种美的建造。

小镇属于南波希米亚，距离布拉格 160 公里。克鲁姆洛夫，意为“高低不平的草原”，显然这是游牧人的故乡，宽广、幽远，而又水草丰美。然而这里的居民早已告别游牧生活，他们从舒马瓦山走下来，穿越密翳的林薮，落脚在深陷山间与丘陵间的洼地，风光秀美的伏尔塔瓦河两岸。曲折的伏尔塔瓦河造就小镇的殊异风格，令人向往。小镇博物馆还陈列着他们先人的生活用品和生产工具，那些展品有飘逸感，穿越时空，再现了波伊人、沃尔卡人、科蒂尼人和凯尔特人的生活状态。这些族群最终和日耳曼部落一起，书写了这一地区的历史，开创了新的文明。

舒马瓦山和捷克林山相衔接，两者合称为波希米亚林山。捷克的国土被称为“欧洲的屋顶”，流经小镇和首都布拉格的河流都集中在南部水系的伏尔塔瓦河。伏尔塔瓦河流过乡村，流过田野，流过城市，蜿蜒数百公里，润泽着广阔的波希米亚大地，是捷克真正的母亲河。斯美塔那的代表作《我的祖国》，以深厚的感情歌唱伏尔塔瓦河，成为世界名曲。

直到捷克共和国成立后，官方语言才确定为捷克语。捷克语是斯拉夫语系的一种，和波兰、斯洛伐克语种相关。捷克是欧洲最少信仰宗教的国度，多数人是无神论者。

我们游历小镇，最让人难忘的是石板街、老屋、古树、小桥、流水、人家，颇有中国江南小镇的风味。临街联翩的商店，有咖啡屋、酒吧、食品店、儿童玩具店、书店、杂货店，还有“大型超市”。最引人注目的是古城堡，那是文艺复兴式与洛克克式的艺术结晶，装饰富丽堂皇。地板上躺着大熊标本，炫耀着游牧民族的剽悍和勇武的风采；展厅的黄金马车，墙上悬挂着胜利的旗帜，张扬着这个民族荣耀的历史；捷克的国歌《家在何处》，透露着他们的忧郁和悲伤。登上城堡，整个小镇进入视线，两岸的房屋高低错落，轻轻地舒展在河流和丘陵上。

我被小镇的温馨、纯情所迷恋，被这里浓郁的人文精神所感染。明亮的色彩，原汁原味的波希米亚古镇，中世纪的风情，浓郁而迷人。

我们下榻的宾馆是很大的院落，周围没有院墙，全是修剪整齐的柏树墙。春天刚从这里路过，庭院里、花圃里、柏树墙边、大树下，五颜六色的鲜花争奇斗艳，高大的美人蕉，鲜亮的鸡蛋花，硕大的玫瑰花；丽人般的紫荆花，含羞的大叶合欢、桃金娘、蝴蝶花，满园春色，浓得化不开。而高耸的针叶松、桉树、大叶紫薇、苦楝、罗汉松，使庭院平添一种跌宕的旋律感。最惹眼的是牵牛花，开得激情、放肆、热烈，爬满栅栏，攀援树木，粉嘟嘟的，鲜灵灵的。牵牛花，英语的意译是“清晨的荣光”，蕴含着早晨的风貌，被赋予了“道德寓意”，是被欧洲人赞美的花。

空气新鲜得沁人，花香浓得袭人，赏花观树是每天黄昏的必修课。身后是苍茫雄浑的舒马瓦山和波希米亚林山，愈远愈高，峰峦跌宕，苍苍莽莽，在落日夕晖中，那灿烂景象令人惊骇。我喜欢逗留在树影花丛里，沿着林间小径信步而行，身心融入花丛中，感到这不是草木，而是生命共同体。更怡人的是草地音箱里正播放着《音乐之声》，这是小镇之魂。徜徉在音乐的旋律中，聆听小镇脉搏的跳动，犹如进入梦幻般的仙境。

2

我们离开小镇克鲁姆洛夫，乘大巴车在克林山山谷穿行，去往捷克另一个美丽的小镇卡罗维发利。这也是个山区小镇，它以玛丽亚温泉而闻名于世。

汽车沿着山谷公路奔驰，速度缓慢而沉稳，正好使我能欣赏窗外流动的风景。山谷宽阔，谷间有溪流、湖泊。湖水蓝莹莹的，纯净而清澈，映着蓝天白云，没有波涛，静如禅境。公路两旁是郁郁苍苍的森林，我们的汽车像是在森林里穿行。打开车窗，只见林下铺着厚厚的发黑的落叶，一种腐败发酸的酒香味扑进窗来。白天的森林晦暗、宁静而又萧瑟，空气湿润，有一种诡谲的神秘气息。忽然，窗外传来海啸到来之前的声响，放眼望去，远近浓郁苍莽的森林，颜色又浓郁了一层。这纷繁交错的色彩，正是春暮夏初的大手笔，不是油画，而是中国宋代画家范宽的泼墨山水画。

直到下午四五点钟，我们才赶到卡罗维发利。这是个典型的山区小镇，被山和树包围着。走进小镇，我的思维被颠覆。小镇虽有城市的富丽，但更多的是自然的属性，造就了不染世尘的“桃源”风光。

小镇坐落在泰普拉河和奥德热河交汇的山谷中，泰普拉河自东沿小镇中央蜿蜒而去。小镇之美，美在闲适，美在安谧，美在优雅。小镇公园里矗立着德沃夏克的雕像。他的作品是捷克人生活的一面镜子，反映了捷克人的生活，走进小镇，到处可以听到他热情、纯朴的乐曲。

这里除了潺潺流水、几声鸟鸣外，几乎是电影的默片，如果不是旅游业的发展，小镇的人怕是一辈子难见几个外来游客。否！一二百年前，那周围列国的君主大臣、贵族豪富，还有世界名人——歌德、贝多芬、雨果、乔治·桑、里尔克、约翰·施特劳斯、肖邦、门德尔松，还有大文豪托尔斯泰、屠格涅夫、契诃夫等，都光顾过这山区小镇，留下他们的身影和足迹，因为这里的温泉给人以巨大的诱惑。

优雅的长廊，如茵的草地，诗意的田园风光，令人心旷神怡。据说，马克思的《资本论》初稿前几章就是在这里完成的。

最早发现这里有温泉的是捷克国王查理四世。查理四世酷爱狩猎，狩猎期间，一只小鹿被射伤，一路狂奔逃进山谷。查理四世穷追不舍，只见小鹿纵身一跳，跳进山下泉水中。泉水冒着热气，弥漫了整个山谷。当小鹿从泉水里出来，伤口已愈合，奔跃如飞，很快融进山林。查理四世随即命令身后的御医品尝泉水，并灌装一瓶，回到布拉格化验。御医发现泉水含有丰富的矿物质，有疗伤作用。查理四世患有脚疾，御医建议他泡温泉，果然不久，查理四世的脚疾奇迹般好了……从此，这里成了皇家疗养胜地。

卡罗维发利，捷克语的意思就是“查理山谷”。每股泉水上安装各式水龙头，水温达 60℃—70℃，游客可直饮泉水。这里开放了 17 处泉眼，有 300 多处小泉。据说温度较低的泉水有通便的疗效，还能促进胆汁分泌，降低胃酸。我用茶杯接上一杯，但泉水并不好喝，涩、苦、咸，似乎还有中药味。1881 年，一座造型典雅的温泉回廊出现在这处温泉度假胜地，这是为美丽的茜茜公主而建。长长的白色铁铸走廊，可让游客边散步边饮泉水，悠然雅逸，一种诗意的享受，一种天堂般的愉悦、舒坦。回廊由中殿侧廊和 124 根圆柱组成，有两个青铜圆顶凉亭，凉亭中间有希腊女神雕像；回廊有不同温度的温泉出水口，泉水从脚下汩汩而流，氤氲的水汽沿着廊道，袅袅娜娜，款款飘逸。回廊旁侧有一处花木扶疏的袖珍型小公园，这是茜茜公主最喜欢的一处佳境，她常在这里小憩。

中殿高敞的廊柱下，常年有一支交响乐在演奏，肖邦、贝多芬、莫扎特的曲子在这里回荡，更多的是捷克作曲家德沃夏克的作品。德沃夏克非常喜欢这风景秀丽的休闲之地，这里的山泉、森林给他带来创作的灵感，他的名作《自然·生命和爱情三部曲》就在这里创作，交响曲分三个部分：第一部分是自然领域中，第二部分是狂欢节，第三部分是奥赛罗。作者对宇宙存在的三种现象——自然界、生命、爱情感到不可思议，他不能用语言表达，于是借助音乐予以诠释。

温泉的景点还未游览完毕，山间忽飘来一团云雾，接着下起雨来。雨开始是迷蒙的、霏霏的，转瞬间，雨点儿下大了，噼噼啪啪。导游说，大家先在廊下避雨，山里的雨来得快也走得急，一会儿就是艳阳高照。我坐在回廊沙发上观小镇雨景，真是一幅迷人的大写意画。小镇沐浴在雨雾中，更有一种朦胧美、蕴藉美；静静的山林浸淫在雨中，显得浓郁、深沉。我想起托尔斯泰的话，人过六十岁就应该回到森林里，其实就要回到自然中去。人类本来是从森林里走出来，再回到母亲的怀抱，回到自然温暖的“子宫”，这是大自然的气血和精神赋予人类生命的力量。我们多年生活在人口拥挤的城市，遍地是水泥的灰暗、汽车的喧嚣，早就忘却了天空、荒野和自然，更不会感到远方森林生命力的强度和硬度，感悟不到那里蕴藏着生命的奥秘和人类命运的答案。人类走出森林，最终还要回到森林。

出乎意料，山雨下了一个时辰仍未停，我们不得不冒雨离开温泉，赶到下榻的酒店已是掌灯时分了。

第二天醒来，已是曙光满窗，一窗鸟鸣，满眼新绿。卡罗维发利真是捷克的经典小镇，小镇既具有历史性，又被赋予现代风格；既是最佳风景区，又是最适宜人们休闲疗养之处。

我在阳台上凭栏远眺，只见远处舒马瓦山苍郁的森林上空有几片明亮的光斑，光亮、形状、色调是特有的山光树色。这时你会产生联想，这浩大的宇宙风景，与你在都市常见的暗淡景象迥然不同，这时你才真正体悟到自然之美，诗性、神性之美。

天色明亮开来，早晨已迈着轻盈的步子来到山区小镇。太阳已跃过山峦，扑面而来的光芒撞人满怀。五月淋漓尽致地表现它的热情，山谷弥漫着水蒸气，烟雾缭绕，幻景迷离。阳光从浮云中倾泻下来，远处是白雪皑皑的雪山，和天边的白云融在一起，高远、深远、平远，使我的胸襟变得寥廓。在这里你会找到欧洲最能撞击心灵的安逸、清闲，这里的人们生活的格调，在这纷繁的世界永远不会枯萎凋零。尽管 21 世纪的社会发展速度如野马脱缰，他们仍然如神仙般“悠闲”，人来人往，从来看不见匆忙的身影，听不到急促的脚步声。

生活之流速很慢，却富有节奏感。

饭后，我们仍有时间在庭院里散步。宾馆有前后两个花园，比克鲁姆洛夫小镇的宾馆更富有诗情画意。最让人惊叹的是后花园，真正是花的世界，花的海洋，高高低低，又形成花的浪涛。是什么花？我们谁也叫不出名字，导游也只略知一二，他介绍了几种花，名字很吓人：山蝎花，也叫刺五加，有毒有刺，这是一种中药材，但欧洲人并不重视它；金线莲，花开得肆无忌惮，放浪猖獗，猩红、血红，鲜艳得耀眼；云实花，金黄的花，体形硕大，呈圆锥形，热烈而繁盛；珊瑚藤，花开得一串串、一簇簇，成群结队，绯红的花朵，像晚霞一样绚丽灿烂。

我们不停地拍照，那鲜花纷纷走进我们的相机，还有晨露镀亮的早晨。

2020 年 8 月 27 日

美景之美，在其忧伤：带一本书去伊斯坦布尔

1

伊斯坦布尔静静地停泊在地中海一角。清真寺一座比一座华美，尖塔的半轮新月依然闪耀清新的光辉。

但这座城市呈现给人的却是伤感和贫困的印象。帕慕克说，他童年时，伊斯坦布尔人已避开他们先人的荣耀，衣着打扮不再是艳红、翠绿、鲜橘，而是沉重、忧伤的黑白——那是对城市哀悼的方式。那排山倒海的忧伤，在他幼小的心灵上投下沉重的阴影，那是他童年的记忆，一曲意味深长的迷人的哀歌，倾泻出他内心丰富的诗意。

这是帕慕克《伊斯坦布尔：一座城市的记忆》留给我深刻的印象。作者在书中写出成长的记忆，童年的快乐，少年的顽皮，青春

的浪漫，以及私人收藏，家庭日常生活，民风民俗，都生动真实细腻地再现了一座城市昔日的繁华和美好。这是一座城市的历史，一段国家、民族的兴亡盛衰的回忆，在浓得化不开的忧伤中寻找失落的繁华之梦。去伊斯坦布尔旅游，最好带一本帕慕克的书，就像去巴黎要带雨果或巴尔扎克的书，去俄罗斯要带普希金、托尔斯泰的书一样。帕慕克的书会让你认识伊斯坦布尔，认识土耳其。他以独特的历史感拼贴出伊斯坦布尔城市的生活画面，城市的历史，城市的现状，城市人的心态和情感，使你感到这座城市的灵魂和脉动。

飞机一降落在伊斯坦布尔阿塔蒂尔克国际机场，扑面而来的是满眼的黛蓝。一片蓝色的苍茫，蓝色的浩瀚，马尔马拉海湾蓝色的波涛拥抱着、抚摸着城市，温柔而亲切。伊斯坦布尔，一座美丽的海滨城市，帕慕克却在他的书的扉页题词：

美景之美，在其忧伤。

帕慕克介绍伊斯坦布尔是一座充满帝国遗迹的古老城市，这座城市特有的“呼愁”渗入每个市民灵魂中。他用清新的笔触，既再现了古城的历史，发掘旧迹的脉络，又介绍了当今伊斯坦布尔的时代变迁。

“呼愁”，汉语翻译就带有忧伤、苦涩的韵味，它不同于中国人的“乡愁”。“乡愁”是中国人一种诗意的、甜蜜的、美好的故乡回忆，它激发人的是爱，是一种圣洁的情感。而帕慕克却说："伊斯坦布尔的命运就是我的命运"，并说，"她对我而言一直是个废墟之城，充满帝国斜阳的忧伤"，那是排山倒海的忧伤。

帕慕克不厌其烦地解释伊斯坦布尔人的"呼愁"，他说"呼愁"不是诗学概念，而是一种疾病，是"黑色的痛苦"，是一种"精神磨难"，"像是愤怒、爱、怨恨和莫须有的恐惧"。帕慕克的"呼愁"不是某个孤独之人的忧伤，而是几百万人共有的阴暗情绪，是整座城市的"呼愁"。

帕慕克甚至不喜欢白天，愿意夜晚的到来。苍白的灯光，阴郁的暗影，淹没了城市的贫困，西方的眼睛窥视不到他们的窘境。这种可怜的虚荣，实际上是怕暴露古老帝国衰亡的形象。

伊斯坦布尔命运坎坷，历史上多灾多难。先是麦加拉族首领拜占斯率先在这里建起卫城，依山砌石，筑起"皇宫岬"，从此名为拜占庭。后来罗马帝国兴起，不断扩大疆土，侵占拜占庭，将其改名君士坦丁堡。罗马帝国分裂为东、西罗马帝国后，君士坦丁堡成为东罗马帝国首都。15世纪，奥斯曼帝国崛起，他们的骑兵部队攻陷这座坚固的城堡，君士坦丁堡成为奥斯曼帝国的新都。土耳其共和国成立后，君士坦丁堡成为首都（独立战争期间迁都安卡拉），后更名为"伊斯坦布尔"。一代代人在痛苦和挣扎中，送走成王败寇、兴亡代序的风霜雨雪。

奥斯曼帝国是历史上响亮的名字，这个庞大的帝国地跨亚、非、欧三大洲，扼住大陆交通的咽喉，曾长期是最大、最繁荣的帝国。

奥斯曼土耳其人是西突厥人的一支，在世界民族大迁徙的洪流中饱经沧桑，从中国的北部到中亚大草原，再到伊朗高原，都留下他们的足迹。亚欧草原是古代游牧人的家园，这群看似疲惫、憔悴、流浪的牧民，一旦站稳脚跟，他们便在头领奥斯曼的率领下，挥舞着上帝之鞭，纵马天地，杀伐掠夺，一举歼灭了东罗马帝国，整个欧洲都在他们的铁蹄下颤抖。据说他们是成吉思汗的先人。成吉思汗横扫欧洲四十余国，想必是继承了祖先的狂妄和铁血秉性。

一群被东方大唐帝国赶跑的突厥人，跑到南边竟然灭了罗马帝国，在那个冷兵器时代，这个马背上的民族是多么凶悍、多么猖獗！

奥斯曼的父亲于1290年去世，32岁的奥斯曼继承了首领之位。在奥斯曼领导下，国家兴旺发展，蒸蒸日上。1308年，他的宗主国罗姆苏丹国在蒙古人的打击下分崩离析，终于灭亡，此时正是中国元朝武宗时代。奥斯曼接过土耳其大旗，1299年宣布独立建国，这就是横亘世界史上长达600年的奥斯曼帝国。

奥斯曼是历史巨人，他有卓绝的才干、超人的智慧和博大的襟怀。他团结穆斯林伊斯兰苏菲长老，并娶了他的女儿，势力如狂风般扩张，像野火般燃烧，直至灭了拜占庭，雄踞三大洲，傲视全世界。

第一次世界大战急剧地改变了奥斯曼帝国的命运。惨败使它陷入毁灭性的灾难，国土面积骤减；它丧失了巴尔干半岛和东欧领地，版图愈来愈小，被牢牢地困在亚细亚的范围；更可怕的是，饥饿、贫穷、悲伤、绝望的氛围笼罩在它的身上。

时光的裂隙和蹂躏，使伊斯坦布尔日渐枯萎和凋零。帕慕克伤感地写道：这个城市没有一点亮光，多是贫穷和废墟，贫民区和低矮的木屋，乌漆麻黑，岁月、尘土和潮气使木头失去原木的纯真，黑魆魆的、肮脏不堪的屋舍，袅袅的煤烟，生锈的垃圾桶，冬日荒凉沉寂的公园，被人踩车轧得发黑的雪水、泥浆，黑白都是伊斯坦布尔的忧伤。无人光顾的小杂货店，街头巷尾三五成群的失业者，还有流氓、醉汉、乞丐、小偷，暗淡的街灯，昏黄的光线，像一群游荡的鬼影。伊斯坦布尔人过着忧郁、憔悴，有气无力、东倒西歪，质量粗劣的日子。一种乌衣巷的没落和衰败。被绝望笼罩的村落，一种悲伤的氛围。在这里感到时间走得很慢，老态龙钟。

走进伊斯坦布尔的贫民区，依然可见坍塌的城墙，墙垣长出野草、常青藤，破败的喷泉，摇摇欲坠的老宅，废弃百年的煤气厂，清真寺的古墙，很难将这些赋予伊斯坦布尔的灵魂……既没有欧化、现代化，也失去伊斯坦布尔昔日的辉煌和荣耀。一个庞大的强盛的奥斯曼帝国，当年何等威风，何等高傲，一跺脚，三大洲都震荡，而今成了上不得台面的贫弱之国，怎能不使人伤感、悲哀？

2

早晨醒来，我站在阳台上，远眺金角湾，这是一个明朗的伊斯兰世界。这里的景色异常优美，如梦如幻。宣礼塔的圆顶，圣索菲亚教堂，倍亚济清真寺，苏丹艾哈迈德清真寺（蓝色清真寺），金角湾的海水蓝得超乎想象，光和影的变幻，绘画般地呈现在眼前。此刻正是朝阳初升时分，海面蒙上一层细纱般的水雾，朦胧迷离；枝繁叶茂的槲树，高大的冷杉，在晨雾中展现出奇伟俊秀的形象；远处是山的蔚蓝，空阔的海面苍茫而雄浑，海光山影与生机盎然的草木杂然交错，和谐地编织出奇幻罕见的集锦、璀璨的异彩。美！太美了！美极了！

再远处便是大名鼎鼎的爱琴海，那湛蓝明净的海，那如诗如梦的海，画家倾尽才华难以描绘。

伊斯坦布尔就位于巴尔干半岛和小亚细亚半岛之间，一桥连两洲，东部具有浓郁的东方色彩，西部则一派欧洲风光。伊斯坦布尔有三分半融在海水里，岸边的海水清澈见底，彩色的鹅卵石反射着晨光，简直是一幅夹金带银的镶嵌画。

奇形怪状的礁石，伟岸而零乱，山冈丘陵上是一幢幢小楼，白墙红瓦，像一丛丛鲜艳的野花开放在杂树乱荆间。房屋造型奇特，有巴洛克式、洛可可式风格的，有古希腊、古罗马风格的，更多的是伊斯兰风格的建筑，圆顶、尖顶、方顶，洁白的墙壁非常瞩目。寺院、教堂、楼台上，还可看到活动的人影。一缕缕红白杂糅的雾缭绕其间，若隐若现，更增添了幽美神秘的色彩。一群鸥鸟在海空飞翔，使静穆的海湾有了动感的旋律。朝阳给寺院、楼房、礁石、枝叶镀上一层薄薄的光晕。空气里有一股甘美的草木馨香和大海的鲜冽气息，直入心脾。我被大自然的美妙以及创造力震撼了，似乎有一种宗教精神将我的心灵升华了。在自然环境大于艺术力量的地方，不太需要艺术；在自然环境小于艺术力量的地方，需要艺术来填补，而海滨一角的建筑，自然环境和艺术力量相辅相成。一阵海风吹来，大海在崎岖的峭岸间掀起滚滚波涛，呼啸着、翻卷着，使海滨充满奇特的喧嚣声，展示了大海强大的生命力。

大海醒来了。

回眸俯瞰那单调、狭窄的街道，凌乱的房屋，低矮、灰头土脸的简易楼房，虽有点丑陋、寒酸，但也染上阳光的色彩，给人一种暖意。其实土耳其人很爱美，庭院里种植树木、花草。我下榻的宾馆庭院里就绿树成荫，芳草葳蕤，花圃里鲜花怒放。有一种花格外鲜丽，花盘很大，争奇斗艳，花香袭人，人们叫它“恶婆婆花”。这名字也太不雅了，缺乏诗意。

伊斯坦布尔人仍然在废墟间继续过着他们粗糙的日子。伊斯坦布尔比不上西欧的繁华、富裕和闲适，欧化、现代化慢了半拍，但比起他们的邻居伊拉克、叙利亚，却安稳、平静一些。伊斯坦布尔人怀念奥斯曼帝国时代，那时，他们的先辈腰杆挺得硬邦邦的，而今像皇亲国戚一下子变成贫民、草民，往事不堪回首，未来不敢瞻望，水流花谢，无可奈何的伤感，是一种介于肉体痛苦与心灵忧伤之间的愁苦。

值得留恋和观赏的是伊斯兰文化的代表作——清真寺。伊斯坦布尔有1700多座大大小小的清真寺。浓郁的阿拉伯风格，纯净的伊斯兰古韵，奇迹般保留着拜占庭时代的遗产，一座藏着历史记忆的古城。这些清真寺的造型简洁、内敛，柱头雕饰删繁就简，古拙而浑厚，犹如中国两汉时代的建筑造型。造型艺术是一种文化，是人们灵魂追求和向往的物化。

我在欧洲旅游时，走过许多大大小小的教堂，我的心灵早就被那色彩斑斓的壁画、天顶画所震撼与征服。那不是绘画艺术，而是一种信仰，这信仰来自艺术的力量。拜占庭时代的艺术完全附身于宗教，是宗教的奴婢；文艺复兴后的宗教却依赖艺术，委身艺术，仰仗艺术的庇护。而伊斯兰的清真寺是否靠艺术的力量征服心灵的呢?

上午，我们参观了伊斯坦布尔最著名、最壮观的圣索菲亚大教堂，这真是体现了伊斯兰文化的大手笔、大气魄。教堂主体四周是高耸的塔，四柱或六柱，森然标举，有一种轻盈与严厉之美，表现出一种超凡脱俗的肃穆。

“圣索菲亚”在希腊语里是“神圣、智慧”的意思，又译为“圣

— 圣索菲亚大教堂 —

智大教堂”，即“神的智慧”。它建于公元4世纪拜占庭时期，迄今已有千年历史。此时正是中国南北朝大动荡、大分裂的时代。

同样，这座古老的建筑也饱受战争的磨难，烈火与血腥，还有来自大地深处的怒吼——地震的损害。

公元330年，东罗马帝国君士坦丁大帝侵占拜占庭，将其改名君士坦丁堡。于是在这片土地上，先是建起了一座木教堂，后改建为一座气派宏伟、辉煌壮丽的新教堂，经过工匠和建筑师奋战后终于落成，命名为“圣索菲亚大教堂”。1453年，拜占庭帝国灭亡，新崛起的奥斯曼帝国攻占君士坦丁堡，随之将基督教的“圣索菲亚大教堂”改建为清真寺。经过伊斯兰人的改造，撤去圣索菲亚大教堂中的祭坛、圣像及遗物，并涂盖所有的壁画、天顶画——那绘画讲述的大多是圣经的故事，天使的行迹；在内部建起“古兰经”的读经台，在原有的建筑架构中增添了许多奥斯曼帝国元素。这是两大宗教文明的交相辉映，每个细节都体现了那个时代更替的印痕。

清真寺内的空间几乎集中了世间所有的色彩。精心装饰的地板、墙壁、廊柱全是彩色大理石制成，柱头、拱门、飞檐则处处雕花，教坛上镶有精美的象牙、金银和玉石，主教室座位由纯银制成，祭坛上悬挂着丝线和金银丝织成的窗帘。

清真寺内高阔、旷大、庄严、肃穆，人一进去就感到心神的震颤。这高贵的、神性的、优美的、智性的空间一下震慑了你，局踏了你，你被这绝美的尤物和神祇战胜，使你如梦如幻。

空旷的清真寺没有一张桌椅和条凳，地上铺着猩红的地毯，供人成排地跪拜。伊斯兰文明没有西方意义的所谓艺术，也没有神主，没有圣人，没有祭坛，没有音乐，没有魔鬼和天使，没有经义的描绘与叙述，但有镶画如神迹，殷红、翠绿、铬黄、湛蓝之间有闪烁的金色。

伊斯坦布尔清真寺的经典之作是苏莱曼清真寺，它突出的特点在线条，在圆顶的优雅，在外延空间的边顶，在墙壁和空间的比例，在支撑塔与小拱顶的对比，在它的白和圆顶的纯铅——称得上美丽如画，简朴得像伊斯兰人信仰的半规新月。它是一座完整矗立的清真寺，四百年的风霜雨雪并没有使它颓废衰老，反而顽强、坚韧地抗争着苍茫岁月。它的磅礴气势，它的豪华壮丽，依然呈现在伊斯坦布尔的风景线上，像圣索菲亚大教堂、倍亚济和塞里姆各大清真寺一样，闪烁着奥斯曼帝国的余晖。这样古老的建筑从历史之中挣扎出来，再现奥斯曼帝国当年的辉煌和建筑师的审美理想。

走进大殿，只见大穹顶的下方是宽阔的主殿，可容纳多人同时做礼拜。主殿四壁镶有蓝彩釉瓷砖，这是纯净的阿拉伯蓝。这些瓷砖拼成各种精美的图案，千姿百态，琳琅满目，多为花卉草木，听导游讲解，有石竹花、风信子、玫瑰、郁金香，还有柏树和缠绕绵延的藤蔓，美轮美奂，曼妙动人。

更让人惊喜的是地毯。阳光穿透玻璃窗，照耀着地毯上的几何图案和阿拉伯书法艺术，精致和谐，一股温暖的气息仿佛传来。软软的几百块紫色土耳其地毯连在一起，脚踏上去，厚厚的，别提多舒适，身体仿佛变轻，像踩在云彩上，一种如仙如梦的飘逸感。在阳光下，满室是彩色的空间。

蓝色清真寺是奥斯曼帝国壮观、美丽的宗教建筑，已列入《世界遗产名录》。

我们在殿堂里轻轻走动，眼花缭乱，观看仰视，石柱历经数百年的磨损，瓷面经过岁月的洗礼，依然闪烁着幽微的蓝光。这精美的图案便是一种语言，阐释着伊斯兰文化的奥秘。一部《可兰经》，像《圣经》一样，渗入他们的灵魂和血脉中。洁白的圆柱一动不动地站着，像接受检阅的仪仗队士兵，充满激情的大理石被神奇的雕刀点燃了生命，整个大殿庄重典雅而又富有生气。

美景之美。我不感恐惧，不感怪异，只觉得一种神性、一种精神的皈依感压迫而来。

圣索菲亚大教堂和蓝色清真寺相距很近，相对而望，中间只隔着一座小花园。这古老的教堂和晚期的清真寺，是基督文化和伊斯兰文化最典型的代表，二者的融合，也是东西文明的交汇。

午后下了场小雨，细雨如丝。十多天未遇到雨天，雨中的伊斯坦布尔更加显得神秘，蒙蒙的雨纱遮住了楼房、街道、树木和寺院，正如帕慕克所喜欢的夜晚，夜色遮住这座城市的衰败、苍老和贫穷。穆斯林们天天做祈祷，一天五次：早晨、午间、下午、黄昏、夜晚，风雨无阻，千年不变。向真主祈祷已经构成他们生命的基因，一代又一代传承下来。

三千年来，这片土地出现塞尔柱人、希腊人、罗马人、哥特人、波斯人、埃及人、突厥人，也建立过亚历山大帝国、罗马帝国，最终却成伊斯兰的奥斯曼帝国。奥斯曼帝国灭亡后，伊斯兰文化却依然挺立于此。战争的烽火狼烟弥漫在海空，刀光剑影闪烁在群山野岭，最靓丽的风景还是那道逶迤在山野间的橄榄林……

3

现在我们又回到帕慕克的《伊斯坦布尔：一座城市的记忆》上来。这并非他的代表作，他的写作也没有独特的风格，只是童年生活的回忆，带着忧愁和哀怨。他说伊斯坦布尔“垂死文明的哀婉、愁怨依然包围着我们。虽然西化和现代化的欲望强烈，但最急切的愿望似乎是摆脱衰亡帝国的辛酸记忆”。伊斯坦布尔在这个科技飞速发展的时代，在这魔幻般急遽变化的时代，在当今这个喧嚣芜杂的世界舞台上，再想扮演“英雄”的角色已成梦幻了。它确实落伍了，丧失了国际地位，成为穷乡僻壤，赋予居民的只有“呼愁”的衰败之景，空洞、虚幻、痛苦已成为它的基调。我曾经走过它的废墟，走过它的贫民小街，泥泞的公园，荒凉的空地，肮脏的街道，坑坑洼洼的人行道，垃圾桶散发着臭气。那小街如果没有破衣烂衫的孩童，便给人一种空虚、萎缩、凋敝的感觉。只有流浪狗无所事事地溜达着，它们精神上也有点麻木，见到陌生人也不吠叫。

帕慕克巨细靡遗地回忆中学时代，没有高蹈风格，是颓废派诗人的哀怨。他说《伊斯坦布尔：一座城市的记忆》是一部回忆录，“我们也在修正当下”，带着深深的“呼愁”，唱一曲衰弱了 150 年的城市哀歌。但是他的作品给这座城市带来巨大的声誉，使全世界的人向往这座曾有光辉历史的古城。

帕慕克荣获 2006 年诺贝尔文学奖，为伊斯坦布尔这座城市带来更大的荣誉。他的代表作《我的名字叫红》获得世界上奖金最高的单一文学奖——都柏林文学奖。有些评论家把他与普鲁斯特、托马斯·曼、卡尔维诺、博尔赫斯、安伯托·艾柯等大师相提并论。

在获诺贝尔文学奖典礼上，帕慕克演讲题目为《爸爸的手提箱》时说：“小说是一个人把自己关闭在房间里、坐在书桌前创造出来的东西，是一个人退却到一个角落里表达自己的思想——而这就是文学的意义。文学是人类为追求了解自身而收藏的最有价值的宝库。我们需要耐心、渴望和希望，创造一个只倾听自己内心的声音的深刻世界。真正文学的起点，就从作家把自己与自己的书籍一起关闭在自己的房间里开始。”

我们倒希望作者无须沉浸在昔日的“呼愁”里，抬起头来，放开视野，追逐诗和远方。

2020 年 9 月 7 日

雅典，失血的黄昏

1

浴一身爱琴海的碧蓝，走进这地老天荒的古城，聆听它的脉跳，感悟它生命的元气。橄榄林依然那么葱绿，海风还是那么湿润，天边那颗最亮的星辰还在闪烁，那么诱人。

雅典！

那古文明的花朵依然盛开不败，那优秀的文化依然璀璨，那古老的建筑和它的古风古韵的雕塑，无论战争与和平，诗和剑，都闪烁着历史之光与岁月之辉。

雅典！

那神庙坍塌的废墟仍活跃着远古神灵的幽魂，喷泉底下住着唱歌的妖精，树梢上宿着裸体的神，静静的月夜传来女妖塞壬迷人的歌声，微风里依稀听到战神阿喀琉斯的呐喊，从石缝间长出的小花面色忧郁，它们为俄狄浦斯的悲剧哭泣……

雅典！

那些残废的廊柱站在风雨里，站在滔滔的岁月里，默默地忍受着时空的双重折磨，人造历史粗糙而僵硬地鞭打它，陪伴它的还有垂头丧气的树，稀疏的树，这代价错位而悲怆。这里似乎蕴含着一个巨大的哲学命题。

雅典！

没有神殿堂前燕飞入百姓家的诗意，却有千宫万庙成野草的苍凉。古老的文明，灿烂的文化，在这时空的巨流中漂泊、俯仰、浮沉、挣扎，阳光从它身边悄悄路过，无奈只留下声声叹息。俄狄浦斯的不幸，才是人类苦难的源头。

雅典！

残阳的句号潦草而颓丧，所有的日子都化为孤苦的相思，窗外的鸟啼也带有伤感之音。面对风霜雨雪的岁月，常怀着有韵的遐想，即使蔓草潜滋暗长，那倾圮的断壁残垣只剩下白花花的砖石，执拗地炫耀着当年的辉煌。

雅典！

2

在雅典游历时，到处能看到圣迹、神庙。希腊人相信神祇，但希腊人既善于学习，特别善于向东方人学习，又善于思考，这里盛产哲学家，是古代圣哲的摇篮，数一数名字都令人惊骇。那时雅典到处是学习的地方，是哲人探讨人生、宇宙、天体、物象的场所。他们认为“火是万物的本源”，有了火，人类才走向文明，于是出现拜火教；他们学习埃及人，坚信灵魂不灭。

古希腊人不倨傲，不守成，他们求知欲特别强烈。他们努力吸收古印度、古埃及的哲学和宗教思想；他们并不视本土文化为最先进文化，而是努力汲取东方文化和其他民族鲜活的文化；他们思维广阔、旷达，走得很远。

追求哲学的开端并无重大意义，因为任何事物，开端总是粗糙的、不完美的，甚至空洞的和丑陋的。

柏拉图被世人称为“哲学王”，他的哲学体系由对世界的看法、对人的活动和灵魂的看法、对现存政治状况以及哲学的看法组构而成。柏拉图认为，世界分为感觉中的自然世界和理念中的超自然世界两部分。由于感觉的世界是不停变化的，因此感觉世界是不真实的，唯一真实的是永恒的理念世界。

柏拉图是苏格拉底的学生，然而苏格拉底“述而不作”，像孔子一样。孔子一生言行被学生记录，整理出一部《论语》。我怀疑，这孔子的话，是否经过孔子的审阅、签字，有无学生的误记、误解。

柏拉图强调，选择让那些具有“良好的记性，敏于理解，豁达大度，温文尔雅，爱好和亲近真理，拥有正义、勇敢和自制”天赋的人进行哲学研究，我觉得这应该是苏格拉底的观点。柏拉图是苏格拉底最得意的门生。

人类最初的文化形态是宗教和神话，哲学脱胎于宗教和神话。世界各民族都有哲学，希腊、印度、中国都产生过一般意义的哲学。

世界非常奇妙，历史也有惊人的相似。公元前 500 年前后是中国春秋战国时期，社会的大动荡、大组合时期，百家争鸣时期；而远在希腊，也出现了古代哲学的思潮，毕达哥拉斯、苏格拉底、柏拉图、德谟克利特、巴门尼德、赫拉克利特等一大批哲学家、思想家都先后登上历史舞台，各自述说，宣传自己对宇宙、对世界、对人类，以及对人类社会的政治、道德、伦理、家族、婚姻、专政和独裁、民主与共和、男女平等诸多民众关注的问题的观点、主张，形成许多学派，各抒己见，畅所欲言。这是人类思想解放第一个高潮，冰河解冻、春潮澎湃，人类进入文明发展期。

不受约束的求知欲，造成了“典型的哲学头脑”。他们是人类思想的拓荒者，面对荆棘和顽石，他们奋力芟夷，筚路蓝缕，艰苦卓绝，开拓自己的思想阵地，似乎没有什么目的，仅仅“为认知而生活”。他们孤军奋战，淋漓尽致地宣泄自己的力量。后人称古希腊是“哲人共和国”“天才共和国”。那个时代，巨人像野生的韭菜，一场春雨，纷然而出。他们的声音划过沉寂荒凉的长空，他们的呼唤压倒脚下侏儒的喧嚣和芜杂声浪，展开崇高的精神对话。

我漫步于雅典大街，两旁是古典的建筑物，神庙、教堂、楼房、屋舍，大都是巴洛克式或哥特式建筑，灰砖红瓦，沧桑衰老。“公元前8世纪，古希腊文明又突然以超高形态出现，而且其文明程度远远超过人们的想象。音乐、美术、文学、哲学、数学、医学、物理学、化学等等，这些学术上的源流，几乎全来自于古希腊文明，没有古希腊文明，这些学术就没有今天的成就”。（见《神的旨意：古希腊狂欢》）中国的“五四”时期，曾出现一些知识精英“言必称希腊”的风潮。

这些成就出现之前，古希腊处在黑暗的时代，神统治着希腊社会，人类从小灾小病，到一个城邦的命运，都受着神的掌控，要请求神的指示。此时，古希腊是一个飘逸着灵气的神秘国度。

古希腊是欧洲文化的摇篮，也是欧洲建筑的滥觞之地。所谓的希腊世界，就是由小亚细亚半岛、爱琴海中部、希腊半岛、地中海中部、黑海沿岸，以及3 000多个岛屿构成的。英国诗人拜伦在《哀希腊》诗中，开首便赞美：“希腊群岛呵，美丽的希腊群岛!”它们被滔滔的大海、不通航的河流以及陡峭的山峦分隔开来。希腊实际上是由许多城邦组成的联合体，城邦又各自为政，各自为大，互相争斗杀伐。马蹄、杀戮、抢掠、焚烧，腥风血雨，把充满哲学的意蕴和诗的意境撕得粉碎，一片废墟，千古苍凉。城市的喧嚣化为语言的坍塌和死亡的沉默。这片土地承载了巨大的苦难，也创造了震撼世界的辉煌。

世界各民族都有自己的神话和宗教，但并非所有的神话和宗教都能长出哲学。智慧从苦难中来，哲学从悲剧里诞生。古代中国、印度和希腊，这三个国家都在同一历史时期产生了自己的哲学，中国的老子、孔子、庄子和古希腊毕达哥拉斯、苏格拉底、柏拉图等人都是相同历史时代的。公元前 594 年，梭伦被选为雅典的执政官。梭伦代表先进的生产力和生产关系的改革者，在他温和的统治下，雅典度过了一个黄金般的政治时代，是世界上最繁荣的城邦。

公元前 334 年，马其顿王国大帝亚历山大东征，妄想称霸世界，那正是华夏大地东周列国的末期，秦王朝统一中国的前夕。亚历山大的东征大军于公元前 327 年征服印度，侵入了印度河上游和两河地区，这是印度最富庶的地区。亚历山大野心勃勃，坐在高大的战马上，挥舞闪闪发光的战刀，高呼着要打到“大地的终端”。然而他的将士长年远征在外，思乡念亲，战斗力日渐衰弱，要求返回巴比伦。正当亚历山大踌躇满志地准备改造被征服的大地时，他突然患了恶性疟疾，死亡的阴影迅速笼罩上来，他被上帝带走了，他建立的马其顿王国也迅即土崩瓦解。

历史匆匆忙忙翻过这腥风血雨的一页，大地上废弃的城堡、沉没的战船、消失的军队，见证了古希腊的悲惨现实。

3

我随旅游团穿行在雅典的大街小巷，参观了教堂、博物馆，以及雅典的经典之作——卫城的废墟。斑斓的文化古迹，美丽的神话传说，神秘的宗教，多姿多彩的绘画和雕塑，这是文化的国度，是文明璀璨的城邦。我们在博物馆里欣赏希腊的绘画及雕塑。那一幅幅油画，宁静、雅逸、和谐，充满美和理性的光辉；雕塑也曲致、舒畅、秀气，即使描写战役的作品——普拉提雅战役、马拉松战役、希波战役，那画面依然是梦幻般的美，天空是那样澄明，阳光是那样洁净。

传说，雅典娜与海神波塞冬争夺雅典卫城相持不下，后众神出了个主意：谁为人类做一件有用的东西，这雅典卫城就归谁。波塞冬用手中的魔杖在卫城山顶上敲击了一下，霎时，从岩缝里涌出源源不断的海水，这是海上霸权的象征。雅典娜心里很着急，但表现却很沉着，她用长矛在地上一划，顿时出现一株枝叶茂盛的橄榄，硕果累累，这是和平的象征。经过众神评判，雅典娜带给人类幸福安详，雅典卫城当属雅典娜。雅典是欧洲升起民主曙光的地方，于是这片神奇的城邦有了“荷马史诗”，有了毕达哥拉斯的数学，苏格拉底的哲学，柏拉图的震古烁今，亚里士多德的《气象学》《政治学》《修辞学》，还有伟大的作家伊索给我们留下的一部伟大著作《伊索寓言》，那些短小精悍的故事蕴含着深刻的哲理，构思精巧，语言幽默，具有永恒的价值。

除了伟大的牛顿、爱因斯坦，再也没有一个人像古希腊的阿基米德那样为人类的进步做出这样伟大的贡献，他是“理论天才与实验天才合于一人的理想化身”。多么伟大的命题，多么伟大的想象！

雅典遗迹多为神庙，虽为废墟，仍使你感到盛世时的人烟和喧嚣。宙斯神庙是雅典的一座经典神庙，当年的建筑设计师心怀崇敬的心情和虔诚的憧憬，构建了如此宏伟、华美的庙宇，即使檐饰上的雕像，也是精美至致的艺术品，用材极其珍贵，黄金、杉木、象牙、乌檀、宝石，美轮美奂，高贵静穆。站在神庙的高处，遥望古老的雅典卫城，那是这座古城的精华，闪烁着永恒的神的光芒；白色的大理石柱，支撑着神话的天空。

我真想用手触摸那些廊柱，那些倾圮的砖石，试试脉搏，试试心跳。它们真的死了吗？它们的灵魂在哪里？历史的风霜，岁月的沧桑，使它们失去了青春的风采，生命的辉煌。

雅典，没有奢侈和繁华，只有沧桑和古老，这里每一缕阳光、每一缕空气、每一片砖瓦，似乎都渗透出神话的气息。

我们没有去游览高加索山，没有拜访那位受苦受难的普罗米修斯。他为人类偷来天火，却被天神宙斯用铁链锁在荒凉的高加索悬崖上，每天派一只神鹰啄食他的肝脏，可他坚贞不屈，甘愿忍受一切苦难和折磨。后来大力士赫拉克勒斯用箭射死了那只神鹰，普罗米修斯终于获得解放。当初有人劝他与宙斯和解，普罗米修斯悲愤地说道："我宁愿被缚在崖石上，也不愿做宙斯的忠顺奴仆！"

宙斯和大海女神狄俄涅生的女儿叫阿芙罗狄蒂，又叫维纳斯。维纳斯是从海的浪花中诞生的，她是爱和美的女神。

我在雅典娜神庙未见到雅典娜雕像，这里是一片废墟，几十根高大廊柱站在夕阳里，显得疲惫和憔悴。我在雅典一本旅游画册上看到雅典娜雕像：她是一位貌美、温柔的中年妇人，身着长裙，流畅的线条，凹凸有致的躯体，平静温和的面容。她微微低垂着头颅，眼睛向地面望去。她一手插着腰，一手持魔杖，像是注视魔杖插向地下的一瞬间的状态。

静穆而伟大，高贵而端庄，气韵流动，充满生命的气息。不同于纤巧玲珑之美，也有别于娇柔俊俏之美。端庄的身材，丰腴的肌肤，典雅的面庞，含蓄的神态，低垂的头颅，波浪式的卷发，身着细密波浪皱纹的绿色爱奥尼亚式长裙。她是美的化身，她是爱神，是普度众生的救苦救难的天神！

4

不可否认，公元前 5 世纪至公元 2 世纪，七百年间，希腊文化已臻于辉煌的顶点，希腊人的智慧、才华得到淋漓尽致的发挥，创造了无与伦比的成就。从科学、医术、诗歌、戏剧、哲学、法律到军事、建筑乃至实用技术，一直是后起文明取之不尽、用之不竭的文化宝藏。直到21世纪，希腊哲学仍被赋予崇高地位，现代理性精神从某种意义讲就是希腊精神。甚至，它的建筑艺术影响到中国的人民大会堂，大会堂的廊柱就是古希腊多里斯柱型的石柱。

雅典卫城帕特农神庙的多利安残柱，以顽韧的抗争精神，与时空对峙，雄踞于卫城的山崖上。

卫城萧索悲凉，3000多年的废墟，抱紧孤独和沉默，抗争风霜，抗争岁月，把孤独和沉默也变成一座废墟。时间横流，方显出历史本色。这里有阿提库斯剧场，每年雅典音乐会就在这里举行，这是世界上最早最大的建筑群，可容纳15000人。

雅典娜神庙只剩下48根大理石石柱，底座直径近2米，高10.5米。既让人仰视，又让人俯瞰天下，脑子里马上浮出霸气、雄气、傲岸之气这些伟词，铮铮枯骨，炫耀着一个古老的雄魂。埃尔金石只是它大殿檐下的装饰，当年耀眼的神迹，真正信神的人才可能创造出这天工之作。

在雅典所有废墟中，奥林匹亚宙斯神庙最令人震撼，让人唏嘘。由于天灾人祸，宙斯神庙一颓不起，如今剩下13根17米高的残柱，空空地耸立着，衰败得惨烈，遥对雅典娜神庙，千年守望而默默不语。我在庙前空地上徘徊，望着这些残废的圆柱，颇感悲伤。它们是无言之诗，凝固之诗，悲壮、苍凉、肃穆、寂静，把这些词汇连接起来，便阐明了时间虽沉默不语，却有很厉害的手段——解构主义。

古代世界大名鼎鼎的哈德良图书馆，如今只剩下一段长长的墙壁，棕色的泥土上散落残肢断臂的雕像或失去头颅的躯体，一堆乱糟糟的石头，周围荒草漫漫，一片古战场的苍凉。有朵小花从废墟里长出来，摇曳着细长的茎蔓，展示着生命的激情，这是大自然的语言。

太阳神庙是一座富丽堂皇的宫殿。太阳神各国都有，在神话的国度希腊，太阳神尤受尊崇，太阳神庙则是古希腊的宗教圣地。神话中的太阳神赫利俄斯乘着他的四匹火马在空中驰骋，晨出晚归，将光明洒向人间。而今太阳神庙只剩下 7 根长短不一的石柱，矗立在乱石堆中，没有野花、小草的陪伴，寂寞而孤独，只有一个美丽缥缈的神话传说缭绕其间。

它们败在时间手里。

雅典古城到处堆积着石头的残骸，倾圮的石墙，断折的廊柱，残肢断臂的雕塑，废墟群聚，阴沉着脸，一片悲怆。站在废墟旁，我想起维纳斯。《米洛斯的维纳斯》高贵端庄、气韵流畅，充满生命的气息，静穆而伟大，单纯而高贵，现在它成了巴黎卢浮宫的镇宫之宝。还有“古风时期”“古典化时期”众多纪念碑似的雕像，庄严、雄伟、浑厚、稳重，风采迷人的女神雕像已难寻踪影。它们孤独的灵魂在教科书里似隐似现，化为大量的胆断肱飞的碎尸。

悲哉，雅典！悲哉，希腊！

卫城的大部分遗址无遮无掩，暴露在烈日下、风雨中，铺天盖地的阳光炙烤着大地，石头和泥土都忍受不了，发出嗞嗞的呻吟声。天空是凝重深厚的靛蓝，蓝得连一丝云彩也没有。

雅典的废墟就是这样，或蹲、或坐、或躺、或倚，赤裸裸的，而且大气磅礴，保留着原始的宗教气息。

雅典累了，累得瘫痪在那里。那堆碎石张开干裂的嘴唇，似乎有话要说：历史？战争？文化？却一言不语。

有个小伙子坐在石台上弹吉他。什么曲子？安魂曲吗？琥珀色的阳光有种黏稠感，凝结在废墟上。

黄昏了。我漫步在神话横生的雅典街头。熙熙攘攘的人群，川流不息的人浪，如潮如汐。那几千年不变的落日，几千年雷同的晚霞，厚厚的，一层一层，有阿尔卑斯山顶的蔚蓝，有少女峰的雪白，有黑森林的黝黑，有希腊葡萄的绛紫。爱琴海的波光映在天空，给这晚霞更添一抹肃穆和悲壮。太阳像一枚橘黄色的卵，沉浮在软绵绵的云海中。天空飞翔着阔翅的海鸥，一片荒凉的暮景。我想阿基米德是否曾在哪条路上演算几何试题？假如“给我一个支点，我能撬起地球”吗？

风，爱琴海的风，温柔、缠绵，还带有湿湿的倦意，幽灵般地游逛在大街小巷。我穿行在人群中，依稀看到苏格拉底、柏拉图、亚里士多德这些哲学家，欧里庇得斯、索福克勒斯、阿里斯托芬这些剧作家，还有泰勒斯、毕达哥拉斯、希波克拉底等人也夹杂在人群中，脚步匆匆，衣衫飘飘。

雅典是欧洲文明的发祥地。在咸湿的海风吹拂下，地中海岸畔，这片土地上遍布古战场。在这里，希腊人、埃及人、波斯人、马其顿人、罗马人、哥特人、拜占庭王朝人、塞尔柱人……打打杀杀三千年，你争我夺三千年，剑戈铿锵、腥风血雨三千年，终于尘埃落定。古典的雅典，宁静而深沉。

古希腊、雅典城邦，我们通常念叨的这些地名，实际上是废墟，是残垣断壁，是破碎的岁月，是历史的遗骸，是时光的排泄物。走进雅典古城，满城是石头的造型，“城廓历然，柱石遍野”。夕阳用温暖的情感关注着这段僵枯的历史，抚摸着岁月的残篇断章。死亡和废墟是上帝的创造，这是“万物的终点，道路的尽头”，这是大自然的意志。没有死亡即非正宗的生命，不经过死亡检验的生命是没有意义和价值的。

时间在这废墟中任劳任怨、默默无闻地工作，风晨雨夕，一丝不苟。石壁上长满苔藓，石缝间长出杂乱的荒草。青铜斑驳的雕像，如果从另一角度看，又是鲜活的、生动的，它们都有灿烂的青春、辉煌的岁月和值得自豪的荣耀。

山峦起伏，草木葱茏。那茫然而庞大的废墟令人震撼，也让人陶醉，使人想起“西风残照，汉家陵阙”的苍凉，那是唐人的感喟。

雅典的黄昏，带着漠漠的忧伤。

2019 年 7 月 24 日

古堡深深

在欧洲旅游的时候，我参观最多的是两个地方：一是教堂，二是古城堡，这是欧洲最亮丽的景色。教堂是神住的地方，城堡是王住的地方；教堂是宗教，城堡是政治；教堂是文化，城堡是历史；教堂是肃穆，城堡是森严；教堂是精神，城堡是权力；教堂的建筑多为哥特式，城堡的建筑则是巴洛克式、洛可可式、文艺复兴式，古希腊、古罗马风韵犹浓。

欧洲四百八十堡，多少楼台风雨中！

这些古城堡大都是13—14世纪的产物，时间最近的也是16世纪，古老、沧桑、疲惫、憔悴，但仍不失雄伟的气势、豪迈的气派。它们不骄不躁，不张扬，不浮夸，始终保持经典的品质和悠久的岁月。

这些古城堡依山而建，或耸立在山头，山不高，更不险峻。古石、古瓦、古树、古雕塑，远古的气息很浓。高低错落的房屋，斑驳的墙体，二层多有露台，建筑风格不同，但都有一座体量不大的教堂，尖尖的高塔直指云天，那是君主家族专用教堂。露台上有栏杆，人凭栏时，顿生一种浪漫主义情趣。宫殿虽然沧桑，却依然显示着皇家贵族的奢华。现在古城堡没有人居住了，大多成为国家历史博物馆，在五月的阳光下显得格外高贵、宁静。

有的城堡筑建在崇山峻岭之间，交通十分困难，那是富豪和贵族们为逃避战火，远离人寰。他们在山头上大兴土木，建房造屋，城堡的墙全是由很厚的石头垒砌，既有冬暖夏凉之优点，又有易守难攻之优势。

在中国传统文化和审美意识中，多建园林，少有城堡，园林豪宅都以平淡中和为最高境界，甚至一切生活和艺术形式都带有淡泊、雅致的物化。中国退隐的高官和士大夫们回归故里，大兴土木，造屋建园，装饰雕刻，书画则涵气韵，格调则求雅致。主人闲情淡泊，或抚琴，或挥毫，或敲弈，或泼墨，以清空为妙境，以淡雅为佳韵。在这小天地里，可偃息、可吟哦，独与清风明月相伴，酒茗相侣，颇有染翰操觚、挥洒风骚之意。

欧洲的古城堡与中国园林迥然不同，建筑显示出强硬、张狂而蛮横的气象，既有御敌的功用，又有享乐的优雅；既显得庄严，又有人文意蕴之深邃，洋溢着中世纪建筑文化的神秘和迷狂。

在布拉格，我们参观了欧洲著名的古城堡——布拉格城堡，它位于伏尔塔瓦河畔丘陵上。布拉格城堡是捷克要塞，是公元 9 世纪由布拉格王子建筑的罗马式古城堡。城堡有著名的教堂——圣维特教堂、圣乔治教堂。前者高峻，高高的尖塔直指苍穹，整个布拉格城堡都看得见。城堡还有很大的宫殿。宫殿有宏阔的大厅，那是国王加冕的地方，也是举行国宴和重要庆典等活动之地；宫殿内为三面回廊式，顶层回廊上有精美的壁画；宫殿的楼房呈乳黄色或橘红色，高贵、华美。宫殿现已成为国家博物馆，收藏大量欧洲的、东方的、奥斯曼帝国时期的艺术精品。布拉格城堡现已成为政府办公之地。城堡有三个庭院，占地面积广，既有宫殿、教堂，还有修道院、火药塔。火药塔实际上是军火库，藏有大量军火，是守城护卫重要基地。

一进宫殿大门，抬眼望去，如同走进梦幻的世界。重叠交叉的尖拱一个连着一个，五彩缤纷的窗户一个挨着一个，绵延不绝，在阳光下闪烁，像诡谲的眼睛，深不可测，人顿时会产生一种不敢冒犯的敬畏感和恐惧感。如果不开放为景点，这城堡冷冷清清、空空荡荡，只怕是幽灵所在之地。

巍峨的宫殿，高耸的教堂，默默无语的古树，空旷的庭院，琳琅满目的雕塑，厚实高大的城墙，这里肃穆森严，这里灯火辉煌，热烘烘的生活都远去了。墙角里，古城潮湿的泥土中长出野草和野花，还有爬山虎、紫藤萝，构成一角野趣的风景。

我们走进宫殿，其恢宏壮观令人咋舌，穹窿高阔，装饰华美，雕饰精湛，明丽典雅，不由得使人心驰神往。在一片孤寂静穆中，显示出力量美、形象美。从建筑上欣赏，这宫殿的时间与空间，材料与结构，直线与曲致，典雅与通俗，阳刚与阴柔，理性和情感，是一场大地“文化”与大地“哲学”的高度融汇。

这古城堡不仅是建筑师的匠心之作，也是画家、雕塑家的艺术创造。那雕梁画栋，敷彩饰面，镶嵌以壁画，陈列以雕像，更增添了一种沧桑感、历史感。走进宫殿，仿佛走进历史的深处，那一件件展品，那眼花缭乱的壁画、天顶画，使人感到历史比文学真实，因为历史忠实地记录着发生的事件，文学则仰赖虚构。

在任何文明之中，黄金都是贵金属，将金粉、金丝施之墙壁或刻于廊柱，都强化了物体的高贵，这是一种金属文化。古城堡具有美学见解的代表性，最引人注目的是雕刻，是一种不可忽视的美的力量。那雕刻带有抽象性，内涵丰富，意蕴隽永，用建筑学家的话说，是“凝固的音乐”，是“哲理的诗篇”。雕刻精湛，饰纹细腻，艺术气息浓郁，墙壁上、廊柱上、屋檐上、门楣上、窗棂上都有雕刻，美轮美奂。

布拉格城堡也像欧洲许多城堡一样，是用石头撰写的《圣经》，尽显庄严和肃穆。这些城堡是欧洲雕塑家大展雄才之地，也是一种重要的文化力量。

雕塑成为建筑文化美的装饰，雕塑美的观念与方法又对建筑的结构和创造带来潜移默化的影响。

这些雕刻过度地使用线条和曲面，是对建筑艺术的反叛。大量的绘画和雕饰，使艺术符号混乱又嚣张，绚烂又诡谲。

这里洋溢着贵妇人的柔靡和妖冶，也张扬着皇权的尊严和高贵。

那些君主在追求享乐和穷奢极欲的同时，也追求精致小巧的生活，抒情的、轻松的、慵倦的，还散发着艺术的气息。

城堡中的教堂一般体积不大，但十分讲究，那门饰雕刻令人惊叹，精美细腻，样式繁多而绝不雷同，各自展示独特的风格。圣维特教堂和圣乔治教堂同中有异，都有鲜明的个性。

宫殿大理石台阶也非同一般，风雨沧桑，依然洁白如玉，一尘不染。牙白色的柱墙，配以赭红色屋瓦，愈显华贵典雅；山墙壁面，各种雕饰玲珑剔透，表现出巴洛克的风韵。那不是一座建筑物，而是富有观赏价值的艺术品。

更令人惊心动魄的是，那雕塑线条和刀法不拘谨、不俗气，大刀阔斧，流畅粗犷，如江河奔腾。教堂二层屋檐有一排人物雕像，形态各异，造型千姿百态，有的柔和，有的僵涩，有的粗犷，有的外貌看不清，不知这些雕像是何人化身，又要表达什么思想。导游也含糊其词，说可能是教堂的主人公——历代教皇的形象。我们简直像刘姥姥走进大观园，既眼花缭乱，又目瞪口呆。但那些雕像，人体有完整的体积感，坚实的厚重感。在古风浓郁的辉煌里，在静穆的氛围里，这些雕像更闪耀出崇高、神圣、深邃的思想，无限的智慧，它们是人类精神的导师。

现在正是下午三四点钟，阳光灿烂明媚，湿润柔和的风从伏尔塔瓦河上吹来，但在远离尘嚣、市廛的世外桃源般古城堡，无论阳光多么明朗，风多么温柔，我总感到空气里有一种黄昏夕阳西下的衰败和颓丧气息。这些宫殿大都是 16 世纪的遗存，雄伟、庄严、大气，金砖碧瓦，但使人感到巫气太重。我的目光扫描着空旷的庭院，扫描着重楼叠阁的古老建筑，一种“西风残照，汉家陵阙”的苍凉之感涌上心头。

我们离开古城堡时，已到了黄昏时分。晚霞横射而来，教堂的尖塔把它切断，巨大的阴影铺满庭院，宫殿的顶部、树冠的末端还飘动着几片夕晖。这时你如果站在露台上，手扶栏杆，远望或俯瞰，都会生出几分古典的浪漫。

落日西沉，玫瑰色的晚霞缓缓转成浅绛、灰紫，逐渐走向黛蓝。整个城市沐浴在夕晖里，似乎弥漫着苍老的气息。

2018 年 11 月 6 日

教堂·天国·上帝

教堂

西哲说：智慧是冷漠的，信仰是充满激情的；智慧是灰色的，宗教则充满色彩。

在欧洲漫游，无论在繁华喧嚣的都市，或是宁馨恬静的山野小村小镇，到处矗立着大大小小、高高低低、造型雷同的教堂。

中世纪可以说是欧洲历史上的漫漫长夜，从公元 4 世纪至公元 14 世纪，那是神的世纪，是欧洲史上最黑暗的年代。古希腊、古罗马虽然绽露人性的晨曦，但依然没照穿神性的磅礴云层。

在罗马帝国时代，基督教徒被驱进角斗场，以饱猛兽的食欲，或被钉在十字架上。奇怪的是这样的迫害，并不能将教徒们赶尽杀绝，反而激发了他们殉道的精神和崇高的信仰。殉道者都是英雄，他们面对迫害，大义凛然，视死如归。

我不知道受苦受难的耶稣，满面含笑、一言不语的圣母玛利亚，究竟给欧洲人带来什么福祉？千百年来欧洲战火不熄，干戈铿锵，把好端端的欧洲打破成碎片。这碎片般的土地上，依然高高耸立着教堂，这是他们精神的高地、灵魂的栖所。

教堂里的装饰也雷同化、模式化、神秘化。壁画、天顶画、雕塑，题材多是殉难的耶稣被钉在十字架上，垂死的圣人，肉身的毁灭，像印刷品般的雷同：头微斜，一脸悲怆，双臂瘦长，两腿干枯，衣衫褴褛，苍老，衰微，可怜兮兮。

凡是圣母像，无论画像、雕像，都是圣洁无比。缥缈的善和美，把大批的教徒吸引到她的足下，使教徒们歌颂、赞美她，聆听她无言的教诲，观赏她永恒的微笑，那微笑难以捉摸，也难以想象。

拜占庭帝国的圣索菲亚教堂是公元 6 世纪最辉煌的建筑，至今还作为一个帝国的“纪念牌”耸立在大地上。这教堂不仅保留了古希腊文化，还吸收了伊斯兰文化，形成东西方文化交融的独特景观。

这是神人共处的空间，人神杂居，人神共语。教堂造型奇特，由四周众多穹顶拱卫着中央一个大穹顶，犹如群山簇拥一座巍峨无比的高峰，有一种崇高的、神圣的美。

走进教堂，你的心灵一下子被震撼。眼前高远的圆顶之巅，穹顶和拱券的波浪在翻滚奔腾，满墙辉煌的壁画熠熠生辉，各色华贵的大理石流光溢彩。那壁画是个百花盛开的佳地，紫色、绿色、白色、红色的花朵，色彩浓烈鲜艳。你依稀感到，这非人力，亦非艺术，而是上帝的恩泽散发的光芒，使你的心不由得飘飘荡荡，恍惚间走近上帝居住的天堂。

每到一个欧洲国家，旅游团总要参观一些教堂，例如德国的科隆大教堂，法国的巴黎圣母院，意大利的米兰大教堂、梵蒂冈的圣彼得大教堂、西班牙的圣家族大教堂。这些教堂高耸入云，高高的塔尖直插天壤，气势磅礴，巍峨壮观，外部装饰又让人瞠目结舌。比如米兰大教堂有 135 个小尖塔，每个尖塔上都高踞一尊雕像，高低错落，构成一曲起伏跌宕的旋律，动人心魄。

尖塔，是宗教心理对空间的超越，有一种上升的强烈动势，让心灵无限接近上帝。

在西班牙、葡萄牙、希腊，到处可见壮观、华美、高雅的大教堂。教堂内部空间复杂幽邃，曲折多变，创造了一种迷离的神秘氛围，弥漫着浓郁的宗教气息。阳光穿过陡峭的玻璃窗，光线迷蒙、昏黄、闪烁，又给人一种虚幻的神秘感。那是上帝之光。

那高旷而纵深的内部空间，制造出一种无形的精神压力，使你内心收敛，精神紧张，趋向祭台，虔诚地去和上帝对话，祷告、自责、祈求、忏悔，这是基督教最美的道德。

在意大利，我参观了始建于 14 世纪的米兰大教堂，这是人类建筑史上的奇迹。横向展开的哥特式米兰大教堂，给人印象最深的是小尖塔的“丛林”，那已不是宗教崇高气氛的张扬，而是透露出一种欢天喜地的节日气氛。

群塔荟萃，群峰争辉，一派生机勃勃的动态美，属于青春、热烈、激情、轻俏、张扬、自由，第一缕晨风总是最先抚慰它们，第一束晨光总是最先照耀它们。这种蒸腾向上的动势，是一种追求崇高神圣的最纯洁的情感，象征着宗教的神秘，是神学和美学的空间效果。

“哥特式”是文艺复兴时代，意大利给以法国为首北方风格起的外号，不仅没有善意，还带有蔑视。这种风格一直受到建筑大师们的误解和谩骂，连罗曼·罗兰在《约翰·克里斯朵夫》中都对哥特式教堂加以痛斥，称之为“病态低俗”的建筑物，像精致女人的“首饰”。

在梵蒂冈，受游客尊崇的是圣彼得大教堂，这是公元 1506 年罗马教皇尤利乌斯二世决定修建的一座新式教堂。

走进教堂，首先令人震撼的是阔大宏伟的空间，四壁和天顶是琳琅满目的壁画和天顶画，汹涌澎湃，色彩浓艳，斑驳璀璨。没有导游的讲解，根本看不懂那些绘画表达什么意思。那是《新约》故事，像中国的连环画一样，形象、生动、通俗。艺术宣传了宗教，宗教保护和发展了艺术。

圣彼得大教堂的设计和建造过程，充满了人文主义思想与神学思想的尖锐斗争。我观赏教堂那万紫千红、光影变幻的壁画、天顶画，体悟到上帝居所之美，那是诗和音乐在墙壁上翩翩起舞，是线条和色彩天使般狂歌长吟。当灿烂的阳光透过玻璃窗射进教堂，那牛乳般的光芒像是上帝恩赐的光明，一种幸福感顿时弥漫开来。

有一尊雕像用防弹玻璃镶嵌起来，那就是文艺复兴时期雕塑大师、三杰之一的米开朗基罗的真品《圣觞》：圣母玛利亚抱着瘦骨嶙峋、奄奄一息的耶稣。其实这尊雕像并无特别之处，耶稣受难，圣母悲戚，这是物化的“神学”。

每当夜晚，教堂里烛光摇曳，朦胧迷离，渲染出一种神秘而温馨的氛围。

在西班牙巴塞罗那，我参观了圣家族大教堂。这是西班牙最著名的建筑设计师高迪毕生未完成的作品，而教堂本身已修建了百年，迄今还未竣工。整个建筑令人叹为观止，是建筑史上伟大的创造。那磅礴的气势，惊心动魄！这教堂既有古希腊建筑风格的典雅，又有文艺复兴时期的创新，造型别致，刚健而不乏温馨。

暮色降临，教堂的钟声响起，那是宗教的语言。春秋代序，晨昏交错。钟鸣，仿佛来自上帝的声音，久久地回荡在欧洲大地，回荡在地中海的苍穹，把一颗颗麻木而虔诚的心唤醒。

天国

一想到中世纪，我总觉得那个时期，天地鸿蒙，世界幽暗，人处在半睡半醒的蒙眬中，睡着的人都是黑暗的信徒。那个时候，教皇、上帝、耶稣、天使唱着催眠曲，其实他们不唱，信徒们也早已酣然入梦了。

但有些人在黑暗中没有睡意，他们赶着狮子，高举火把，在黑暗的土地上狂吼、奔跑，唤醒酣睡的人，火光要撕破黑沉沉的暗夜……

面对浩瀚的古夜、沉寂的宇宙，那声音太微弱了，火光太渺小了，撕不破这漫长的夜晚。

他们就是米开朗基罗、达·芬奇、拉斐尔、但丁……但他们毕竟像一抹晨曦照亮了黑夜的一角，宣布黎明的到来。

文艺复兴的旗帜上，写着“提倡人性，反对神性；提倡人学，反对神学；提倡个性解放，反对封建禁锢”的伟大宣言。文艺复兴像星星之火，在欧洲大地上燃烧开来。

上帝从来不会让他的灵光在大地上熄灭，他总是让教皇在这混浊与黑暗中带给信徒一丝渺茫的希望，似有似无，似梦似幻，指点迷津，开启光明。

在基督教徒心目中，上帝是至高无上的存在，他创造了万物和人，永远生活在时间之外。上帝虽然超越历史，却无时不影响历史，并在人类日常生活领域里发生影响或直接参与，唯有上帝掌握人类的命运和人的灵魂。

我在圣彼得大教堂看到许多信徒在唱赞美诗，沉郁、苍凉、悲惘的歌声，委婉而凄迷。面对那些虔诚的人们，我的心有点儿酸苦，茫茫人海，茫茫人生，谁来拯救苦难的生命？谁来抚慰痛苦的灵魂？谁会带来安康和幸福？命运之神啊！

上帝您在哪里？求教您了，人生是个苦海，哪里是岸啊？人从哪里来，要到哪里去？是否一切都由上帝决定？人们祈求、祷告，千遍万遍地诵经，千遍万遍地唱赞美诗，可是上帝缄默不语。上帝您在哪里？上帝创造人的灵魂，又把它收回天上。柏拉图说，基督教认为灵魂先于肉体存在，人活着时，灵魂附在肉体上；人死后，上帝便把灵魂召去。

我看到一个材料，说美国著名作家赛珍珠的父母是虔诚的基督教信徒，他们一生都在中国传教。她母亲一生只有一个心愿，就是临死前能见到上帝一面，哪怕一秒钟，上帝哪怕一言不语，只给她一个微笑，她一辈子受苦受累也就值了。

超越人性的精神是信仰，上帝至高、至尊、至上，德国女诗人伊娜·赛德尔写道：

在我们的废墟世界里，
有何处可供逃离悲哀的迷宫？
如若不是原初恒久的日月星辰，
还有什么是人们还可以寄托的？

人类经历着无数次火山爆发，山崩地裂，洪水吞噬，猛兽袭击，瘟疫流行，死亡、流血、战争、逃亡、饥饿、灾难，茫茫宇宙，浩瀚岁月，生命是那么渺小、脆弱，人生无助，只能乞求上帝。但上帝高高在上，视而不见，闻而不睬。这是人类的悲哀，还是上帝的冷漠？我走进教堂，走进众信徒中间。那些虔诚的信徒，仰面迎接从玻璃窗射来的一束乳白色的阳光，他们激动地流泪，嘴角颤动着，却说不出话来；他们的眼神里充满了渴望，用双手捧着那光束，沉醉在上帝送来的温暖中。哥特式教堂内部光线的运用，同样充满着诗性、神性。尽管玻璃的光洁度有差别，窗子有大有小，阳光射进来，或灿烂娇媚，或无精打采，但信徒们仍然感动，因为那是天国之光，那是上帝之光。

宗教里的苦难既是现实中苦难的表现，又是对这种苦难的抗议。宗教是被压迫者的叹息，是无情世界的有情体现。天国是什么样子？阿根廷作家博尔赫斯说，天国像大图书馆，蕴含万般情志的天神，心肠慈悲的天父，情怀温暖的圣母，天真活泼的天使，还有温柔迷人的圣女，像走进美丽、神奇、神秘的人类精神界域，安谧、明亮、温暖、祥和。

色彩与光影的变幻，制造出令人炫目神迷的效果，形象极富动感。连世界富有、文明的国家瑞士的国歌，都赞美上帝及上帝赋予我们的幸福安康：“当阿尔卑斯山染红之时，自由的瑞士人，在你们虔诚的心灵中，要想到上帝我主在我们的祖国，上帝我主在我们的祖国!”

我凝视那色彩绚丽的天顶画：绛红、翠绿、铬黄、蔚蓝，间有浅金的闪烁。那是广阔的百花盛开之地，有紫色的花、绿色的花、红色的花，也有金黄的花、雪白的花，那些花都闪闪发光。斑驳的色彩，静谧、祥和，你会感到这非人力，也非艺术，这就是天国，这就是上帝的住所，你的灵魂会觉得离上帝不远，会飘然离开你的肉体，飘荡、飞翔……心灵只有在虔诚的修持中，超越尘世的纷纷扰扰，才能走进天国，在那里得到安息。

雕像与彩绘，耶稣受难与圣母天使……这一切都构成了迷醉的宗教境界。对但丁来说，这似乎很独特，他将伊甸园置于地狱之巅，而神圣的天国就飘浮在它的上方。

宗教产生于人类对自己命运的悲悯，也归于这种悲悯。

上帝

尼采在《快乐的科学》中宣布“上帝死了”“我们杀死了上帝”。他是“疯子”，谁也不相信他的话，但他大喊大叫，声音震得整个基督教的教堂颤动、摇晃起来。

> 上帝到哪里去了？
>
> 我老实对你们说，我们杀了他——你和我，我们都是凶

手！但我们是如何犯下这案子呢？我们又如何能将海水吸光？是谁给我们海绵而将地平线拭掉？当我们把地球移离太阳照耀的距离之外时又该怎么办？它现在移往何方……当我们通过无际的空无时不会迷失吗？难道没有宽阔的空间可让我们呼吸与休息吗？

尼采的呼叫确实如晴空霹雳般令人震惊，在那个“神”的时代，谁敢亵渎神明，谁敢对上帝不恭？那个时代，一切现代文明的价值观、道德观、世界观都是围绕基督教、上帝建立的。尼采杀死了上帝，这一切传统观念必遭毁灭。

尼采喊出“上帝死了”，不仅上帝和天国的祭坛塌陷，而且支撑上帝和天国的价值理念与道德信条也面临着最后的审判。

尼采认为，上帝把人逐出生命的伊甸园，生命成为原罪；由于上帝，一切宗教、哲学和道德都旨在压制个性，扼杀生命，阻碍创造。于是人一再丧失原始的酒神精神，生命力枯萎，创造力枯竭，浑浑噩噩，昏昏沉沉，如梦难醒。

尼采大声斥责上帝十恶不赦！他说，基督教因为虔诚地尊崇上帝，“变得枯竭、贫乏、苍白，生命因瞥见这些状态而受苦”。

但是，尼采雷鸣电闪般的吼叫，虽惊醒了欧洲，人们却只愣了一愣，又昏昏然地进入梦境。欧洲大大小小的教堂依然挤满了虔诚的基督教信徒，他们依然祷告、忏悔，依然唱着赞美诗。唱诗班的女人低沉的歌声，像催眠曲一样，温馨而醉人。尼采恰恰像被驱逐出伊甸园的撒旦，爬行在污秽的泥泞中，靠自己的挣扎、苦斗度过凄苦、短暂的一生。尼采晚年疯了，除了住在精神病医院，便被拘囚在家中。他一生未婚，死时连一个送行的朋友也没有。

上帝被尼采杀死而又复生。

《圣经》中的《新约》讲了耶稣的诞生。在罗马帝国时期，以色列有个小镇，小镇有个未婚女孩玛利亚由圣灵受孕，在一个寒冬的夜晚，在伯利恒一个客栈马厩中生下一个男婴耶稣，那时有颗星星降落在伯利恒。人们惊呼："救世主降临了!"耶稣生下这一年叫公元元年。

基督教文化至今还弥漫在欧洲，公元纪年法和七天为一个星期，许多文学作品和艺术品，雕塑、绘画、诗歌、音乐以《圣经》为题材，宣传亚当、夏娃、诺亚方舟、橄榄枝、圣诞老人，至今人们还在宣扬"上帝"耶和华创造了世界。

达·芬奇的名画《最后的晚餐》就生动形象地道出耶稣被门徒出卖后，13个门徒的各种姿态，犹大手抓钱袋、脑袋后缩的丑恶状态，毫发毕现。

晚餐13人，又是星期五，所以欧洲人至今还讨厌"13"，也不喜欢"黑色星期五"。

基督教文化融进欧洲人的血液，形成他们生命的基因，所以尼采的大喊大叫没有把欧洲从基督教文化里解放出来。每到圣诞节，

— 最后的晚餐 —

达 · 芬奇

那位白胡子白眉毛的圣诞老人，从遥远的北方乘着双鹿驾驶雪橇赶来，身穿大红袍，肩背大红包袱，由“烟囱”进入各家分送礼物。

去教堂做弥撒仍是基督教信徒在圣诞节前夕的必修功课，祷告、忏悔、背诵教规。子夜时分，教堂响起清脆而悠扬的钟声，人们扶老携幼，走向教堂，于是教堂响起诵经声、祈祷声、歌唱声。

宗教能够继续下去，由于人类的灾难还未停止。

其实欧洲许多科学家、文学家、政治家都是基督教信徒。爱因斯坦有时也很困惑，他观察宇宙，感到迷茫，宇宙会膨胀吗？宇宙会缩小吗？宇宙到底多大？宇宙会消亡吗？我是谁？我们从哪里来？我们到哪里去？这古老的天问，至今未有答案。这些人类天才的科学家，面对茫茫苍天，也无可奈何，只好求教上帝。爱因斯坦有句名言：“如果在我的内心有什么能被称之为宗教的话，那就是对我们的科学所能够揭示的、这个世界的结构的没有止境的敬仰。”

尼采面对世界时，只感到一片虚无。他在《查拉图斯特拉如是说》中这般写道：

> 我处处找不到家，
> 我漂流于所有城市，
> 我走过所有城门。
> ……

现代人于我是陌生人，
我从父母之邦被放逐。
……
“何处是——我的家?”
我叩问，我寻觅，
寻觅而不得。
啊，永恒的苍茫!
啊，永恒的空漠!
啊，永恒——虚无!

上帝，救救我们!

2018年12月22日

第五辑

美学笔记

美学笔记：阿尔卑斯山

1

直到我第三次去欧洲旅游，才有机会深入阿尔卑斯山腹部，驱车在阿尔卑斯山峡谷行驶几百公里，尽情饱览了山的风貌，山光水色的壮美。阿尔卑斯山是诗的山、画的山，它蜿蜒而来，逶迤而去，起伏跌宕，演绎着旋律美、节奏美。阿尔卑斯山还有一颗音乐之魂，千百年来多少文人墨客，写山、画山，歌唱阿尔卑斯山。阿尔卑斯山是欧洲之魂，是欧洲人精神世界的圣山。想想，没有阿尔卑斯山的话，欧洲大地该是多么平庸、肤浅啊！

我们的大巴车从捷克布拉格出发，沿着阿尔卑斯山山谷，一路西行，沿途有许多美丽的小镇，珍珠般镶嵌在山麓上；也有许多大大小小的湖泊，闪烁在谷壑间。阿尔卑斯山不及喜马拉雅山、天山、昆仑山高峻巍峨，但它是欧洲的龙骨，支撑着欧洲庞大芜杂的历史，影响着欧洲的风俗、民情、语言和习惯；它的文化积淀雄厚，你要了解欧洲，就要读懂阿尔卑斯山，它是欧洲史书的内容提要。

我们下榻在山下小镇的一家宾馆。早晨醒来，推窗遥望，只见晨风中的阿尔卑斯山，在淡金色的霞光中呈现出梦幻般的美；又见山岚袅袅，那温柔的飘逸感，空灵的浮动感，实在妙不可言。

2

阿尔卑斯山西起法国东南部、地中海沿岸，经意大利、瑞士和德国南部，东至奥地利维也纳盆地，呈弧形，东西延伸，长 1200 千米，宽 120 千米～200 千米，平均海拔 3000 多米。

阿尔卑斯山是旅游胜地，是探险者的乐园，被誉为“大自然的宫殿”，真正的地貌“陈列馆”。角峰锐利，山石嶙峋，巍巍峨峨，峻峭挺拔，形成冰川、冰峰、冰融湖及冰川堆积作用的冰碛地貌。

大片大片的墨绿、苍绿、淡绿，一层层，一重重，浓浓淡淡，海涛般地翻腾，遮住阿尔卑斯山的粗犷褶皱。如果沿着一条小径往前走去，你会听到草木絮语，看到蜂舞蝶飞，仿佛与星辰日光、风霜雨雪共同一体。朝小径望去，你才感到圣山的深邃，生命的源远流长。在这里，我忽然想起老子的话：“天得一以清，地得一以宁，神得一以灵，谷得一以盈，万物得一以生。”阿尔卑斯山是一座圣山啊！

在午后的阳光下，窗外的山峦、峡谷，更显得苍郁蓊绿，青翠欲滴这个词能最恰切地道出大山风貌。峡谷里有一种安谧感、神秘感。鸟鸣声声，细流潺潺。高高的桉树、槭树、杉树和松树，大气磅礴，笼罩着群山万壑；山毛榉、橡树、椴树，安静地伫立在山麓下。一座青灰色教堂的尖塔，隐约在山峦之上。山坡上是成片的屋舍，红色、黄色、橄榄绿色的房顶沉浸在绿树丛中。没有风，山谷中盈荡着银色的雾，飘得很远，到处都有青烟缭绕。阿尔卑斯山是德意志之魂。

3

罗斯金对自然的赞美、山的颂辞，深刻、隽永而动人。他说，山既能激起宗教的热忱，引发人的宗教信仰，又能净化人的灵魂。他说："高山能激起一些恐怖的想象，然后引发神话般的、浪漫的信仰；另一方面，高山能带来质朴的生活以及崇高的道德。"

我们行驶在峡谷中，那高峭的山峰、崖壁，还有皑皑积雪，一片晶莹。肃穆庄严的峰峦，弥漫着深沉的静寂，冰川、雪峰似乎是纯洁的诗意。我隔窗遥望，雪峰、冰川像是在燃烧，那光是鲜亮的，纯净、孤寂，透出温和的气质、爱的光芒。大自然在这里显现真身，云彩、风声、林涛、流水，都膜拜在它的脚下。

你看那草场，奶牛欢乐的哞叫声在山谷里悠然荡漾，一种田园诗的气息弥漫开来。草尖上的露珠闪着银光。奶牛进了牧场，散布开来，它们伸出舌头，舔舐着嫩绿的草叶，细细品味阿尔卑斯山的芳香。牧人坐在小河边，让自己的号角悠扬地在山谷回荡。生命之泉在这里永不枯竭。

天空明亮而宁静，阳光灿烂，达到肆无忌惮的程度。

我想起尼采的话："在阿尔卑斯山我是不可战胜的，特别是当我一个人，并且除了我自己没有别的敌人的时候。"尼采追求真理，怀抱着对真理的一腔热情，在阿尔卑斯山空旷的静寂中寻找失去的天真。

夜晚，我们住在阿尔卑斯山的休养地宾馆。月光笼罩山野，月色里除了袅袅的岚气和树林的窸窣声，还有夜鸟呓语般的鸣叫声，更衬托出山的幽静。夜风轻轻，枝叶的窸窣声，像摇篮曲般的轻柔。我站在阳台上，望着月光下黑魆魆的山林，总觉得阿尔卑斯山是欧洲的产房，大自然的产院。在黄昏或夜阑人静时，林间的女神和牧神在朦胧的月色里，在淡淡的星光下，分娩出大自然的新生子……

4

阿尔卑斯山是千百年来欧洲的诗人、画家、作家、音乐家心中的圣山，山峰、峭壁、莽林，野草花卉、流泉飞瀑、鸟鸣兽语、蛩鸣虫吟，都化为他们笔下的素材，成就他们事业的辉煌。阿尔卑斯山赋予他们创造的原动力，使他们名扬四海。

画家们钟爱阿尔卑斯山，这里有他们取之不尽、用之不竭的创作素材。他们在阿尔卑斯山迷恋般写生，岩石、幽谷、流水、树木、湖泊、湿地，连山岚、流雾、雨雪都化为他们绚丽的画卷。

德国画家赛冈第尼曾毫不谦逊地说："我被世界公认是描绘山景的画家……我们祖先是山居者，而阿尔卑斯山的灵魂不断地与我的灵魂对话，我立即把它们转化在画布上的色彩……"任何大艺术家、大作家、大哲学家都是孤独的，塞冈第尼也是孤独的。人只有孤独的时候，才能听到天籁，才能听到大自然的脉跳，才能与山的灵魂对话。赛冈第尼常年孤独生活在阿尔卑斯山，生活在山野间的小角落里，与世隔绝。他用油彩在画布上传达阿尔卑斯山的宁静和高贵，流水般盛大的赞歌，森林般汹涌澎湃的气势。他的代表作"自然三部曲"，实际上是"阿尔卑斯山三部曲"。在离群索居中，塞冈第尼不仅艺术得到长足发展，而且思想境界变得开阔、高远。他说，生活是一个梦想，这个梦想尽可能往最高、最远、物质消灭的理想境界渐渐接近，那才是梦之所在。他选择山脉、石头、动物等自然形成的形态，将其细部再现，"从而透过创造、抽象的意象而获得成功"。

"自然三部曲"实际是三幅画：《生》《自然》《死亡》。《生》给人一种生机勃勃的气象，朝霞初露，群山着彩，苍郁的山色在黎明苏醒过来，如同一曲无声的歌。在左下角好像有一女子，为了早炊而取山泉水，隐隐约约，并非画的主体。还有牛，淡化、朦胧，是晨光未照到的缘故；《自然》是朝阳初露而霞光满天的景观，黑魆魆的山野有早起的人和牛。塞冈第尼说："我因为能够看见蓝色天空及苍郁的牧场而欢欣"；《死亡》是阿尔卑斯山冬天的一个画面。白雪铺地，山野一片空旷，黄色的朝阳与灰色的云朵交织在一起，紧贴着山巅，色调沉重。黑色的斑块，象征性很强。不幸的是，画完这幅《死亡》，塞冈第尼不久就离开了人间，他伴着《死亡》而死亡，那冰天雪地是他的一首安魂曲，"自然三部曲"成为他的绝唱。

托马斯·曼在《魔山》中这样阐述"死亡"，他说："死亡是一件圣洁的、有意义的和带着凄凉之美的事，也就是说，与宗教或灵魂有关。"有思想的人，在死亡中也是胜利者。对于塞冈第尼之死，诗人里尔克写道：塞冈第尼一生追求阿尔卑斯山的天空，广阔深邃，更富有色彩，"当他找到这片天空时，他已经死了，他以平静而纯洁的伟大胸怀拥抱了痛苦的死亡"。

塞冈第尼还画过许多阿尔卑斯山劳动者生活的画，如《阿尔卑斯山的春天》《阿尔卑斯山上井边女子》《悲调时刻》《从村中归来》《从羊圈中归来》等。他像法国画家米勒一样，一生都没有离开阿尔卑斯山。

其实欧洲许多画家都到阿尔卑斯山写生，他们的画布上有茂密的森林，有巍巍的雪峰，有碧蓝的湖泊，有潺湲的溪流，有飞翔的鸟群，也有野花芳草。阿尔卑斯山哺育一代代艺术家。18世纪德国浪漫主义画家弗里德里希的名作《哈尔茨山脉》，就是直接以阿尔卑斯山为素材创作的。

画家们笔下的湖水是清澈的，空气是清新的。大自然用超乎一切的宁静安慰他们，野花的微笑，野草的摇曳，连荆棘都热情地向他们打招呼，令他们感到大自然的温暖和亲切。他们爱阿尔卑斯山，湖水、溪流、森林、草地、山峰、巉岩，他们觉得有梦幻般的美。湖水漾动的节律，树枝摇摆的幅度，就像音乐一样，既缠绵于物象之中，又飞扬于物象之外。

德国画家罗斯金、透纳，法国画家丢勒，荷兰大画家凡·高都是阿尔卑斯山的“铁杆粉丝”。他们迷恋阿尔卑斯山优美的风景，壮美的大自然风貌。那冰山雪峰的峻拔、森林的蓊郁苍莽、河水的奔流、湖泊的静谧，以及山花芳草的秀美，都激起他们创作的灵感。罗斯金写道：“山是所有风光的起始点，也是所有风光终结的地方。”“高山总是拥有力量：首先，它能够激起宗教热情；其次，它能够纯化宗教信仰。”在他们眼里，阿尔卑斯山不是凡山俗水，而是圣山仙境。

且不说，瑞士在阿尔卑斯山建有独立的、不受干扰的国家公园，意大利也建立了类似的格兰帕拉迪索国家公园，而德国得天独厚，有驰名于世的黑森林，黑森林里有一处神秘的、极其优美的公园。那里是人间天堂，有度假村、疗养院，是世界上最佳之地。遗憾的是，我们没有福气享受这福地的厚爱。

阿尔卑斯山的肃穆、伟大，引起多少画家仰慕、崇拜，他们对阿尔卑斯山有着宗教般的忠贞和虔诚。

5

欧洲的诸多诗人们，谁没游过阿尔卑斯山，谁没有为阿尔卑斯山写过颂诗、颂歌、颂辞？犹如中国诗人，“人到三峡必有诗”。杰出的诗人，哪个不是精神上的杰出和伟大？他们对大自然越加热爱，他们的精神世界越加丰硕。中国古代诗人，谁没有写过山水诗、田园诗？山水田园诗始终贯穿中国文学史，成为一大流派，汩汩流淌不绝。

所谓诗意，其实意味着疯狂。荷尔德林因疯狂而死亡，他是阿尔卑斯山的崇拜者。拜伦在《曼弗雷德》中形容阿尔卑斯山的阳光：“彩虹的光线仍用着天空的各种颜色，笼罩着那条急流，越过山崖的险峻的绝壁，荡漾着一片银色的波动的光柱。”

五彩缤纷的色彩让人感到惬意，野草和荆棘带着苍莽的激情燃遍山谷，有溪水从林间流出，山谷里有蓝得令人心醉的湖水，水汽蒸腾，烟波荡漾，朦胧的诗意，神秘的幻景。水鸟唧唧啾啾，在芦苇丛中鸣叫。听鸟叫、赏花、看湖光山色，真是如诗如画的美，令人强烈地感受到生命的律动和大地的脉跳。

2004年诺贝尔奖获得者埃尔弗里德·耶利内克是奥地利女作家，她的代表作《啊，荒野》《贪婪》《情欲》，尽情诠释了阿尔卑斯山的复杂内涵。人类在毁灭自然的同时，也正干着自掘坟墓的蠢事。文学艺术给阿尔卑斯山以包装，人类的贪婪给阿尔卑斯山以摧残。

阿尔卑斯山不仅在世界文化史上具有一定的象征意义，在欧洲文化中也富有一定的含义。德国作家托马斯·曼在代表作《魔山》中写道，应当把疗养院建在阿尔卑斯山；劳伦斯把小说《恋爱中的女人》的结尾部分安排在阿尔卑斯山。杰拉德与女友葛珍反目成仇，在风雪弥漫中走向阿尔卑斯山深谷，结束了自己的生命；歌德在《意大利游记》中赞扬了阿尔卑斯山的美丽。

拜伦不朽的伟大诗剧《曼弗雷德》就是以阿尔卑斯山为背景，写出了曼弗雷德痛苦的心声。他以为“知识就是烦恼”，知识越高深，痛苦越深。于是他研究起咒语和魔术来，利用咒语和魔术的力量，从宇宙各个角落里召来地妖、海妖、山妖、风妖、星妖和空气妖。曼弗雷德想要“遗忘”，这些妖怪都不将“遗忘”赠送他，他更痛苦了。

曼弗雷德的苦恼实际上是拜伦的苦恼。曼弗雷德曾经投身悬崖，但被猎人救起，死也得不到允许，他必须凝视着他的痛苦，走完生命的余程。

曼弗雷德徘徊在阿尔卑斯山峡谷，孤独而寂寞，只有莽莽山林、阳光和风与他做伴，强烈的痛苦和罪恶的回忆折磨着他，他承担着巨大的精神压力。

拜伦和雪莱曾在阿尔卑斯山的莱芒湖畔共同生活一段时期。莱芒湖的碧波，犹勒诸峰的风景，草原和树林郁郁葱葱，湖畔有农舍，他们享受大自然诗一般的风光。阳光如注，清风如水。他们讨论文学、诗歌，讨论自然、人生。他们心目中的宇宙是美的，美就是自然，他们用纯情和美的观点去审视人生。

阿尔卑斯山常常出现在荷尔德林诗中，他在《致苍穹》一诗中写道："我欲攀上阿尔卑斯山巅/从那儿呼唤匆忙的山鹰/让它像当初宙斯把神童拥在怀里/将我从囚禁中带到上苍的大厅"。

雨果在世界文学史上是一位全能作家，他不仅是杰出的小说家、伟大的抒情诗人，也是优秀的美文作家。他热爱大自然，热情赞美山水。他和他的终生侣伴朱丽叶游历阿尔卑斯山，攀登悬崖，穿越森林，溪水中沐浴，草地上小憩，目睹晨昏夜昼，饱览月缺月圆，写出了散文集《阿尔卑斯山和比利牛斯山游记》。雨果以美文家的身份为文，文气充沛，奔放恣肆，诗性的语言，华美的辞章，浓郁的感情，独特的审美视角，在描绘阿尔卑斯山自然景物时，以史诗般的风格写出了阿尔卑斯山的人文历史风貌，较之自然景色，更具深邃、雄浑之美。

雨果说："阿尔卑斯山是个伟大景观，而这观赏者却是个傻子"，"人和自然对比，自然是最富华完美的自然，而人呈现出最卑微可怜的姿态"。雨果笔下的山区小镇何等优美、迷人："碧空深处一轮明月好像节日的火炬似的投下光辉，如此温馨、淡泊、和谐……小镇像一团影子，一个梦幻，一个宇宙中不存在的小岛，锚泊在这大地的涧谷之中，无数的精灵照得它一片辉煌。"那么多蜡烛，那么多提灯，那么多灯盏，所有人家的窗扉显现出那么多星星。

任何一个区域，没有吸引作家的地方，作家不会写出好的作品。行驶在阿尔卑斯山的腹地，我的诗情澎湃，在颠簸中匆匆写下粗糙的记录。

哈勒尔既是植物学家，也是诗人，他的长诗《阿尔卑斯山》对山民们大加赞赏，对大自然热情歌颂。他像中国晋朝的陶渊明一样，把生活艺术化、审美化。他认为生活在阿尔卑斯山的人们处在人类的黄金时代，"不知有汉，无论魏晋"，一个与世隔绝的世外桃源。阿尔卑斯山清晨第一缕霞光，黄昏最后一抹夕晖，夜晚的星光月色，鲜花盛开，奶牛哞叫，牧人的号角在山涧回荡。大自然的优美，劳动者的愉悦，简直是"人间天堂"。

这里是净土，没有争斗，没有虚荣、野心和贪欲，也没有宗教的争论。袅袅的岚气在树隙中流动，在峰峦间飘逸，形成蓊郁的雾霭，这是中国水墨画的意境。

我走进阿尔卑斯山，总产生一种幻觉，仿佛从时代中游离出来，我成为自然人，现代人的物欲，如金钱、权力、财富、汽车、豪宅，统统远去了、消失了，我产生一种生命回归的幸福感、愉悦感。既没有古人的伤感，也没有现代人的轻薄、浮躁，只有一种超越性、精神性、非功利性的“宇宙之天命”的自由。

这山这水啊！

这山平和而沉静，气势磅礴而不嚣张，峰峦峥嵘而不险恶；幽谷深邃，流水潺湲。这独特的大自然有一种象征主义的美，或者说有一种母性意识，它贴近苍穹，却不让人感到“无人无我的孤绝”。

山脚下的屋舍里面住着人家，他们平静地生活，心里充满对大自然的敬畏。高高的教堂传来悠悠的钟声，这宗教的静穆也呈现着安详的画面。

6

阿尔卑斯山是永恒的。试想，失去了阿尔卑斯山，还有欧洲的文化繁荣吗？那些风风雨雨的故事还有背景吗？那些诗人、画家、作家、音乐家，去哪儿寻找声与色？他们怎能成为举世闻名的文化巨人？阿尔卑斯山有音乐之魂。它的风声、雨声、鸟鸣声，牧场的牛哞羊咩声，月色里的虫吟蛩鸣声，以及阳光穿过树叶的窸窣声，浆果成熟的爆裂声……这是天籁，是大自然的原创。作曲家走进阿尔卑斯山，像采撷山果似的，将这声韵捕捉，写进五线谱，便有了旋律动人的圆舞曲，声情并茂的交响曲。只有深入大自然中，你才听得到这天籁。这时你将完全融化在自然中，正如歌德所言："大自然，我们被她包围和吞噬——既无法摆脱她，又难深入其内。"

理查·施特劳斯的《阿尔卑斯山交响曲》，全曲22乐章，每一乐章都有具体的名字，比如《夜》《溪边漫步》《瀑布》《登山》《危险瞬间》《山巅》等。此曲模拟风声、雨声、雷鸣声、林涛澎湃声，有虫吟鸟鸣，有山泉流水，有野兽吼啸，是一曲大自然壮美的交响乐章。此曲写施特劳斯一天的登山活动，犹如电影纪录片似的。他在山路上艰难地攀登，走进森林，林涛澎湃，林间幽暗，阳光穿透枝叶射进林隙。身边是小溪，远处是瀑布，附近是绿茵茵的牧场，发出奶牛的哞叫声和小羊羔尖脆的呼叫声。他在山林里迷路，荆棘和杂乱的矮树林，以及瞬间的危险、迷路的惶恐，于是产生幻境。来到山顶，则是另一番景象，云雾弥漫，阳光被云层遮住，风呼啸着，远山响起雷鸣，暴风雨迅即而至；下山时又重复着上山的景色。太阳落山后，夜晚来了。阿尔卑斯山的夜晚是美丽的，星光晶莹，月色朦胧，山林幽暗，一切都在夜色的音乐中消失。

施特劳斯的乐曲像一篇游记散文一样，冗长重复，内容虽然丰富，音域广阔且有抒情狂想风格，但缺乏精彩乐段，给人平庸感、琐碎感。

奥地利作曲家安东·布鲁克纳最爱阿尔卑斯山，他曾住在一个小山村中，创作浪漫主义交响曲。他写阿尔卑斯山的猎人追捕野兽的生死搏斗，当古城堡的骑士们走出城堡，走进大森林，那情景是多么雄壮！朝霞满天，太阳初升，阿尔卑斯山从晨雾中醒来，无限的激奋，无限的沉静……

他是虔诚的天主教徒，作品具有深邃的哲理性和沉思的气氛，而且具有宗教音乐肃穆、高贵的典范性；他深受贝多芬的影响，作曲手法简洁，色彩鲜明，兼有浪漫派舒伯特的传统技巧。

瓦格纳的乐曲，有更多的阿尔卑斯山的元素。他的作品大部分在瑞士阿尔卑斯山山区写就，大山的浑厚，大山的空灵，大山的雄壮，大山的孤独，纯粹、凛然、淡泊、宁静，大自然在这里显出真身。他的《尼伯龙根的指环》像“阿尔卑斯山冰峰雪岭的燃烧”，出神入化地写出阿尔卑斯山壮美风貌。这是典型的德意志音乐，是瓦格纳音乐的主旋律。一位大学音乐教授谈起阿尔卑斯山音乐，情绪昂奋，他说：“阿尔卑斯山音乐多是悲戚的、低沉的，有着欧洲古典主义风格。想起它几千年来，从古希腊到古罗马，到拜占庭时代，从奥匈帝国到拿破仑，以至希特勒，阿尔卑斯山经历了血与火的洗礼，血雨腥风，白骨蔽野。阿尔卑斯山是古战场，每片土地都流淌着鲜血，每片山林都燃烧过战火，阿尔卑斯山之歌能不悲壮、凄凉?”

奥利弗·史瓦兹也是一位多才多艺的音乐人。他选择山林，置身于林中，以此获得源源不断的创作灵感。在他的五线谱里，每个音符都是虫鸣、流水，都是大自然的记录。他采集了自然的声音，加进流行元素，湖光山色，云雾烟岚，都融进他的旋律之中，使人神往。没有艰涩难懂的曲风，没有成套的编曲，清新、自然、精练、简朴，溪水般柔润，山林般浓郁，忠实地再现美轮美奂的仙境，是音乐中的珍品。

当我奉献生命，生命无所不在；

当人奉献微笑，泪水却潸然而下。

《阿尔卑斯山天籁之音》《阿尔卑斯山少女》是大地的主旋律。

乐曲升华到极致，夕阳般静谧、安详，秋叶般凄美、苍凉。他的乐曲主题激情飞扬，有如滔滔江水，势不可挡，表达了对命运的抗争，气势宏伟，雄壮庄严。

我行走在阿尔卑斯山山麓，感到无比的愉悦。审慎与克制的融合，现实和理想的融合，恣肆汪洋与婉约凄切的融合，是大自然一曲和谐的乐章，是造物主精心的创造！

在阿尔卑斯山山中行驶，我隔窗遥望，冰峰雪川在阳光下闪烁，那光芒炽热、纯净，大自然在这里显现真身。我总觉得这山川、湖泊、流水，这大自然的一切，都在唱一首“安魂曲”。

2021 年 4 月 21 日

— 阿尔卑斯山 —

茵梦湖：一首美丽的民谣

在德国漫游，我总觉得施托姆的“茵梦湖”就在阿尔卑斯山的山麓。汽车沿着山麓旁的公路行驶，一个个珍珠般的湖泊，泛着明丽的蓝色，静静伏在山脚下。我问导游小张，哪片湖泊叫“茵梦湖”？小张说，德国最著名的湖泊叫莱芒湖，没听说茵梦湖这个名字。

《茵梦湖》是一篇小说的名字。这篇小说讲述了一个美丽忧伤的爱情故事，实际上是作家自叙的真实经历。施托姆通过主人公莱因哈德与伊丽莎白青梅竹马、两小无猜的感情经历，叙述了一场爱情悲剧。故事既简单又平淡。17岁的莱因哈德和伊丽莎白生活在茵梦湖畔的小山村。这里太美了，山麓遍布着气势磅礴的黑森林，茂密葳蕤的树木，有橡树、椴树、松树、雪松、冷杉，还有大量的山毛榉。莱因哈德和伊丽莎白常到森林里采蘑菇，有时跟着大人打猎，有时在茵梦湖捕鱼，划船也是他们生活的一部分。美丽的大自然，纯朴无华的童年生活，使他们产生了初恋。莱因哈德17岁那年为了深造，告别故乡，告别伊丽莎白，去远方求学，伊丽莎白依依不舍地送走了他。

也许莱因哈德的学习生活紧张，也许莱因哈德有艳遇，他竟然未给伊丽莎白写过一封信，伊丽莎白也没有给他写过一封信。友谊出现了空白，爱情出现了断章。随着年龄的增长，岁月的流逝，伊丽莎白感到困苦、孤独，时有看花落泪、看树生悲之感，心头充满无边无际的哀伤。她软弱无助，在无望的期盼和无奈的绝望中，只好嫁给追求她的埃利希。几年后，莱因哈德回到故乡，与伊丽莎白邂逅湖畔，双方都很痛苦。伊丽莎白在母亲的强迫下嫁给了他人，自此莱因哈德毅然离去，并决定不再回到故乡。

这个故事形象地反映了19世纪德国青年耽于幻想、懒于行动、缺乏责任感的习气，而伊丽莎白的人生悲剧又反映出德国小市民听天由命、安于现状的人生哲学。嫁鸡随鸡、嫁狗随狗，任命运摆布的心理，这是19世纪中后期资产阶级不求进取、向现实妥协的真实写照。

这就是少男少女青涩的爱情，这就是作者初恋的歌，情感的履历。

施托姆是小说家，也是诗人。他的小说以巨大的魔力，将我们带到往日的岁月。

施托姆写过不少爱情诗，比如《年轻的爱情》《茨冈顽童与茨冈姑娘的对话》《祝福你》《你眼睛依然故我》，等等。他在《卷发姑娘》中写道：

到我这儿来，我的卷发姑娘，
到我这儿来，请坐下，
我唱歌时你静静听，
听那古老的歌。

那欢欣的娇小笑脸，
安静地坐在我膝旁，
我拿起金色六弦琴，
弹着并唱起古老的曲调：

绿色池塘旁，
一个脸庞苍白的男孩子，
孤独地歌唱。
深不可测的地底下睡着那女妖，
那首歌一再唤醒了她。

漩涡流中浪花四散，
波涛上下翻滚，
月光下静静地呈现出一张苍白脸庞。

……

于是她用温柔的臂膀，

牢牢地抱紧我！

你唱这样糟糕的歌，

让人感到太悲伤。

……

我吻着那发紫的嘴唇，

她微微靠在我的胸膛，

我温柔地拨动琴弦，

弹出了那支欢快的曲调。

卷发姑娘就是那女妖，

她紧紧拥抱着我，

而那脸庞苍白的可怜小伙子，

一颗心激动得几乎裂爆。

这是施托姆写于1837年的诗，时年20岁，正是爱的花季。

《茵梦湖》早在五四时期就流传到中国，在知识界影响很大，几乎人人都在读《茵梦湖》。其实《茵梦湖》故事情节很简单，很平淡，初恋、失恋，美丽的环境，诗意的语言，情景交融，格调很浪漫，很符合当时白领、小资、大学生、文艺青年的口味，这是他们心灵的鸡汤。

《茵梦湖》就是施托姆爱情生活的一种经历。《茵梦湖》初版的结尾是这样写的：

> 莱因哈德清晨离开茵梦湖，不再回来了。他不再回头去看，他匆匆地冲了出去。寂静庄园逐渐在他身后面隐去，广袤世界在他的前面展开。

茵梦湖，在地图上你是找不到这个名字的，是作家虚构的湖。后来有游客寻找茵梦湖，他们把“其姆湖”视为茵梦湖。其实，这不怪游客。

在阿尔卑斯山山麓，在黑森林的身边，有着大大小小像梦一样宁馨的湖泊，那湖泊呈蔚蓝、靛蓝、碧蓝，蓝得让人感到一切都那么纯净，一切都静得像幽梦。阳光照耀湖水，连波纹都漾不起的湖，真像大地上的镜子，映着飘逸的白云，映着山影、树影。湖泊、森林、乡村，三位一体，构成了莱因哈德和伊丽莎白生存的空间。这是一首德国 19 世纪的民谣，它本身就具有爱情诗的元素。像童话中的小木屋错落在山坡绿茵上，高高的尖塔是教堂的钟楼，黄昏时传来悠扬的钟声，更衬托出了山村的宁静和美丽的田园风光。

当天我们权当住在“茵梦湖”附近的农家宾馆里，在这里，我和几个年轻旅伴体验了小说中描绘的自然风光。

> 于是他们走进了树林，越走越深；他们走进潮湿的、浓密的树荫里，四周非常静，只有在他们头上天空中看不见的地方响起了鹰叫声；以后又是稠密的荆棘挡住了路。荆棘是这样的稠密，因此莱因哈德不得不走在前面去开了一条小路，他这儿折断一根树枝，那儿牵开一条蔓藤。可是不多久他听见伊丽莎白在后面唤他的名字。

施托姆对湖泊的描写更动人：

> 从树梢望过去，展现着一片宽阔的阳光普照的美景。那平静的深蓝的湖就在下面的远处，湖的四周差不多完全有翠绿明媚的树林环绕着，只有一处树林分开了，呈出一片深邃的景色，伸展至远远的青山边际。……在湖边的高岸上，便耸峙着庄主的房屋，白墙红瓦，闪着光辉……水面上浮着庄园的倒影，轻轻地荡漾着。

莱因哈德和少女伊丽莎白来到一块空旷的地方，一些蓝蝴蝶在寂寞的林花丛中展翅飞舞。莱因哈德要伊丽莎白戴上草帽，伊丽莎白不肯。他再三要求，她终于同意了。

这简直是经典的初恋镜头，没有亲吻、拥抱，没有在草地上折腾，爱是青涩的、纯洁的。这“茵梦湖”是培育爱情蓓蕾的沃土佳壤。

这是一则美丽的童话。

谁承想，小说主人公莱因哈德告别故乡，告别他心爱的姑娘，进入大学学习时，数年间竟然没有给姑娘写一封信，即使给母亲的信也写得很简短，信中也无附言予以伊丽莎白，哪怕一声问候也没有。那么绝情，简直不可思议！童年的伙伴，少年的爱情，就像无痕的春梦一样消逝了么？真让人惋惜、叹息。当然，伊丽莎白也不会主动给已登上高枝的莱因哈德写信，人家已是大学生了，自己还是一位极普通的乡下姑娘呢！伊丽莎白自觉这种爱是不平衡的，她在痛苦和绝望中苦熬着，而乡俗又不允许她这样无望的等待，在埃利希苦苦追求下，她嫁给一个乡下小伙子。少年美好的向往，爱情迷蒙的追求，像茵梦湖上消散了的晨雾。双方产生误解，悲剧已成定局。

1943年纳粹时期，德国已将《茵梦湖》搬上银幕，题为《茵梦湖，德国的一首民歌》。1989年重拍的《茵梦湖》对小说进行了改编，增加了一些情节：莱因哈德参加学生运动，对暴力的政治抗争。伊丽莎白主动前去学校看望莱因哈德，却发现他与女同学耶斯塔过于亲密。她知道莱因哈德心变了，她绝望了，爱情毁灭了。只剩下缥缈的余烟，那是长长的惆怅……

莱茵河那边有个湖叫“莱芒湖”，沿着黑森林朝前走，到处是湖泊。

没有必要追究“茵梦湖”的真实性，它是小说地名，虚构是很自然的。施托姆就是以黑森林那片湖水为背景，故事也许就发生在那山下村庄。

我们在一个湖畔游览，湖畔的南岸便是莽莽苍苍的林海，气势磅礴，林木参天。我满以为森林那边是平原，却是滔滔不绝、峰峦耸峙的高山。啊！阿尔卑斯山，这雄伟的山脉几乎盘踞了整个欧洲大地，所到之处，都露出一种霸气和强悍，此时我感到这庞然大物的凛然和苍茫。山上升腾着袅袅雾岚，阿尔卑斯山有种神秘感和恐惧感。

我朝着黑森林走去，这里草木葳蕤，野花芳菲，藤萝缠绵，绿意盈目。也许，当年莱因哈德和伊丽莎白在山径追逐、嬉戏，哪棵树下还珍藏着他们的笑声？哪一片草丛里还留下他们话语的芬芳？

施托姆在德国文学史上并不占有显赫的地位，但《茵梦湖》这部小说却为他赢得了世界性的声誉，仅中文就有几个译本。施托姆最擅长将自己的经历化为小说，他的小说带有纪实性。这使我想起中国作家郁达夫，他几乎将自己真实生活连汤带水地写进小说，兜售给读者。世界上有两类作家：一类将艺术成就自己；一类将自己成就于艺术。施托姆属于后者。

走进树林，我找到一块青石坐下来，四周是开着白花的灌木，有茂密的青草，蝴蝶飞来飞去，几只牛虻蜂嗡嗡地飞来，鸟在远处鸣叫。我坐在树下，仿佛进入大自然的怀抱，这诗天画地不仅孕育了芳草、野花、林木、鸟兽，而且滋生了绘画、诗歌和散文。

我想象得出，17岁的莱因哈德和伊丽莎白沿着林中小径慢慢走着，手牵着手，森林里很静，远处传来溪水哗啦哗啦的流淌声，更衬托山幽林静的氛围。这种宁静使人想起去年的落叶，想起一场又一场风雪，想起使兔子发抖的雷电和暴雨，想起筑好又被抛弃的鸟巢，想起蚂蚁辛辛苦苦的劳作，想起狐狸的狡诈和鹰的强横。

在厚厚的落叶下是沉睡着的生命，包括虫蝶的尸骸，它们曾经有过幸福的爱情和孕育子孙的欢乐。五月是鲜花开放的季节，森林里开满鲜花，鸢尾兰、矢车菊、野百合、剪秋萝……空气中充满野花浓郁的香气，这些野花和浅草夹杂在一起。我们处在小说的自然美景中。鸟儿在悄悄低语，岁月淹没一切，强者与弱者，善者与恶者，幸运者与不幸运者，一切都在沉睡，它们盖着厚厚的腐叶做成的被子，幸福地长眠着，这是一种宁静的悲伤。在静默中，“可以听到哀悼死者的号哭和迎接新生的狂欢”。

施托姆对大自然寄托着无限情思。静谧的茵梦湖湖面上的白色睡莲，是高尚纯洁的爱情的象征。在《茵梦湖》中，莱因哈德游水去采睡莲，被水草绊住，只得返回岸边，暗示出他和伊丽莎白爱情的挫折。

这部小说，既笔墨酣畅地描绘大自然的美，又通过大自然的美勾起人物心灵中美好的感情，景色、故事、感受糅合在一起，抒情气氛十分浓郁。

当小说主人公莱因哈德大学假期回家，再见到长得娉娉婷婷的伊丽莎白时，两个人的感情却出现了隔膜，谈话总是间断，青梅竹马的爱恋，两小无猜的情谊，纯净真挚的感情，都没有了。

莱因哈德默默地打量着伊丽莎白，她变得更美丽、更丰满了！她站在树木里，就像是一株婷婷的白桦；她站在水之湄，就像是一朵出浴的白莲。她的脸色红润，有微汗停泊在上面；她浑身散发着阳光的芬芳，泥土的清新，还缭绕着一缕茵梦湖的芳魂，一种健康成熟的美，更动人心魄。白莲如静女，寂寞出春暮。初恋是少男少女生命最初萌动的爱情，是灵魂浪漫主义的写生。现在纯真的爱情出现了断章，最美的画被撕碎，双方都无力补缀。当初绚烂的激情渐渐消散，意绪阑珊，他的情感、血液、记忆在涌动，虽有感怀，却是一腔春愁。

是命运之神折断了青鸟的翅膀？还是粗粝的生活改变了人生的走向？

他和她的爱完全可以拔节、开花、结果，这果实可能是孩子那种童稚的梦，可能是艺术结晶那样的精神产物。实际上生命不会永远处于童年，人会从孩子的角色中超脱出来，就像一只成熟的蝴蝶在轻风细雨中从蛹壳中挣脱出来。初恋最初的甜蜜，往往化为苦涩的回忆、悲伤的叹息。

小说的结尾部分，施托姆十分伤感地写道：

> 他四周朦胧的昏暗渐渐在他眼前消散了，变成了一个幽静的大湖：黑黝黝的水波一个跟着一个向前滚去，愈涌愈远，在最后的一个水波上，许多大叶子中间孤单地浮着一朵白色的睡莲……

这象征着青年时代的爱情已消失得“目光所不能及”。

旅游团下榻的农家宅舍就在黑森林附近，阿尔卑斯山山脚下。这有一片湖水，当地人叫“天鹅湖”。这个名字太俗气了，为什么不叫茵梦湖？它就是我心中的茵梦湖！我站在阳台上，目光穿过树枝的罅隙，望着碧蓝幽静的湖水，像一片梦境展现在阳光下。湖的四周多是翠绿的树林，深邃的景色绵延到山麓的黑森林里；湖畔有几座红瓦蓝砖的房屋；湖心远处是白蒙蒙的一片，闪耀着光辉。是睡莲么？有村姑在湖畔的草地里忙活着，一只鹤飞起，在水上徐徐盘旋。“茵梦湖！”我激动地叫出声来。

2018 年 1 月 31 日

夕阳金辉里钟声悠扬

1

夕阳西下，我们来到塞纳河畔的巴黎圣母院。这座哥特式的教堂以800多年的老资历见证了法兰西的历史兴衰和风云变幻。如果埃菲尔铁塔是法国现代巴黎的标志，那么巴黎圣母院无疑是古代巴黎的象征，它是建筑史上早期哥特式的典范。

巴黎圣母院处于巴黎的核心位置，坐落在塞纳河的西岱岛上。据说巴黎的先民高卢人，最早就在这里建立城市的雏形。至今计算巴黎到法国各地的里程，都以巴黎圣母院为起点。

我现在就站在这起点上，眼前便是庞大壮观的巴黎圣母院，身旁是一棵巨树，一尊骑马挥戈的武士的雕塑。琥珀色夕阳的光芒闪烁在塔尖上、钟楼上、树枝上，赛纳河水泛着粼粼光斑流去。巴黎圣母院苍老了，夕阳里像沉默的老人，任时光在它肩头慢慢流过。

来到巴黎圣母院，首先想到的人是雨果。犹如中国人游览江南三大名楼——滕王阁、黄鹤楼、岳阳楼，首先想起王勃的《滕王阁序》、崔颢的《黄鹤楼》、范仲淹的《岳阳楼记》。雨果因巴黎圣母院而成名，巴黎圣母院因雨果而扬名，雨果为这座建筑增光敷彩，投光注煌。

在我们未走进巴黎圣母院前，先来温习一遍雨果对它的描述：

> 建筑史上肯定没有更辉煌的篇章。……三座尖顶拱门；门顶上二十八座列王神龛一字排开，组成精工细雕的束带层；再往上，巨大的中央玫瑰花窗左右各有一扇侧窗；更上一层，是高耸的、单薄的三叶草图案的拱廊，细巧的柱子支撑着笨重的平台；最后的两座黑沉沉的有石板前檐的伟岸塔楼；上下叠成壮观的五层，每层各为一个宏伟整体的和谐组成部分……依附其上的众多雕像、雕刻、镂刻及其无数细部适增其伟大与镇定。不妨说这是石头的交响乐，是一个人和一个民族的鸿篇巨构……每一块石头都花样百出，体现听命于艺术家的天才的奇想。既千姿百态，又亘古如一。

我们沿着螺旋式楼梯拾级而上。教堂那么古老、神秘，似乎能听到楼宇间隐隐传来敲钟人加西莫多的说话声和爱斯梅拉尔德的细语声。房间幽暗，拱顶的油画是大片浓艳的色彩，闪着釉质的光泽，

— 巴黎圣母院 —

很难弄清那油画表达什么意义，或是什么故事中的情节。走进巴黎圣母院，只觉得眼花缭乱，目不暇接，一种震撼人心的磅礴气势，浩瀚壮阔，萦绕着你，压抑着你，你会自感渺小、卑微。那壁画上一笔一画的精致描绘，处处闪烁着经典的色彩。每块石头、每件雕刻、每尊雕像，都气度非凡，蕴藉着历史的宏大叙事和传奇。

雨果细细触摸着教堂的每一块石头，忽然在两座塔楼的暗角上，他发现一个刻在墙上的字："A N A R K H"——希腊的单词，意为"命运"。刹那间，他的大脑里迸溅出灵感的火花，眼睛像电光般倏然明亮了，他的视野骤然变得辽远宏阔。一部法兰西起伏跌宕的历史，一幅幅人类自相残杀的血腥画面，一个个善良和丑恶的人物，在他眼前的舞台上活跃起来。巴黎圣母院就是法兰西历史的舞台。

我在上高中时就读过《巴黎圣母院》。是《巴黎圣母院》载着巴黎圣母院，走遍欧洲，走遍世界，走进千百万人的视野和记忆。走近巴黎圣母院，我首先想到《巴黎圣母院》。

我走进一层层阴森、晦暗的殿堂，有一种恐惧感弥漫心头。我担心会遇到敲钟人加西莫多、副主教克洛德、吉卜赛少女爱斯梅拉尔德、国王队长法比斯的幽灵，或在楼梯一角，或在一尊雕像后面。更可怕的是阴鸷副主教克洛德把少女爱斯梅拉尔德驱逐出圣母院，再度威逼她顺从自己。少女宁死不从，他便把少女交给官兵，自己登上巴黎圣母院的钟楼上狞笑着，看着她被绞死。善良而面貌丑陋的敲钟人加西莫多看清了克洛德的虚伪和残忍，把克洛德从钟楼上推下摔死，自己则紧抱着少女的遗体死去。

爱斯梅拉尔德是一个封建制度下受尽压迫和凌辱的流浪卖艺少女的典型形象。她热情、善良、勇敢，爱憎分明、坚贞不屈、见义勇为。面对克洛德的淫威，她始终宁死不侮。雨果把真善美的元素都倾注在爱斯梅拉尔德身上，塑造了一个完美统一的艺术形象。她是纯洁、仁爱的象征。加西莫多是社会鄙弃的残疾孤儿，冷酷的现实并未扭曲他的秉性。他虽然相貌丑陋，但忠诚、勇敢，勇于自我牺牲。

一个惊心动魄的故事。巧妙的构思，离奇的情节，非凡的人物，揭露了两个世界、两个阶级截然不同的本质：真与假，善与恶，美与丑，泾渭分明。真善美与假恶丑同时登场，使小说具有震撼人心的力量。

在小说里，雨果思考真假、善恶、美丑，关怀苦难的人类，探索命运、自由，巴黎圣母院也远远超越它作为“建筑”和“教堂”的意义，全新的社会价值和思想内涵赋予了这座古老建筑的生命和灵魂。雨果说：巴黎圣母院“上面一层是地牢，下面一层是坟墓。这两层结构恰和当时社会的情形相似”。

我沿着雨果曾经走过的那道楼梯拾级而上，这位历史巨人踏着法兰西那段历史的浪潮踽踽而来。

那是一个腥风血雨的时代，是欧洲大陆板荡、剑戈铿锵、烽火遍地、烟尘蔽日的时代。波拿巴临时执政政府，法兰西第一帝国，波旁王朝复辟，七月王朝，法兰西第二共和国，法兰西第二帝国，法兰西第三共和国，王朝更迭，刀光剑影，腥风血雨。雨果就在这样的风浪中穿行，写出了大气磅礴的浪漫诗篇，抒发了浪漫主义的悲悯情怀。

雨果是那个动荡年代不沉的浮标，是一个时代的灵魂。

2

雨果的故事很动人，他的一生是传奇的一生。

1802 年 2 月 26 日，雨果出生在法国小城贝桑松，他的祖父是木匠，父亲是共和国军队军官，国王的亲信、重臣。1831 年，他 29 岁那年发表了不朽的经典巨著《巴黎圣母院》。1851 年 12 月，拿破仑三世发动政变，雨果参与了反抗政变组织。拿破仑三世上台后建立了法兰西第二帝国，实行恐怖政策。雨果被迫流亡国外，流亡期间写了《悲惨世界》《笑面人》等。

雨果的母亲苏菲是船主的女儿，是个虔诚的天主教徒。雨果的童年在意大利和西班牙度过。

雨果第一次来到巴黎圣母院，一下子就被震撼了。这座典型的哥特式建筑，除了在形式上采用尖状券之外，在结构上还创造了尖拱的肋骨拱顶和飞升的扶壁。建筑空间寥廓、旷大。一进教堂有一种上升的感觉，灵魂得到净化，境界得到提升。雨果常常徘徊于这座庄严、雄伟的建筑，伏尔泰、卢梭、狄德罗对人权、社会的思考，像霏霏春雨般滋润了他的心灵。

1827年，雨果发表了五幕韵文剧《克伦威尔》。他在《〈克伦威尔〉序言》中写道："人类的活动随着社会的发展而渐渐地丰富，人类间经常爆发冲突和战争，这时的诗是表现社会动荡的，因而由抒情诗转化为史诗……到了近代，基督教出现，人们认识到了灵与肉的双重性，人性中的不同方面对立着、冲突着，表现人性双重性的便是戏剧。它应将善与恶、美与丑、真与假、光明与黑暗、欢乐与痛苦在作品中结合起来。"

对于浪漫主义者来说，《〈克伦威尔〉序言》以战斗的、革新的精神贯穿全文，洋洋洒洒，气势磅礴，强烈地反映了法国1830年革命前夕资产阶级反复辟王朝的民主要求。《〈克伦威尔〉序言》是浪漫主义文学的宣言，无疑是一面旗帜，雨果自然是当之无愧的旗手。

雨果的诗想象力极为丰富，伊甸园的瑰丽，东方之夜的辉煌，气度恢弘，风格豪放，洋洋洒洒，恣意纵横。他的诗开拓了诗歌创作畛域，写得得心应手，驾轻就熟，炉火纯青。

他有一首诗《半睡》：

暗影沉冷的气息充盈住房，

夜已深，万籁俱静，黑暗的形，
在入睡者身旁来回游荡。

当我化为物，我感到，
身边之物变为人，
我的墙是一副面孔，在探望灰暗天空，
两扇苍白的窗窥视我的梦境。

雨果17岁那年，与门当户对、青梅竹马的阿黛尔订婚，20岁时结婚。两个人恩爱无比，生有三男二女。谁料结婚第十年，阿黛尔红杏出墙，爱上了一位评论家圣勃夫，常常跟他偷偷约会。

那时雨果的诗集《颂歌与民谣集》出版，在社会上产生了巨大反响，评论文章铺天盖地。在所有评论文章中，最让雨果满意的是圣勃夫写的那篇。圣勃夫去拜访雨果，二人侃侃而谈。圣勃夫言语犀利，知识渊博，当时雨果怎么也没想到，就是这个“头颅大且圆，背脊明显地佝偻，说起话来结结巴巴的人”，会在未来的日子里搅乱他的生活。

1829年是雨果与阿黛尔发生婚姻危机的一年。整整一年，雨果陷入他的鸿篇巨著《巴黎圣母院》创作中。在创作这部巨著前，雨果经常造访巴黎圣母院，每次面对着圣母像，雨果只感到他的情感在沸腾，思想在广阔的天宇自由飞翔，灵感的火花也四溅迸射，创作的欲望像火一样燃烧。关于人类，关于命运，关于苦难的探索，盘绕脑海，使他整日不得安宁。

谁知，雨果夜以继日地笔耕时，他的后院却着了火。阿黛尔和圣勃夫约会更加频繁。尽管阿黛尔又为雨果生了一个女孩，这地下爱河仍然汹涌澎湃。阿黛尔对雨果越来越冷淡，却对圣勃夫越来越热情，雨果隐隐感到要发生什么事情。

《巴黎圣母院》出版后，又引起一番社会的轰动，雨果根本对阿黛尔无暇过问，他又忍着内心的煎熬，把精力投入到创作中。继《巴黎圣母院》后，他又开始了《秋叶集》《国王取乐》《吕克莱斯·波尔吉》的创作。他发疯般地写作，只有创作才能解除他精神中的烦恼和痛苦。

阿黛尔对雨果而言，已失去了妻子的温存、家庭的欢爱。1832年，他们终于分道扬镳，阿黛尔随圣勃夫而去。

3

我坐在巴黎圣母院大门外的台阶上，夕阳向晚，城市沐浴在落日的夕晖中，楼房、教堂、钟楼、尖塔上跳跃着金色的光斑，似乎炫耀着昔日的辉煌。大街上，车流人浪，缓缓涌动。巴黎的生活是缓慢的，犹如眼前塞纳河的流水，不嚣张、不叱咤，平静地、默默地流淌。

我想当年的雨果是否像我一样，落日中，夕辉里，坐在这台阶上，痛苦地沉思？是思考家庭的破裂，还是酝酿新的佳作？巴黎的秋天是萧瑟的，一片片落叶从空中飘落而下，有的落在他的肩头，有的落在他的怀里。他眉宇间的忧郁消失了，“所谓活着的人，就是不断挑战的人，不断攀登命运高峰的人”。他扔掉叶片站起来，像对天空、大地发誓，大声地说：“靠自己的力量，打开命运的前途！”

雨果高举着浪漫主义大旗，渴望人间的平等、和谐、友谊和爱，但是法兰西的现实却打破他幼稚的幻想。

1789年，法国资产阶级大革命爆发，革命者向凡尔赛宫进攻，两个小时里攻破了巴士底监狱，典狱长被斩首。

1793年，路易十六被押上断头台，他血淋淋的头颅被刽子手拎在空中，围观的群众一阵狂呼：“共和国万岁！”

法国的君主制结束了！

凡尔赛宫的辉煌时代结束了，法国的古典主义结束了。

雨果的浪漫主义再也不必贴着地面，而是腾空翱翔了。那时雨果的诗歌创作已有奔放的想象和神幻的色彩了。

雨果是个热情而多产的作家，他说：“在诗歌的田园里没有禁地。”

雨果说：“我追求的是一个高尚的社会、人类和宗教：没有君主的社会，没有国界的人类，没有经书的宗教”。

那时候雨果经常参加夏尔举办的浪漫主义文艺沙龙，是活跃分子之一。在那里，各界人士济济一堂，谈笑风生，妙语连珠，既充满激情，也充满睿智。

1824 年 4 月 19 日，英国浪漫主义诗人拜伦为了支援希腊人民反抗土耳其的统治而牺牲在希腊的战场上，这一事件在法国浪漫派作家中产生巨大反响。雨果深受拜伦影响，更坚定了他的浪漫主义立场，在浪漫主义文学的道路上，真正迈开了步伐。1830 年，雨果写了剧本《艾那尼》，它的上演是对舞台上的古典主义的重磅轰击。《艾那尼》首演取得了巨大成功，此后连续上演多场，场场观众爆满，整个巴黎都处在《艾那尼》的狂热之中。在图卢兹，一个青年为了维护《艾那尼》，在同人决斗时死去；在瓦纳，一个骑兵排长临终留下遗言，要在他的墓碑上镌刻下：“这里长眠着雨果的信徒。”

由《艾那尼》的成功，催生了《巴黎圣母院》的创作。而《巴黎圣母院》的出版，既轰动了法兰西，也轰动了整个世界。

《巴黎圣母院》的巨大成功，使这座古老的教堂进入了世人的视野，人们对巴黎圣母院的建筑学价值、社会学价值、宗教价值有了崭新的认识，由此法国政府对这座古老的教堂进行了大规模的修缮。

4

失去了阿黛尔，获得了朱丽叶，这是雨果生命中重大的事件，是他人生中多姿多彩的一笔。

朱丽叶是个演员，她早就仰慕雨果，曾扮演雨果剧本《吕克莱斯·波尔吉》中很次要的小角色，但剧中有两句台词，让她留下刻骨铭心的记忆：

> 玛菲奥：友情并不能填满一颗空虚的心，夫人。
>
> 纳格罗妮：我的上帝！那么要什么才能填满一颗心呢？
>
> 玛菲奥：爱情！

雨果结识了朱丽叶，发现朱丽叶有着惊人的美貌，此外还有阿黛尔那样的温柔、温存和家庭的欢爱。更重要的是，这位女子的聪慧，对文学和诗歌的爱好，细腻的理解，真知灼见的观点，这是阿黛尔所不及的。对于雨果的手稿，阿黛尔无动于衷，而朱丽叶却视如珍宝，哪怕只言片语，她都珍爱有加。

自 1838 年开始，36 岁的雨果和 26 岁的女演员朱丽叶就经常相伴旅游：莱茵河畔、比利牛斯山麓、瑞士琉森湖、意大利威尼斯，都留下他们的欢歌笑语和浪漫身影……

朱丽叶自此坠入爱河，只要雨果不在身边，每天必写一封情书；自从认识雨果以后，朱丽叶便放弃了浮华的生活，结束了她的演艺生涯。她索性独居，靠给人家缝缝补补维持生计。她心中只有雨果，雨果是她的唯一。雨果写作，她是第一个读者和抄写员；生活上她是雨果的保姆，旅行中她是温柔体贴、关怀备至的旅伴；即使逃亡时，她依然伴随雨果，承担保护者的角色。

朱丽叶为爱情付出的代价深深地感动着雨果。多年来她却始终和雨果的家庭保持距离，当雨果与阿黛尔相聚时，她则远远地看着。她明白这是雨果需要的，她心甘情愿地放弃自我。

阿黛尔离开雨果后并不幸福，经济上拮据，几乎到了举步维艰的境地。她不得不到街头摆小摊，制作镶有雨果、拉马丁、小仲马、乔治·桑四位作家头像的木盒出售。雨果得悉，托人悄悄买下这些木盒，至今它们还陈列在巴黎的雨果故居。

1843年9月4日，这一天是个黑色的日子，雨果和朱丽叶在比利牛斯山长途旅行中，惊闻雨果的长女意外死亡的消息，他感到"一半的生命在逝去"。回到巴黎，雨果和阿黛尔同样痛苦，夫妻关系有了缓和。雨果一直处于这两个女人的感情纠葛中，有过幸福，更多的是痛苦。

就这样，两个完全不同的女人伴随着雨果走过一生。

1851年12月，拿破仑三世发动军事政变，雨果参与了反政变组织。拿破仑三世政变成功，上台后称帝，建立了法兰西第二帝国，实行恐怖政策。拿破仑三世恨透了雨果，下令悬赏通缉雨果。从此雨果开始了漫长的流亡生活，他先后住在比利时的布鲁塞尔、英属泽西岛和格恩济岛。朱丽叶伴随着他四处漂泊，度过了许多艰难坎坷的岁月。流亡期间，雨果深有感触地说："我们不能活着没有面包，我们同样不能活着没有祖国。"正是在这种强烈的爱国主义精神支配下，雨果一次又一次拒绝了拿破仑三世的收买，对反革命的独裁政权进行了毫不妥协的斗争。1859 年，拿破仑三世下了大赦令，允许雨果自由地返回祖国。雨果毅然拒绝，他说："面对我的良心，忠实于它所做的决定。如果得不到真正的自由，就决不回国！"

流亡国外期间，雨果生活极其艰苦，但在同拿破仑三世的斗争中，他始终没有放弃创作，迎接他的是第三个创作丰收季节。他的长篇小说《悲惨世界》《海上劳工》《笑面人》，诗集《静观集》，以及文艺批判专著《莎士比亚论》等，都是流亡期间的作品。

《悲惨世界》是一部以现实主义为基调的作品。它的篇幅浩大，气势恢宏，表现了生活的繁芜，呈现了法国斑斓的历史，体现了雨果卓越的艺术才能。

尽管流亡在外，雨果却时常怀念祖国，有时他呆呆地坐在窗前，仿佛眼前出现幻影：塞纳河流水不浮不躁，平静地流淌；香榭丽舍大街上的车流，人浪的喧嚣；在巴黎的咖啡馆和朋友高谈阔论；更难忘记巴黎圣母院的一梁一柱。巴黎圣母院那南北两座钟楼的后面是那座巍峨入云的尖塔，塔顶上细长的十字架，远望似与天穹相连……祖国啊，漂泊天涯的孩子想念您，应该怎样结束这悲惨世界呢?

1870年，拿破仑三世垮台。雨果结束了长达19年的流亡生活，回到巴黎。他兴奋地写道："共和国归来的日子，就是我返回祖国的时刻。"他终于回到魂牵梦萦的塞纳河畔，看到河水起起落落，聆听巴黎圣母院圣诗班歌唱似的诵读声。

巴黎人民像迎接凯旋的英雄一样热情欢迎雨果。不久普法战争爆发了，为了捍卫祖国的尊严和主权，雨果捐出稿费，铸造了两门大炮，其中一门大炮就被命名为"雨果"。

1871年2月，雨果当选国会议员。巴黎公社期间，他在布鲁塞尔，虽不了解这一无产阶级革命的伟大意义，但他同情巴黎公社。

雨果在洛桑和平大会上当选为会议主席，致开幕词和闭幕词，他说："我们希望人与人之间，民族和民族之间，人种和人种之间，兄弟和兄弟之间，亚伯和该隐之间的和平。我们希望仇恨得到广泛的平息。"雨果在祈求世界和平时，家庭却厄运连连。他的小女儿因失恋远走美洲，他的长孙夭折，他的前妻阿黛尔中风去世，一连串的灾难给他带来沉重的打击。雨果老了！狐死首丘，他眺望着巴黎，无数次午夜梦回，依稀徘徊在巴黎圣母院那迂回曲折的螺旋形楼梯上。

雨果穿过那个惊涛骇浪的时代，他期望这个世界没有战争、饥饿、苦难，他用浪漫的理想、诗篇，期望一个浪漫的社会。

巴黎圣母院依然静静地坐落在塞纳河畔，那悠扬的钟声，那唱诗班迷人的歌声，伴着汩汩潺潺的流水声，送走一个个春夏秋冬。

黄昏了，夕阳沉到塞纳河里。满天的余霞璀璨烂漫，巴黎沉浸在最后的辉煌里。我坐在岸边，想起中国古代诗人的诗句："余霞散成绮，澄江静如练"。晚霞成绮，流水如练，古老的巴黎圣母院在薄薄的夕晖中显得格外高贵、宁静。

1883年夏天是雨果不幸的季节，朝夕相伴他大半生、患难与共的朱丽叶离开了人世，死前她含着泪写道："亲爱的，最亲爱的，我不知道明年此刻我将身在何处，但我感到幸福和骄傲的是，我可以用一句话来向你表达，我的一生已证明了：我爱你。"

朱丽叶的去世对雨果是沉重的打击，回首往事，他更是痛苦至极。这些年风雨漂泊，流落异国他乡，是朱丽叶相依相伴，帮他抄写手稿，照顾他的生活起居；夜晚他写作，红袖添香，她煮好咖啡放在桌子上。她是他的私密拐杖，是他的保护神。旅游时，她背着背包走在前面；跋山涉水，她总是牵着他，一步步，走过风，走过雨，走过坎坷和泥泞……而今斯人已逝，一种巨大的孤独感、压迫感逼近，他感到窒息，痛不欲生。

朱丽叶用全部的生命证明，当一个女人全身心去爱时，通常是不计成本的。雨果在朱丽叶离世后写道："哎！没有了她，如何度过这年年月月？把我带上，上帝啊！请拿去我的生命，不要再等待一天，不要再等待一刻！”

天遂人愿，1885 年 5 月 22 日下午，雨果去世了。法兰西 19 世纪一颗巨星陨落，守候在雨果身边的人把墙壁上的挂钟拨停在 1 时 30 分。

巴黎圣母院钟楼里的钟声又悠扬地响起，已是夕阳西下，整个巴黎都沐浴在夕晖里。

巴黎圣母院那洪亮的钟声是被雨果赋予生命的。大钟是加西莫多最好的朋友，倾听着他的孤独和迷茫。在加西莫多面对善恶难以抉择时，大钟提醒了他，教会了他辨别善恶，给了他消灭邪恶的勇气。

2019 年 2 月 11 日

悲情罗马

1

在罗马，每块石头都是历史，每片废墟都蕴含着文化，走几步就会遇见美丽的传说，换个地方就是一片古迹。古老、沧桑、深邃，这个城市会让你认识世界史上那些伟大的名字：恺撒、奥古斯都、图拉真，还有达·芬奇、米开朗基罗、拉斐尔、但丁……他们是人类的巨子，历经世事沧桑不减豪情，阅尽人间春秋不见倦意；他们的骇世之事、辉煌之业，惊心动魄，撼天动地；他们的名字像日月星辰，永远照耀人类精神的苍穹。伟大的帝国，总留下伟大的文明。

眼下我行走在罗马古老的街道上，楼房破旧，树木苍老，我却只感到那些雄赳赳气昂昂的罗马铁骑方阵刚刚从这里走过，踏踏的马蹄惊动街两旁的人家；打开窗户，只见森森矛戈在阳光下闪烁着瘆人的寒光，满街充满了恐惧的气氛。在罗马的历史上，战争总是此起彼伏，其中有胜利的喜悦，也有失败的惨痛。胜利时，满街满巷是欢乐的歌舞，整座城市激动得发狂，罗马人在笛声琴韵里倾泻他们的热烈和狂欢。

不来意大利，你就不能了解欧洲的文化。我们在罗马旅游时正是五月尾六月头，太阳还不热，酷热要在七八月。全国人民都休假了，你在街上看不到一辆出租车，大小商店都早早地关门了，罗马变成一座很静的城。

罗马人的领土意识很强，经常出兵远征，拓疆扩土。公元前279年，正是中国战国时期，天下大乱，诸侯国间你争我斗，打得热火朝天。在亚得里亚海的右岸，在广阔的草原上，在茂密的丛林中，也曾出现一场场血腥的战役。兵戈铿锵，烽火遍野，战马纵横，大象笨重地奔跑，山谷里一片喊杀声、惨叫声，尸体堆成山丘，鲜血染红流水。

战场就在阿普利亚狭小的山脚及开阔地带。这里山峦起伏，森林茂密，交战双方是罗马军队与希腊军队。希腊军队的首领名叫皮鲁斯，希腊军队以骑兵和大象为主；罗马军队由执政官统领，出4个军的兵力，双方势均力敌。但皮鲁斯看到这里的地势不利于自己的骑兵和大象作战，只得下令重装士兵投入战斗。罗马人善于短剑肉搏，希腊人善于长枪，在密林荆棘丛中，藤萝缠绕，长枪难以施展，罗马人占了短剑的便宜。第二天，皮鲁斯采用新的战术，且战且退，把罗马军队慢慢引出山脚，进入开阔地带，于是投入骑兵和大象，开始对罗马军队猛烈进攻。战场地理形势的变化，使得希腊军队的优势得到发挥。双方杀得难分难解，罗马军队在主战场的伤亡人数明显增加，日落之前不得不退出战场，皮鲁斯也未追击。

这次战役，罗马军队阵亡 6 000 将士，其中一名执政官也战死沙场。皮鲁斯赢得了战争，但伤亡也很惨重。皮鲁斯并未消灭罗马军队的主力，面对自己很多爱将的战死，辎重的重大损失，连他自己也受了伤，感到这场战争的胜利是得不偿失的。皮鲁斯是古希腊历史上的名将，曾无数次出色地赢得战争的胜利，为保卫希腊做出重要的贡献。

如果你在意大利访古，能到处看到古战场遗址，看到苍凉的废墟。行驶在这片土地上，会不时看到被风雨和时间剥蚀、字迹模糊的纪念碑，那是用将士的血骨浇铸的纪念碑。

现在回到罗马大街上。

街道并不宽阔，和我们国家一些城市宽街阔衢不可比拟，我深深感到我们的奢华。但街上树木简直不可想象的粗壮，像原始森林一样，树冠之巨大，树躯之粗壮，令人咋舌，它是罗马的史志，庄严、隆重、苍凉。

街道两旁的古树，这些历经千百年风刀霜剑、炼狱般苦难的古老生命，到今天依然生机盎然，该是多么艰难，多么顽韧。这些古树体现了一种精神——罗马精神。有则报道说：在古树放上听诊器，可以听到树木的心脏的跳动……我没有带着听诊器，只能伏耳贴上树身，似乎听到老树的心跳声，像风声，像鼓声，像钟表走动声……古树并不衰老，反而有一种豪气、雄气。

2

罗马建城时，恺撒大帝下令，要一天建成，建不成的话，将砍下工匠的脑袋去喂狮子。

实际上，这份恺撒大帝的圣旨，像裹尸布一样可信又可疑。想想吧，罗马城有广阔的土地，其中包括若干个城镇，许多大剧场，难以数计的民宅楼房，皇帝的宫殿，镀金的大教堂，还有学校、医院、博物馆，更不用说酒肆、饭店、咖啡馆等，怎么能在一天建成？这简直荒唐如梦！建筑师看了看城市建筑模型，要建成这样庞大的城市，没有数百年的时间是不可能的。

历史学家认为罗马古城和金字塔一样，是千古之谜。据说，埃及的法老们要建金字塔，使用了 800 万奴隶，但也绝非一天建成金字塔的。

罗马人征服了希腊，文化上又被希腊征服。罗马人是希腊艺术的崇拜者、模仿者、继承者和发展者。希腊艺术对罗马产生了巨大的影响，特别是绘画、雕塑、建筑，这残存的遗物依然闪烁着奇幻的魅力。

罗马的建筑、文化、艺术，野心的膨胀，个性的张扬，既光怪陆离，又融合得水乳般自然，令人惊讶，让人敬畏。“光荣属于罗马”，这座城市与“光荣”血脉相连，现在凋零得只剩下记忆。

我们来到罗马城最值得炫耀的景点——凯旋门，这是古罗马的辉煌，用来纪念战役的胜利，承载着厚重的历史。

历史上，法国人、德国人、俄国人有着重重叠叠的恩恩怨怨，烽烟未散，战火又起。在这广袤的土地上，在雄伟的阿尔卑斯山的重峦叠嶂间，在亚得里亚海岸，在地中海的狂涛巨澜中，在一场场战争里，血染了海水，骨撒蓬蒿，尸横荒野，犹如一幕接一幕的连续剧般上演了千年。每次战争结束后，就有人高举银质酒杯，热烈庆祝，歌舞翻天；也有人黯然神伤，泪流满面，一片哀叹。

凯旋门是罗马历史的见证，这座默默无语的凯旋门，关联着民族命运的沉浮，历史穿越感极强。

这座凯旋门端庄、大气、宏伟，记载着罗马帝国时代的和平与繁荣，有一种庄严感。它的结构匀称，装饰典雅，两边有四根复合柱，柱基和门墙布满浮雕，有的浮雕表现了凯旋的罗马士兵展示战利品的场面。

罗马古城原有好多凯旋门，最精美、最宏伟的是坐落在角斗场附近的奥古斯都统治时期的凯旋门，建于公元 10 年至公元 25 年。

罗马古城里，除了它的角斗场、凯旋门，最引人注目的是一些神庙、教堂，它们是古罗马建筑杰出的作品，成为意大利圣地。而圣彼得大教堂，则是梵蒂冈一国之圣地，也因是世界上最大的教堂而闻名于世。

我们参观这辉煌宏伟的教堂，像恩格斯所说，这些古老的建筑像白昼一样灿烂。巨大的穹顶有拱顶画，深红、靛青、橘黄的线条，在穹顶上安静舒展；明暗相间的色块，组合成一个个美丽的故事和古老的传说，仍然无声地向来客不厌其烦地讲述着。只是那古老的色彩已变得暗淡、浑浊，带着浓重的倦意。是啊，它们千百年来一动不动地站在天顶上，的确累了。

我以惊愕的目光浏览着壁画和天顶画，一种敬畏感油然而生。这简直是人间奇迹！圣彼得大教堂的镇堂之宝《圣觞》，精美、形象、生动，人物表情真实，那衣服上的褶皱、脸上的细纹、传神的眼睛、悲戚的神色，逼真、细腻，有一种肃穆、神圣之美。

这是米开朗基罗的代表作，也是他的成名作。米开朗基罗使耶稣和圣母靠得更紧些，使人们觉得圣母把耶稣从地上抱起来升向天空；实际上耶稣从十字架上被取下后，就立即被埋葬了，而雕像是表现耶稣的复活。据说米开朗基罗临终前六天，还在琢磨对雕像的加工和修改，但他的愿望并未实现。

在欧洲旅游，到处可以看到数不清的教堂，辉煌、宏伟、壮丽。这片土地处处掌控在基督教和天主教的手上，宗教的圣光照耀着每寸山河，宗教的思想占据着每个人的灵魂。初夏的阳光照耀着教堂的塔尖和玻璃，一闪一闪的，阳光普照城郭，浓绿裹挟楼房，这里的古遗迹如希腊的雅典，柱石矗立，虽然巫气太重，古老沧桑，但也盛世繁华。

罗马帝国是地中海地区统治时间最长、地域最广的帝国。公元前31年，屋大维在亚克兴之战中胜利，不仅宣告了统治埃及300年的托勒密王朝的覆灭，也最终造就了超级大国古罗马帝国的诞生。到公元2世纪，罗马帝国的疆域，北至多瑙河以北的达基亚和莱茵河，西达大西洋和不列颠的大部分地区，南抵埃及和北非，东至伊拉克两河流域，辽阔的地中海成了它的内湖。那个时期，只有中国的大汉王朝疆域堪与其匹敌。

古罗马的建筑是世界之最，即使残留至今的凯旋门、角斗场、比萨斜塔等，都是举世惊叹的遗产。它广泛地吸收了古希腊文化艺术的菁华，在此基础上创造了罗马独特的文明。它的绘画、雕塑、文学和自然科学，开启了14世纪欧洲文艺复兴的帷幕。文艺复兴的源头在罗马。但丁在《神曲》中最崇拜代表“人智”的诗人维吉尔，称之为“引路人”。由维吉尔引导，人类才可以走出迷途，才能获得坚定向上的信心；依靠“人智”化身的维吉尔的帮助，经过道德的修养，才能登上天堂。古罗马的诗人对中世纪的诗人影响之大，无与伦比。

真理毕竟是真理，一旦给它展示的机会，它就会重新发挥巨大的威力；一旦历史赋予它一个舞台，它就能演绎出高潮迭起、魅力无穷的好剧。

古罗马的灵魂经过千百年的冰封，缓缓苏醒过来。一场文艺复兴的桃花雨，潇潇霏霏降临于这片古老的土地，意大利出现了前所未有的文化繁荣。诗人但丁出现了，接着是米开朗基罗、达·芬奇、拉斐尔、乔托、提香……一大批艺术巨星冉冉升起，以耀眼的光芒照亮中世纪幽暗的天空。

人们怀着满腔的热情，敞开胸怀，尽情地迎接昔日的辉煌。排山倒海般的绘画，神奇地出现在教堂和神庙的墙壁上、天顶上，色彩和线条疯歌狂舞；沉默千年的石头一旦被点化，立刻展示出天才般的灵性，那山呼海啸般的雕塑，出现在凯旋门、纪念碑、坟墓上，大地上响起石头的歌咏。

光荣属于罗马，伟大同样属于罗马。

一个富有生机、富有创造力、富有开拓精神的罗马。

3

走在罗马大街上，人们说："这城里飘荡着尼禄的阴魂。"

尼禄何许人也？他是个暴君，但他有思想，有世界观，有精神内涵，他知道用建筑、绘画、雕塑传播他的思想。历经千百年风雨沧桑，当那些建筑成为废墟时，仍然鲜明地、顽强地表现着一个时代的艺术价值。

凯旋门附近的大角斗场便是他的代表作，更不要说他的金宫，其奢靡达到登峰造极、举世惊叹的程度。

尼禄的残暴更叫人毛骨悚然。他抓住基督教徒，往往采取“点天灯”的酷刑，折磨致死。“点天灯”，即在犯人身上凿一个洞，塞进棉芯，点燃后，靠人体的脂肪燃烧，作为夜间照明的“人灯”。这种酷刑使人想起中国商朝的“点天灯”。

罗马地面上的废墟，即便是断壁残垣，但那种残缺美，甚至比完整的建筑物，更能引发人们对时间和历史的深沉思索。这类废墟在罗马比比皆是，唯有暴君尼禄的金宫有所不同。

金宫是一片没有窗户的房间，不清楚是何作用，从房间到房间，有门洞或走廊连接，走廊和房间都是暗无天日。偶尔出现一座宽敞但仍然阴暗的厅堂，四壁明显凿有窗眼，却又被砖块封得严严实实。这是宫殿，还是地狱？是否为暴君尼禄关押犯人之所？

大角斗场则是尼禄时代最能标志他野蛮残忍兽性的建筑，一座专为观看死亡而建的圆形剧场，前后用了 10 年时间才竣工。人与猛兽的搏斗，奴隶与奴隶的厮杀，奴隶死亡的全过程，一幕幕血腥的惨剧，使坐在看台上的贵族、王公大臣的感官产生惊异的刺激。

残酷的厮杀，血腥的搏斗，撕心裂肺的号叫……罗马全盛时期就有 9000 头猛兽惨死，3000 名角斗士丧命，目的就是为了看台上的贵族们一场惊呼，一次畅怀大笑。

我们见到的闻名于世的大角斗场，已是断壁残垣。“大角斗场矗立，罗马便会存在；大角斗场倒塌，罗马就会灭亡”。这是古罗马血腥的标志，在这里似乎看到时空的影子，看到历史上残忍的内幕，看到演绎着死亡的传奇。

罗马的古建筑沿袭了古希腊的模式，或者是古希腊建筑的复制品，在风格上充满了人的意识与人的尺度。因此，古罗马建筑借助更先进的技术手段，在造型中融汇了完美性、功能性。年年青草入阶，岁岁老树相伴，春风微吹，树下黄花前仰后翻。是欢欣吗？这古老的废墟群，壮观得令人咋舌。那残存的石柱，顶端雕饰百般变化，长短粗细的柱身，有的布满石槽条纹，有的浑圆无痕，经过岁月的磨损、风丝雨片的侵蚀，伤痕累累。圣十字大教堂的石柱凝练而含蕴，柱头上雕饰的繁杂被简化，锐度被磨圆，古拙而浑厚。罗马就是罗马，被世人称为“永恒之都”。

罗马人对古希腊的雕塑、绘画和建筑有着狂热的追求，这只是学到了古希腊的皮毛，并没有秉承古希腊丰富深刻的文化内涵。罗马的古建筑恢宏壮丽，充满冷静和理智，富有张性；而古希腊的建筑则优雅，注重内涵，富有诗意之美，甚至具有孩子般的天真和单纯。

也难怪，罗马帝国靠强大的、所向披靡的军团横扫欧亚大陆，以战马和长枪开拓出辽阔的疆土，那种气吞万里、雄霸天下的威严，构成罗马人的精神元素。犹如中国大汉时代，朴野、粗拙、厚重，大气磅礴，处处张扬着一种力量美、狂放美。

古罗马崇尚赤裸裸的肉欲和感官刺激。在角斗场上，角斗士戴着黄金面具，身着发光的盔甲，用铁剑和盾牌同敌手（奴隶或斗兽）厮杀、搏击。他们不是冲锋陷阵的士兵，没有视死如归的豪情，更无为国捐躯的信念，只有一线求生的欲望，但这种欲望终将幻灭，等待他们的结局就是死亡。而看台上的王公大臣、贵族将军们喝着美酒，搂着美女，心情怡悦，欣赏这人与人、人与兽血肉横飞的撕咬。他们兴奋地高呼，大声吆喝，为人兽助威，死亡的细节在他们眼前演绎得淋漓尽致……

大角斗场，那悲壮的景象可以震撼宇宙间每一个生命，这里的一砖一石，都见证了历史的荣耀和文化的野蛮。今天我作为游客登上大角斗场的看台，吊古伤今，不是浪漫的情绪，而是人类兽性尚未脱尽的悲哀，阻碍了文明前进的步伐。这是时代的悲剧，而非热情炫耀的“宏伟和壮美”。

据说角斗士竞技前一般都要饮酒，以此互相激励。酒是事先准备的，为了防止心术不正的人给对方喝的酒中放毒药，于是双方必须相互向对方酒杯中倾注一些酒。这是一种礼仪，现在流行的喝酒碰杯就源于古罗马。

英国作家狄更斯看了大角斗场写道：

这是人们可以想象的最具震撼力的、最庄严的、最隆重的、最恢宏的、最崇高的形象，又是最令人悲痛的形象。在它血腥的年代，这个大竞技场巨大的、充满强劲生命力的形象没有感动过任何人，现在成了废墟，它却能感动每一个看到它的人。感谢上帝，它成了废墟。

4

有部电影《罗马假日》，实际上是带有广告性质的罗马古城宣传片。回国后我才看了汉译版。故事讲述了一位皇家公主厌恶宫殿禁闭奢靡的生活，想看看外面的世界。她偷偷离开皇宫，感到外面的世界一切都新鲜、陌生、好奇。她在皇宫时被医生注射了一针镇静剂，晚上睡在街头，被一位好心的记者发现了。记者问她家住何处，公主说不出地址，记者只好将她带回自己的家。第二天报纸登出消息，说公主生病，一切公务取消，并刊登了公主照片。记者惊奇地发现公主就是昨晚被救的女孩。生活贫穷的记者为了生计，约来为抢头条新闻的摄影师。记者便带她游览了罗马城。那华美的古典建筑，雄伟的金宫、地宫、罗马剧院、大角斗场，圣母和殉道者教堂——万神庙，有的只是一片废墟，但仍有震撼人心的魅力。公主震惊古罗马的辉煌，实际上为观众展现了这个几千年的文化古

— 大角斗场 —

城。这里有奴隶制度下芸芸众生的生命悲剧，有繁华奢靡中的醉生梦死，更有在腥风血雨中崛起的城邦。

古罗马人是一个善于吸取先进文化的开朗而豁达的民族，当他们的军事兵团征服古希腊大地时，他们的铁蹄并未践灭古老的希腊文化。相反，古罗马人虚心地学习，继承、发扬了比自己先进的希腊文化。最突出的表现是，古罗马人将希腊神话附到本民族的原始神话中。例如荷马史诗中的故事、太阳神的故事、海格力斯的故事、战神和爱神的故事，等等，改头换面，变成了罗马化的神话故事。这是罗马人对希腊文化一次全民族的“抄袭”，但世界上没有任何人追究版权问题。

古罗马著名诗人贺拉斯说：“被俘的希腊反使蛮族主人成俘虏，她把艺术带给粗野不文的拉丁姆。”这点恰好像中国的元朝、清朝，这两个游猎民族，靠金戈铁马征服中原。但强大的汉族文化又反过来征服这两个野蛮强悍的民族，它们不得不老老实实在象形文字面前，一笔一画地规矩起来。

罗马和希腊都是半岛国家，但罗马人依靠农业（这与中原为主的中国一样），在同自然斗争中培养了一种冷静思考和求实精神。罗马人的气质缺乏浪漫主义因子，缺乏想象力和艺术独创力。艺术形象并不讲究写实，而是追求真和美。到了罗马时代，人们开始转向写实的风格，人物肖像画也时兴起来。

公元1世纪，罗马吞并了希腊，古代世界文化中心从希腊转移到了罗马。

罗马的绘画艺术，不仅倾向实用主义，而且多为享乐主义，表现世俗生活，努力表现人物的个性，形式上追求宏伟壮丽。

刚健质朴的罗马性格和具有浪漫气质的希腊性格相互融合，以神话传说为主题的画也比较多。

古罗马的美术多为帝王歌功颂德，题材来源于希腊神话。

古罗马的建筑多为公共建筑。

古罗马的雕塑由于受到宗教的影响，所以很少有人体雕刻。

5

罗马的城徽是一尊奇特的青铜雕塑。一只母狼龇牙咧嘴，警惕的眼睛注视着前方，它的腹下有两个男婴，还含着它的奶头吃奶。

这是一尊杰出的雕塑艺术品，富有高度的写实性，表现了外表凶残、内心慈善的主题。母狼沉静地站在那里，它体格健壮，四肢有力，神态凶残，全身涨溢一种野性的力量。它竖起耳朵，龇牙咧嘴、目光机警，扫视着远方，似乎警告来犯者莫要靠近它，而两个男婴安详地、贪婪地吮吸着它的乳汁。

这尊雕塑体现了古罗马精神，严峻而冷酷，罗马人把它视为民族的始祖，精神的图腾，世世代代顶礼膜拜。

有一个古老的传说在欧洲大地上传播至今。

古时候，特洛伊城被希腊人用木马计攻克，特洛伊王子埃纳亚逃到台伯河入海口。这里森林茂密，阳光充裕，土地肥沃。埃纳亚在河边创建了阿尔巴城国，并自称国王。

王位代代相传，传到努米托雷时，他的弟弟阿穆利奥篡位夺权，并将努米托雷流放，处死他的儿子，逼迫他的女儿西尔维亚将她的一对孪生子装进竹篮，抛入台伯河中。

竹篮随水漂流，在一个拐弯处被波涛冲到岸上。婴儿的哭声引来一只母狼，但母狼并没有伤害婴儿，而是慈母般地给婴儿喂奶。后来母狼将两个养大的孩子放到牧羊人居住地，牧羊人带回并养大两个孩子。他们的名字是“罗慕洛”和“瑞穆斯”。

兄弟俩像他们的父亲马尔斯一样，勇猛、剽悍，膂力过人，英勇善战。他们杀死了阿穆利奥，迎回了外祖父努米托雷。努米托雷把台伯河畔帕拉蒂诺七座山岳赐给两个外孙，让他们在这里共建新城。

城堡建成之后，兄弟二人为争夺新城的主宰权，哥哥罗慕洛杀死弟弟瑞穆斯，成为新的国王，并以自己的名字命名新城。“罗马”就是由“罗慕洛”的名字演化而来的。

罗马城建在帕拉蒂诺七座山丘之上，因此罗马又称为“七丘城”。

罗马城是公元前 753 年 4 月 21 日建成的，因此，每年 4 月 21

日被定为建城日，罗马市民会举行盛大的庆祝集会。

“条条大道通罗马”，不仅说明罗马的交通发达，更标志着古罗马既是意大利的经济、文化中心，也是政治中心，四面八方都有来往罗马的客商和行旅。罗马是意大利的首都，也是世界基督教廷所在地。“城中之国”梵蒂冈是地球上最小的国家。它不仅没有军队，连警察也没有，但它却有独立国家的主权，神圣不可侵犯。

由狼奶养大的人们，创建了自己的国家，他们的血脉里也流淌着狼的基因，凶猛、善战，还有点狡猾。以恺撒、奥古斯都为代表的帝国独裁者，都有虎狼般的血性，帝国的铁蹄曾旋风般地踏遍欧洲、驰骋北非，横扫欧亚非的神圣罗马出现在历史的舞台上。

风雷激荡的中世纪，十字军东征，既给罗马帝国带来巨额财富，也将欧洲引入黑暗的深渊。

2017 年 8 月 20 日

啊，亲爱的爱琴海：从米岛到圣岛

1

我们乘游轮从雅典直接去米克诺斯岛。米克诺斯岛是一座距雅典最近且具有典型海岛风情的希腊小岛。它的小屋像古堡，由花岗岩与麻岩垒砌而成，墙壁雄厚，年年用石灰水重刷一遍，一片皓白。白色的屋顶，白色的院墙，连台阶也用洁白的花岗石或大理石垒砌，这色彩带有宗教的美学观念。有不大的窗户，玻璃明亮，灿烂的阳光照射进来，简直成为温馨、明媚的情人屋，构成一种令人迷醉的神秘境界。

小岛并非我想象的万木葱茏，落英缤纷，绿意染衣，在炽热的阳光下，反而有一种干渴感、疲惫感。树木很少，稀稀落落的橄榄，或是仙人掌类肉质植物，焦渴的花岗石和麻岩，氤氲着原始生态的古朴气息。我漫步在曲曲折折的小径上，两旁也有人家，这里的岛民究竟是以渔业为生，还是以旅游业为业？粗壮的汉子，黝黑的皮肤，有古希腊人的气质和风度。我们在宾馆住了下来。原来这宾馆还是四星级，却只有一张双人床，简易的卫生间，连写字台、椅子都没有。墙体很厚，阔有三尺，用白灰抹缝，形成浪漫派的图案。阳光和海风无力穿透，冬暖夏凉是绝对优势。果然，当我从艳阳中走进住处，凉意顿生，有一种舒畅感。

艺术家认为，希腊风格一般适用博物馆，罗马风格适用公共建筑，哥特式最适用教堂建筑。那么这窑洞式或古堡式小屋属于何种风格的建筑呢？它的内部空间深沉，白色保持了极高的纯度，床单洁白、纯净，让人不好意思使用。这是穆斯林最尊崇的色彩，历史上希腊、西班牙都遭受阿拉伯人的入侵和占领，所以建筑风格受阿拉伯建筑风格的影响。

米岛实际上是由像连体婴儿似的两个连体小岛组成，如果不是游览胜地，也许会有《鲁滨逊漂流记》的感觉。

我们在海滨散步。岸边的海水清澈明净，水中的彩色卵石和细沙清晰可见，经阳光反射，简直是油画般夹金带银的富丽。“爱琴海很大，但没有一滴多余的水”，这句话是从普京老兄那里学来的。

爱琴海到处是巨大的色块，天空湛蓝，没有一丝一缕的白云，海面上是如织的波纹，或灿烂，或萧索。站在岸边，只能看见重重叠叠的浪花拍击沙滩，水是透明的，海滩上的鹅卵石有红、白、黑三色，和普通的海滩并无区别。当我的目光接近爱琴海时，只剩下空旷、寂寞的蓝。我的心被满目空旷、沉寂的灿烂的蓝一下子攫住，一见钟情，我的视神经瞬间像被什么击了一下，出现片刻的麻木，时间从这广阔的蓝中脱节，万物被这纯粹的蓝融化。黄昏时分，海面上起风了，风不大，细微而柔和，像是天神给大海做按摩。那海水的蓝色有些变幻，这时你会搜肠刮肚想起词典上很多形容海的词汇——墨蓝、青蓝、深蓝、靓蓝、湛蓝、毛蓝、天蓝、普鲁士蓝、猫眼蓝、星蓝、阴蓝、黛蓝。那蓝色层次繁复，一言难尽，上帝神秘的创造，人类是难以破解的。沉浸在这种纯净晶澈的蓝中，仿佛人的肉体和灵魂都变得透明，人也并非来自尘世。这蓝天碧海如此美丽，如此柔和，人几乎有失重的感觉，只觉得肉体化为一缕蜃气，融进这没有密度的世界。

漫步沙滩，我忽然想起门德尔松的交响曲《芬格尔山洞》。作曲家写他游历苏格兰和赫布里底群岛的记忆，这部交响曲描写了小岛的自然景色，曲中传出海鸥鸣叫、海风呼啸、巨浪击石的天籁。这是一部海岛和大海的奏鸣曲。

所谓岛，即海中的山，这是爱琴海的女儿，半环形的岛城又被山隔断。蓝蓝的海水像条河流般穿过，有桥、有山、有谷、有峰，有舒缓的山麓。植被稀疏，荒草荆棘，星星点点。也有不高的树，大都种在房前屋后。有松树、无花果、棕榈、夹竹桃，还有橘树、石榴。气候干燥，山野干旱，树和草生存得极其艰难，它们像难民似的逃到这荒岛野陬。最可怜兮兮的是那些草本植物，一出生就黄黄的、病恹恹的，凭着顽强求生的自然力量，挣扎在岩石缝隙和沙石层中。太阳毒辣辣的，常年看不到一丝云彩，天蓝得寂寞、艰辛。阳光直射下来，像火焰喷射，谁若不小心，撞出一团火花，整个海岛就会熊熊燃烧起来，山就会被烧焦。美丽的小岛，迷人的小岛，爱琴海的女儿，受尽多少苦难！

岛是大海的遗腹子，是陆地的弃儿。

2

海，展开，展开，无限的远方，无限的寥廓，直到缥缈的海天一线相连。爱琴海老了么？浩瀚的海水被风揉碎了，满脸皱纹。

我们在米岛玩了一天，海滩、礁石、浪花、阳光、水鸟，这一切和其他海滩旅游地没有区别。第二天我们便乘游轮，经过三四个小时的航行，来到闻名于世的“人间天堂”圣岛。米岛和圣岛间的距离为 200 多海里，当游轮接近圣岛，我感到惊愕：巨大的岛屿呈月牙形，远看岛上有山峰、峡谷。船靠近码头时，更令人震惊：断岸千尺，峭壁如削，山崖呈直角陡然而立，石头呈焦炭似的黑褐色。几个世纪前，这座海岛的火山爆发，火山灰喷出几百米，厚达 60 多米，遮天蔽日，持续数月。本来是一个圆形的岛，人称圆岛，后成半月形。按说它该改名为“月岛”，更名副其实，人们偏偏给它命名“圣尼古拉奥斯”。“古拉奥斯”是名修女，善良、友好，乐于助人，为海岛和居民做了大量善事，她死后，人们怀念她，将海岛改名为“圣尼古拉奥斯”。

名不虚传，乘大巴车沿山路盘旋而上，窄窄的山道，陡陡的悬崖，令人胆战心惊；但到了山顶，又让人震撼。原来这山顶是一片开阔的平原，平原上有耕田、树林、水渠，道旁是松树、杉树，还有大片大片的葡萄园、橄榄林，高大的棕榈树，叶片像螺旋桨似的芭蕉树。有只鸟孤独地站在树枝上，一脸的冷漠。孤独是一种境界，难以分享，人在孤独时才能认清真正的自我。小鸟呢？它也在思考自己的命运吗？

岛上的房子是别墅式的、庭院式的，白墙红顶二层小楼，阿拉伯建筑风格。当然也有洛可可式建筑，南欧古典风情和西欧怀旧情绪结合得很自然，构图精美，色彩更是动人，牙白色的柱墙配以赭红色的屋瓦，愈显华贵典雅。红色的屋，蓝色的顶，白色的墙壁，还有米黄色、银灰色、草绿色的墙，风格各异，色彩斑斓。如花园，如童话，诗歌的意境，音乐的美感，一种色彩心理学上最美的享受。这是童话世界、神话世界、梦幻世界。那红与黄是大众的色彩，古典的色彩，充满血性的色彩；而白则是穆斯林宗教的色彩，虚无渺茫的色彩，是超越性、精神性、理性的色彩，我想那是宇宙生命的原色。

我们住进离海滩最近的一幢别墅楼，房间宽绰、明亮，墙壁整洁，床单洁白，但房间设施与米岛有天壤之别。这是真正的四星级，豪华、宽敞，前后有宽阔的凉台。后凉台面临大海，一片浩瀚苍茫的蓝拍窗涌来，令人惊叹海天的辽阔和空旷。涛声入窗，鸥鸣盈耳，一派天籁。前凉台下面是一片花圃，有夹竹桃、玫瑰、月季、三角梅，不知名的藤萝攀缘一株小树，旋律般扶摇而上，一路开花，一路歌唱。繁花芳草，茂茂盛盛，花开得浪漫多姿，高低错落，层层簇簇。

一切安顿好后，正是下午四点钟，这是海岛最动人的时光。中午的炎热已渐退去，天空耀眼炫目的蓝似乎变得平庸，失去了神圣和肃穆之感，有白云出现。我们散步在黑海滩上。希腊的海滩也是多彩的，有红海滩、白海滩、黄海滩、灰海滩和绿海滩。这是大海的色彩，还是魔鬼的色彩？是上帝的色彩，还是宇宙之神的色彩？

圣尼古拉奥斯岛是爱琴海璀璨的一颗明珠，是柏拉图笔下的自由之地。圣尼古拉奥斯岛和米克诺斯岛主要区别是海滨风光。圣岛是最接近天堂的地方，海滩有造型别致的小桌和白色的躺椅，人可以在躺椅上静静地观望爱琴海，身后的山便是火成岩筑成的悬崖，攀援植物一丛丛爬满崖壁，那粉红色的小花极富生机，独自开放在崖壁上。曾是满目疮痍的火山灰，已凝结成坚硬碎片化的岩石，用灾难重塑了一个温暖的梦幻世界。

脚下细沙绵软，滩涂广阔，像一袭黑缎子飘逸在海的身边。海滩上一排排躺椅，遮阳伞下一个个男人和女人斜靠着或躺着。洁白的皮肤，假寐的脸庞，有的女人只戴着乳罩，穿着丁字裤；有的女人竟然一丝不挂。古希腊艺术就特别欣赏裸体。人是大自然的产儿，人体的优美，特别女人的裸体，优雅柔美，那是上帝的杰作。在希腊博物馆里，我们就欣赏了古希腊的雕刻艺术作品，比如《命运三女神》《维纳斯》等，全是裸体像。雕刻家运用高超的雕刻语言，真实细腻地刻画了女神丰满、柔美的胴体。雕刻家采用不同的曲线造型，坐着的、站着的、躺着的，她们不是神，而是三姐妹，身段起伏的曲线，丰满的酥胸和凸起的乳峰，束腰向下揉褶繁复，斜躺的女神袒露圆润的肌肤，显出女性波浪式的优美和鲜明的性感，既平稳又柔和。希腊艺术的主要标志是人体美，这是古希腊为人类贡献的艺术典范之作。在圣岛和米岛都有裸体海滩，到裸体海滩游玩必须交 40 欧元，男女还必须脱光衣服。中国游客受传统观念的影响，没有人报名去裸体海滩。

世界很静，阳光灿烂，海风温柔，男人和女人都进入假寐状态。阳光、海水、石头是希腊最受游客欢迎的“特产”。爱琴海美得动人！广阔无垠的海面，细波澹澹，波光粼粼，海风轻轻，像锦缎擦拭着脸庞，温柔、细腻，广阔的海空是望不到边的纯净的蔚蓝。

按康定斯基的色彩学解释，蓝色代表深沉、静穆，是情感的累积，是思想的沉淀，这是一种产生哲学和诗歌的色彩。不过天空的蓝与海水的蓝有明显区别，天空的蓝透出白垩色，不过是由气体和散射的光构成；海水的蓝则呈现水银般的银白。

我们散步在黑海滩上，软绵绵的细沙，赤脚踩上去好像走在大地母亲的肌肤上。海涛亲切地涌来，节奏感很强，细碎的浪花在你脚下绽放又凋零，周而复始，永开不败。这时你会感到生活是诗，大海是最富天才的诗人，因为只有诗人的语言才有节奏。在这里你尽可放松一切，肉体的、灵魂的，精神完全沉浸在大自然里，像海鸟和游鱼一样自由，像海风一样放荡。

爱琴海，这个名字是谁翻译的？这么富有诗意！这么美！中国翻译外国地理名字，总是很诗意、很雅致，富有古典的审美意识。像徐志摩翻译的翡冷翠（即佛罗伦萨），像荷兰、香榭丽舍、伊丽莎白……那简直是唐诗宋词中的词汇。

爱琴海是地中海中一片最美的海域。海水涌来，晶亮莹润的浪花无休止地翻腾，有十分养眼的光感。放眼望去，海天相连，远方是无休无止的存在和时间。

几个年轻女子穿着三点式泳装，大大方方走来，浑身散发着爱琴海的气息，还夹杂着希腊古典的味道。她们说话音韵优美，从嘴里吐出的每一个字母都带有磁性、乐感；她们两条纤长、健美、白皙的腿摆动着，像小鹿一样在海滩上活蹦乱跳；她们大声说笑，但海却宁静地望着她们。这一切都是歌和梦。

“啊，美，太美了！”有人惊呼。

常年生活在高楼林立的城市里，天空在我们眼里干巴得像一把骨头。我仰着脖颈，瞪大眼睛，贪婪地望着天。天哪，你深邃、辽阔、浩瀚，像神一样！仰望天空才知道宇宙的浩茫、无限，进而觉出天空的自由、广阔。向天空致敬，向大海致敬，一种敬畏感、神圣感油然而生。原来宇宙就是一尊巨大无比的神，人在它面前渺小得可以忽略不计。这尊神既没有从前，也没有以后。

我想起了爱琴海美丽的传说：

雅典失去霸主地位，听命于克里特王朝。克里特有一个牛怪，每年要吃掉七对童男童女。当年雅典王朝执政的国王名叫爱琴。轮到雅典奉献童男童女时，爱琴之子决定带头前往，目的是杀死牛怪。王子和其他随行人员乘一艘快船，扬起黑帆，驶向茫茫大海。他们相约，如果儿子杀死牛怪，帆换成白色；如果儿子被牛怪吃掉，帆仍然是黑色。

没想到，儿子杀死牛怪，高兴得手舞足蹈，忘掉换成白帆。国王老爱琴误以为儿子被牛怪吃掉，悲伤不已，纵身跃入大海，身亡波涛之中。人们为了怀念老国王，就把这海湾叫“爱琴海”。

我默默地谛视着海，爱琴海也用它深邃湛蓝的明眸凝视着我。海水清澈洁净，海滨深处有一群礁石破水而出，有的苗条如竹笋，有的丰满、浑圆，上面顶了一个盖，使人想起森林里的蘑菇。海浪拍打着礁石，溅起高高的浪花。

古希腊有许多美丽动人的神话，爱琴海则是诸神相聚之地。统治海洋的神叫波塞冬，他曾经与雅典娜争夺雅典城邦的领导权，二人比武，海神波塞冬比武失败后逃回爱琴海。海神波塞冬统治着大海，他手中有两样工具：雷与电。雷鸣电闪的天气，大海就大发怒气，海浪翻腾，海水咆哮。

古希腊是神话的世界，有如一片繁茂蓬勃的初生天地，处处奇花，处处异果，演绎着缔结人神之源的传奇。身偎爱琴海的衣襟，那银蓝的海浪，娴熟而温馨地波动着，似乎一年四季就这样平静，没有风暴，没有惊涛骇浪。远海的白帆，近海的鸥鸟，是爱琴海永恒的插图。爱琴海流传着很多迷人的神话故事，当然也包括动人的爱情故事，有的美满幸福，有的令人惋惜，人与神的爱恋，神与神的爱情，既美丽又忧伤。

我想起塞壬女妖的歌声。塞壬是一种人首鸟身的海妖。她经常从空中飞降到礁石或船舶上，用自己甜美迷人的歌喉诱惑船上的水手。水手听得入迷，最终导致航船触礁沉没，葬身鱼腹。来自雅典的波忒斯在听到塞壬女妖甜美的歌声后，无法抑制那种令人销魂的诱惑，想追逐那迷人的歌声，丢下了船桨，最终以身殉海。这是一个十分伤感的故事。

美丽的爱琴海，美丽动人的古希腊神话，又给爱琴海增添了多少迷人的魅力！

3

入夜，爱琴海的涛声浪韵拍窗而来，海岛的夜晚非常寂静，只有夜风在树叶间絮语，虫吟在细细鸣唱。海上没有风暴，爱琴海的夜晚像白昼一样平静，那细碎的波涛一叠叠地涌上海滩，又跌跌撞撞地退了回去。大海漫无目的地重复着单调的动作，并不令人讨厌，那是生命的呼吸。

夜静了，海浪声似乎更响亮了，哗—啦—啦，哗—啦—啦，节奏绵长，音调升高，这不是弱者的叹息，是浪花对大海深挚的恋情，是力量的凝聚和爆发。也许在远处有山一样的浪涛在翻腾，那是海神波塞冬在夜的大海上巡视吗？

天空变成墨蓝，星星像开遍旷野的花草，斑斑点点。月亮升起之前，天空神秘、深邃，那月亮女神阿芙娜会乘一脉月辉走下天堂吗？诸神也会赶来相聚吗？哪里是众神栖息的地方？灿烂的星群，伟大的神灵。谁能说清这个星球的历史，谁能读懂宇宙这部浩瀚的巨著？

在爱琴海观落日，这是一种经典式的景观。第二天下午，旅游团安排我们看落日。观景台是一座小山丘，在岛的西南方，正冲着落日的方向。我们登上观景台，放眼大海，一种苍茫之感。这旷大的空间给我激情，给我想象，给我诗意，也使我敬畏。风起时，那涌起又跌下的浪涛，像西西弗斯日日夜夜耕耘这浩茫和空旷。

遥望这神秘的海的世界，我真想变成一条鱼儿，以强烈而深情的敬意，阅读、欣赏海景的辽阔和壮美。爱琴海真是宇宙之神的琴和瑟，在岁月深处，弹奏一曲永恒的爱之歌。

海之魂，水之心，理想、自由、信仰都在这片银蓝中。爱琴海是波浪的弦，是连接五湖四海的壮阔航线，舒卷出波澜起伏的文明史。美丽、神奇、妙境，碧海蓝天，构成梦幻的世界，是一幅比神话更优美的画卷，令人心魂为之激荡，思绪为之飞扬。

爱琴海观落日，那是一大景观，游客无不兴致勃勃。下午四五点钟，观景台便挤满观落日的游客，大家都在抢占最佳位置。这是世界上最壮美的落日。我观看过泰山落日，也欣赏过大漠落日、草原落日，爱琴海的落日美在何处？夕阳越来越低，缓缓地走向大海，西边半个天空由蔚蓝变成杏黄，变成玫红，鲜艳、热烈，漫天像熊熊火焰燃烧，像岩浆喷涌，像烈焰咆哮，似乎听到那晚霞燃烧的噼啪声；温暖的夕阳里，空气飘荡着浓浓的历史味道，也不乏神话的浪漫。这使人想起赤壁大战火烧连营的场面，“樯橹灰飞烟灭”的宏伟场景；使人想起特洛伊大战，伟大英雄阿伽门农和阿喀琉斯同敌人血战的壮烈场景，战旗飞扬，刀光剑影，铿锵厮杀，血流成河，尸首狼藉，一片血性的残忍……

云霞变换，太阳被云层遮住了，光芒从云层里射出来，惨白，猩红，还镶上金边；光芒射到海面上，是一片灿烂的亮光，一时难辨哪里是海面，哪里是天空。当云层散去，落日渐渐接近远处的海，这时天空突然变成桃红、橘红、绛红，海天鸿蒙，令人晕眩。太阳燃烧的余烬中隐隐传来一曲乐章，这是落日的安魂曲，只有海风在轻轻的为它祈祷。

2018 年 1 月 4 日

后记

这是我以欧洲和俄罗斯为题材的散文集。虽带有游记性，但尽力避免游记创作的路数。说实话，我并不喜欢一般性游记，特别是当代人写的游记，不过是移步换景，肤浅地记录某地某国的名胜、景点、风土、民情，敷衍成篇，再配上几帧大幅照片，以此缭乱读者眼球。那些游记缺乏文学性、思想性、艺术性，是快餐文化。

世界是一部大书，旅游就是阅读世界、阅读社会、阅读文化、阅读历史、阅读自然，不仅丰富知识、开拓视野，融入山水、自然，还能陶冶性情、净化灵魂、激发灵感，提升创作水平。我不喜欢坐在书斋里写文章，我曾说过，文学在路上。不坐在书斋里写作，实际上是文人的一种风骨，一种命运。

游记是中国传统文学体裁，中国式游记中，往往是不得志的官员被贬、被逐，仕途坎坷，无奈地走向自然。他们放怀山水，登高赋诗，临风长啸，借景抒情，托物言志，一吐胸中块垒，大发人生感悟。他们大都是官场上的凋零者，而专门从事游记创作的徐霞客却是例外。徐霞客壮游祖国山河，披阅华夏山水，一路坎坷，一路艰辛，栉风沐雨，筚路蓝缕，忍饥耐寒，甚至不惧生命危险，精神实在可嘉。遗憾的是，我至今还未读过《徐霞客游记》。我想，一个人一生年复一年地写游记，那该是作家的悲哀。

文学必须通过诗意的光辉和精神的力量，给人以生活的信心、爱的力量和美的享受。我追求散文的“审美”效果和“审智”价值；追求包括游记在内的散文文学性、诗意性和哲思性，且富有浓郁的文化品位，厘清大众化散文和文学性散文，二者有着品味与品位的根本区别。缺乏审美意蕴，缺乏诗意，至少算不上“艺术性”“文学性”散文。文体学家应该将这类作品从“散文”身上剥离出去，散文这种文体负载量太大了。散文要净化，散文要“减肥”，这是许多有眼光的人的呼吁。散文家不仅需要有才气、烟火气，更要有文气。散文家要有文化在场感，燃烧一种文化情怀，让文化气息弥漫在字里行间；同时要有一种诗意，正如俄国散文家巴乌斯托夫斯基所言：“真正的散文是充满诗意的，就像苹果包含着果汁一样。”散文应该展现广阔的世界，给读者以丰富的审美体验。

我三次去欧洲和俄罗斯旅游，虽来也匆匆去也匆匆，却开阔了视野，增长了见识。这陌生的土地，陌生的城市和乡村，给我留下了美好的印象。

当我们驱车行驶在欧洲广袤而宁静的土地上，无论是莱茵河温柔的流水、黑森林幽郁的风光、爱琴海的落日、琉森湖的碧波，古老的城堡、高高的教堂，还是名人故居、陈列馆、纪念馆，以及枫丹白露、香榭丽舍、卢浮宫、巴黎圣母院、古罗马角斗场，还有凡·高、歌德、海涅、阿赫玛托娃、柴可夫斯基，等等，这些崇高而神秘、遥不可及的名字忽然出现在身边，真是惊奇、惊喜！这些名字我曾经熟知但又模糊，曾经向往但又空幻，而今这些名字变为实体，由虚幻变成真切。这些名字蕴含着丰赡的文化和历史意蕴，是人类文明的璀璨之花，随便叫醒一个，就有滔滔不绝的故事和汹涌澎湃的逸闻……这时你会体会到旅游实际上是文化的洗礼，是心灵之旅，是灵魂的壮游。

说到散文，我觉得写好一篇散文，首先要考虑散文文学性、艺术性，尽一切努力提升，使散文具有源于生活而又超越生活的审美性、思想性。散文是一种智慧的写作，是人生阅历的展示，是思想境界的亮相，当然也是作者性情的流露。写这部作品时，我力图借助异国他乡的风景名胜、历史文化，调动自己的情感和智慧，向着时空深处、人性深处、社会生活深处、历史深处掘进，向着自我内部掘进，探索人生哲理。我多想再次去欧洲旅游，钻进它的历史和文化的褶皱间，探索这片土地的奥秘。欧洲是一部卷帙浩繁的巨著，两三次浮光掠影地采风，怎能读到它丰厚的内涵？

契诃夫一生都幻想着旅行，他说，所谓履历就是用脚打在旅途上的“印鉴”。只有热爱生活、热爱自然的人，方能认识自己，感到人生的丰富和充实。我希望我所经历的一切不会随风消逝。

我不喜欢游记，却喜欢旅游。“如果停止行走，我就停止思考”（卢梭语），行走着、思考着、写作着，这也许是我的命运。

2021 年 8 月 16 日